ハヤカワ文庫JA
〈JA1472〉

蒸気と錬金
Stealchemy Fairytale

花田一三六

早川書房
8630

蒸気と錬金　Stealchemy Fairytale

前口上

著者を差し置き、本文中でK・Oと呼ばれるロンドンの一《いち》出版人が、仰《のっ》けからこうして読者の皆様のお目汚しをするのは甚だ不遜な振る舞いとは承知しつつも、本作「蒸気と錬金」の味わいを十二分に堪能していただくための拠《よんどころ》無い事情ゆえのことと、まずはご理解を賜りたい。そして読み終えた後に「嗚呼、あの前口上は確かに必要であった」と、深く頷いていただけることを確信している。

さて。蒸気機関の利用で可能となった〈第五元素《エーテル》結晶〉の大量生産とそれに伴う蒸気《スチル》錬金術《ケミー》の普及によって、我々の大英帝国が今日の繁栄を築いたのはもはや詳説を必要としないであろう。瞬く間に欧州全域へと広まったこの技術の影響は、ドイツで帝国を生み、フランスで第三共和制を成立せしめ、ロシアの南下政策を加速させた。何より各国のアジア

・アフリカ争奪戦をより激しくしている。我が国は硬軟取り混ぜた外交戦略もさることながら、技術開発競争に後れを取るわけにはいかない情勢だ。蒸気錬金のさらなる技術革新――〈更新〉が急務とされている。

政府が注目しているのは、大西洋の中央に鎮座する〈使い手《ムーヴァ》〉の島アヴァロンである。ご存じのように、我々のような蒸気錬金術に頼らず、この宇宙を循環する巨大な〈円環〉と捉え、〈恩寵《ギフト》〉という生来の力を源に〈理法《ロー》〉と呼ばれる超常的な現象を操る人々の国だ。そして近年では、蒸気錬金と〈恩寵〉は源を一にするという説が主流である。彼らの力を参考にしたい。あわよくば丸ごと利用したい。植民地化してでも――というのが政府の本音だ。

ここで蘇るのが悪夢である。護国卿クロムウェルのアヴァロン征服失敗。この痛手は二百数十年の時を経てもなお教訓として生きており、議会内でも慎重派が多い。然《しか》ればまずは通商条約締結を、という者が大勢を占めている。しかし大賢者と十二賢者会というアヴァロンの意思決定組織は、今のところそれすら拒否する構えであった。〈幻獣班〉と呼ばれる、大賢者直属の秘密機関まで動いたとの噂も情報通の間では囁かれている。

日の沈まぬ国、大英帝国はこういうときにいかなる手段に訴えるか？　インドにおける反乱鎮圧は記憶に新しいだろう。靡《なび》く者を抱き込み、反対勢力を切り崩し、頑強に抵抗する者へは徹底的に威圧する。アヴァロンとて一枚岩ではない。親英派もいる。ならば、やることは同じだ。そして、それらの動きを大英帝国の正しさとして新聞・書物で喧伝する。印刷技術の急発展により、書き手もこの十数年で飛躍的に増加した。政府にしてみれば、「使い捨て」のきく人材が安価で手に入る。

なぜ、一介の出版人が英国政府の思惑を、こうも断言できるのか？　理由は単純。外務省の役人を名乗る男が訪れたからだ。彼は云った。遠回しに。

「アヴァロンに就《つ》いての風物を書ける人物を紹介して欲しい」と——

序

一八七一年八月八日。

私は、異国の地アヴァロンで痛めつけられていた。

石の上で倒れ伏し、鼻から血を流しつつ——付け加えると、全裸である。

そんな有様だったにもかかわらず、起きあがろうと必死に足掻《あが》いていた。〈帽子〉が必要だったのだ。取り戻さなければならなかったのだ。

「——返せ」

呻くように云った途端、伸ばした右手の甲に激痛が走った。声が出ない。痛み、そして恐怖で。鉄串がいきなり出現し、手を貫いていた。

これも、〈帽子〉の力か？

衝撃に呼吸も怪しくなってくる。頭が痺れ、音が遠のき、視界が狭まり、白く霞む。

顔を動かすと、宙に浮く見慣れた後ろ姿を捉えた。どうすればいい？　朦朧としながら自問する。

どうすれば、彼女を？

準備

旅に出る。

私がこの素晴らしい計画を思いついたとき、友人、知人の反応は悉《ことごと》く懐疑的だった。『マードック氏の出征』で一躍文壇の寵児となったT・Uなど、

「それで目的地は、どこの通りにある〈帽子屋〉かね？」

と、初対面の者がみな賛嘆するあの整った眉目を、調戯《からか》いの笑みで弛《たゆ》ませたものだ。

たしかに――私はこのロンドンにありながら曇りの日には散歩を厭《いと》うし、帽子といえば頭に乗せるしか用途のない旧来のものを身につけていた。よって、彼の言葉に一理あったことは認めざるをえない。しかしながら――出不精や流行遅れの帽子が、生来の気質であるとか趣味嗜好のためだけでなかったとも断言できる。

主因は偏《ひとえ》に――ここで書くのも業腹だが――私的な財政事情が慢性の逼迫状態にあったためなのだ。

今日明日の食事を切り詰めても、ひと月後には救貧院で素材の味を存分に活かした燕麦《ポリ》粥《ツジ》をすする己の姿が、鏡を見るよりも容易に想像できたのである。もう数十年早く生まれていたら、債務者監獄として世に聞こえたフリート監獄かマーシャルシー監獄へ問答無用で放り込まれていたに違いない。（筆による果敢な援護射撃で判決債務法案を勝ち取ったC・D氏に乾杯！）

かかる困難を打破する選択肢は、短い四半世紀余りの経験によればふたつあった。

その一。働く。

その二。金を借りる。

ところで。

前者について断っておきたいのだが、私は無為徒食の人間ではない。ご覧の通り、筆で糧を得るという手段を持っている。

主に、空想蒸気錬金学小説《スチルケミーフィクション》と呼ばれるものを書いていた――と、過去形で語らねばならぬほど、これが、ごくごく一部の読者にのみ興をさかしていた。ようするに、

売れない。

儲からない。

続編が出せない。

三拍子揃っている。その無様な円舞曲《ワルツ》を踊れば踊るほど、こちらの衣装は見窄《みすぼ》らしくなるという体たらくだった。王立文学基金への補助金申請がすげなく却下されたのも当然と云えよう。

そういったわけで、現状打開の方策として勤労という尊ぶべき選択を一時棚上げしたことは、私としても断腸の思いであったと記しておかねばなるまい。

残るは、後者だ。

元々周囲から金を借りていた。人は誰しも、二度目以降金を貸すときは躊躇《ためら》いが生まれるものだ。無心をする相手の選択は、よくよく検討する必要がある。

結論から云えば最初から多く貸してくれていた人物、すなわちS誌の編集者であるK・O氏を選んだ。太っ腹だからというのはもちろんだが、より貸しやすいだろうと踏んだのである。

例えば十シリング借りたいとしよう。元々一シリング貸していた者は、確実に首を横に振る。彼（あるいは彼女）にしてみれば十倍の金額になるからだ。これが五シリング貸していた者ならどうか。たったの二倍だ。合計しても十五シリング。つまり三倍。相手は貸しやすくなるし、なにより私としても云い出しやすい。

「貸すのは構わないが」

K・O氏は私の予想通りあっさりと了承しつつ、しかも返すあてを確認するなどという無粋なこともせず、ひとつだけ訊いた。

「それで、なにを書くつもりだね？」

「旅行記を！」

私は勢い込んで答えた。金を借りる相手を彼に決めた時点で思いついたのだ。小説ではないが、これで書くことから離れずに済む。

「合衆国……アメリカ合衆国へ行こうと思っているのですが」

「アメリカねえ……」

K・O氏の反応は露骨に芳《かんば》しくないものだった。乗り気でない理由は推察できる。アメリカ紀行は多いのだ。新味に欠ける。そうでなくとも、日々、新聞等で情報は入ってくるのだから尚更だろう。ただ、それだけ知りたがっている人が多いということでもあった。

「商売としては手堅いが――」

K・O氏もそれは承知しているようだ。

「だったら、君に金を貸してまで頼む必要はないよねえ？」

ごもっとも。いっそアメリカ在住の作家に現地の生活報告でもして貰えば良い。しかし、そうすると何処《どこ》へ行くべきか。他の候補を探さねばならなくなった。

「アフリカの奥地とか南米の密林とかアジアの奇習とかそういう生きて帰れそうにないような――」

腕組みをしたK・O氏が宙を見つめながら、ぶつぶつと物騒なことを口走る。彼に金を借りようと考えたこと自体を後悔しかける。

「昔より本が作りやすくなって、君のような――こういう云い方は申し訳ないが、いわゆる三文作家が増えているんだ。他人と同じことをやっても意味はないだろう？　とはいえ……そこまでの旅費はさすがに厳しいな」

「私としても、そちらに大きな負担をかけるのは本意ではありません。厚意にすがる身ですから」

「そうだ！　アヴァロンなんてどうかね？」

こちらの言葉などまるきり耳に入っていない様子で、少し身を乗り出すように提案された。

「アヴァロンですか」

実は、考えなかったわけでもない。我が国の西。大西洋のど真ん中。生まれながらに〈恩寵《ギフト》〉と呼ばれる力を有し、〈理法《ロー》〉を駆使する〈使い手《ムーヴァ》〉である人々が住む島。しかし――読者諸賢もご存じのように、蒸気機関の発明により〈第五元素結晶〉の大量生産に道筋がつき、錬金術が錬金学となって約百年。それまで抱いていたアヴァロン人に対する畏怖と憧憬は薄れている。現在、私たちのアヴァロンの印象は「古くさい」だと云っても異論はあるまい。

「売れますか？」

「競争率は低い」

アメリカ旅行記に比べて、だ。答えになっていなかったが、こちらは金を無心する身なので素直に相槌だけを打っておく。

「それに、政府がアヴァロンに対して新たな通商条約の締結を要求するという噂もある」

はあ。と、我ながら冴えない言葉が出た。その条約と旅行記がどう結びつくのか。見当がつかない。政治や世界の情勢といったことは昔から苦手なのだ。これだから「君の小説は時代性ってものが皆無だね」と大物作家に評されたりするのだろう。納得する。

「今後、それを契機に交流が盛んになれば先取りということになる。そうだろう？」

「なるほど。インドや東アジア諸国の次はアヴァロンということですか？」

「アヴァロンにたいした資源はないよ。狙ってるのは人的資源、というか〈恩寵〉だな」

K・O氏曰く。〈第五元素結晶〉の純度や錬成率は、いずれ頭打ちになると云われている。世界に冠たる大英帝国にとって、蒸気錬金の力の衰えは死活問題に繋がる。今のうちに解決策を探らなくてはならない。云々。

ああ。と、我ながらやはり冴えない言葉が出た。ひとまず、意味は判った。

「よろしい。では、アヴァロンへ行きたまえ。君自身の〈更新〉も期待してるよ」

K・O氏は問答無用の調子で私の旅先を決定すると、必要な金額を用意してくれた。途中経過はどうあれ、これで私の目的は達成である。

「出発の日は教えてくれ」

彼の微笑みに私も笑みで返し、「勿論《もちろん》です」と腰をあげた。すみやかに立ち去るのも金を借りたときの秘訣だ。

「実はもう荷物の用意は終えているんです。この足で旅券を買って、船の都合さえつけば明日にでも出発するつもりですよ。『まず錬金炉《アタノール》に火を入れろ』と云いますからね」

私が帽子を手にすると、まだ座ったままの彼がそれを指さした。

「ついでに〈帽子〉も誂《あつら》えたらどうかね。旅行をするなら、安物でもないよりましだと思うが」

「考えておきます」

私は助言に感謝し、さらに短く借金の礼を述べて彼の前を辞した。

正直に告白すると、この時点では〈帽子〉を買う気がなかった。

旅券は三等船室でも高価であるし、アヴァロン到着後にどれほど費用が嵩《かさ》むのか、旅慣れない私には見当もつかなかったからだ。異国で一文無しという事態だけは避けたい。それに金を遣うなら、旅先での経験——早い話が紀行文の題材になるほうが良いではないか。

そういった考えを改めたのは、旅券を買ったときだ。

K・O氏へ云ったように、私はその日のうちに船会社へ向かった。最も早い便は明後日の朝に発つものだという。迷わず、それに決めた。

「失礼。アヴァロンへ行かれるのですか？」

手続きを終えて帰りかけたところで、一人の紳士に呼び止められた。年の頃は三十代半ば。少し日焼けしている他には特徴のない、むしろ控えめな風貌だった。だから、だろう。その紳士の肩へ目を向けたとき意外な印象を受けた。

真っ赤なトカゲがへばりついているのだ。五インチほどの大きさで、体表を紅蓮《ぐれん》に燃やし続け、舌の代わりに炎を吐き出す。

火蜥蜴《サラマンダー》の幻燈種《ファントム》だった。

普通の帽子をかぶっていた私でも、それが紳士の頭にある〈帽子〉——蒸気錬金式幻燈機《スチルケミーファントムデバイス》の見せるものだということぐらいは判別できる。

「ええ。明後日の朝の便でね。何か御用ですか？　ええと――」

「ああ、失礼しました。スミスと申します」

頷く私にスミスと名乗った紳士は微笑みながら続けた。彼もアヴァロンへの旅券を買いに来たと云う。

「行き先が同じと知って、不躾《ぶしつけ》とは思いましたがお声を掛けた次第でして」

なるほど。と、私も笑顔で応じた。手続きのときに気づいたが、アヴァロンへ渡る人は思いのほか少ない。発券係に訊いてみたが、時期によっては渡航者がいない月もあるという。たしかに声のひとつも掛けたくなるだろう。

「私は初めてなのですが、どうやら人を選ぶ旅先のようですね」

「昔は競うように錬金術と〈恩寵〉の同源説をとなえる錬金術師たちが渡ったそうですが、今となっては――」

スミス氏が自分の〈帽子〉を指先で軽く叩いた。横の排気パイプから細く上がる錬成蒸気が、紫煙のように揺れた。

「蒸気錬金全盛のご時世ですから。はるばる海を越えて行くのは、天然自然の〈理法〉を〈使い手〉から学ぶ研究者か、さもなければ好事家《こうずか》ぐらいのもので」

「あなたはどちらで？」

「実はどちらでもありません。仕事です」

「それは奇遇だ」

私は、自分も同じだと簡潔に告げた。経緯《いきさつ》まで説明しなかったが、まあ、似たようなものだろう。しかし、彼は少し目を丸くした。どうも、後者だと予想していたらしい。おそらく〈帽子〉をかぶっていないせいだ、と推測したが果たしてその通りだった。

「勝手ながら〈自然回帰派〉の方だと」

またの名を〈幻燈種廃止派〉というやつだ。スミス氏は「好事家」と当たり障りのない表現をしたが。普通の帽子をかぶっているせいで、よく勘違いされる。

「それなら、あなたの火蜥蜴を見た時点で渋い顔つきになっていますよ。もしくは、〈抗幻〉を施している」

「ごもっとも。すると……〈帽子〉は故障で修理か何かに？」

「いや、単純に持っていないだけです。主義主張など関係なく。まあ、その……買いそびれたままとでも云いますか」

「それなら、この機会に誂えることをお奨めしますよ。何かと役立つ。道案内やお金の計算はもちろん、旅の成否というのは意外と暇つぶしの善し悪しが大きくかかわってきますので」

話しながらスミス氏が腕を胸の前へ出した。

「ヴァルカン」

呼びかけると、肩にいた火蜥蜴がするすると走り、手首の辺りで止まった。焔《ほのお》ゆらめく頭をもたげる。

《なにかご用ですか？　ご主人さま》

若い、まだ少年の使用人といった声が火蜥蜴から発せられた。

「カードはできるか？」

《もちろんです。遊戯《ゲーム》でしょうか、占いでしょうか？》

「どちらがいいと思う？」

《では、旅の前途を占ってみては？》

「いまのは現在位置と旅券購入予定の記録から推測した答えでしょう。見当違いのことを口走ることも多々ありますがね」

私への言葉に、火蜥蜴が小首を傾げた。話しかけられたのかどうか判断がつかなかったのだろう。

「芸が細かい」

私は感心した体を装ったが、ほとんどお愛想にすぎなかった。その手の機能は、すでに友人知人の幻燈種で飽きるほど見ていたのだ。

しかし、次のひと言には心動かされてしまった。

「旅の記録をとる場合にも重宝しますよ」

「記録……」

思わず繰り返す。慥《たし》かにそれは大事だ。旅行中、いつでもペンと紙を取り出せるとはかぎらない。これまで興味がなかったせいか、そういう幻燈種の利用方法など考えもしなかった。

「どの程度、その……記憶できるものなのでしょう？」

「核となる〈第五元素結晶〉の品質によりますね。旅行は何日のご予定で？」

「ひと月ほどでしょうか」

実は決めていなかった。帰国して旅行記を書き上げるまでの日数を含めて軍資金を逆算すると、そんなものだろうという咄嗟の答えだ。

ああ、とスミス氏がにこやかに頷いた。

「それなら粗悪品でないかぎり大丈夫です。最近は低品質の結晶《いし》を使用した安価なものでも、それなりに格好がつきますよ」

火蜥蜴を肩へ戻し、ステッキを持ち直した。

「良い〈帽子屋〉を知っています。ご案内しましょう」

「あなたも旅券を買いに来たのでは？」

「慌てなくとも売り切れることなどありませんよ」

云われてみれば、その通りだ。私は、スミス氏に任せることにした。ただし、その前にもうひとつ訊いておきたいことがある。扉を押して外へ出ようとする彼を呼び止めた。

「あなたは……〈帽子〉の販売会社か何かを営んでいるのですか？」

振り返った彼の顔に笑いが弾けた。

「失礼。初対面の方にこれほど熱心に〈帽子〉を勧めれば、そう思われるのも無理はない。ですが、まったく関係はありません。そうですね……趣味、とでも云いますか」

「趣味？」

「ええ。〈帽子〉にかぎらず、さまざまな蒸気錬金の品々を使うことや人に紹介するのが」

それから、少し勿体《もったい》ぶるような間をあけて付け加えた。

「いわば、〈蒸気錬金推進派〉ですよ」

なるほど。と、私は得心顔で頷いた。が、実のところ判ったような判らないような確然《はっきり》としない心持ちだった。

そして、そのまま、私は初めての〈帽子〉を手に入れた。

スミス氏が案内してくれた〈帽子屋〉は、壁を埋め尽くさんばかりに蒸気錬金広告板が設置されたストランド街から脇へ入ったところにあった。うっかりすると通り過ぎてしまいそうなほど、小さく特徴に欠けた店構えだ。

どうやらスミス氏はその店の華客《とくい》らしく、私の好みの大きさや素材、色を聞くたびに店員や〈職人〉へあれこれと注文をつけ、奥から様々な〈帽子〉を持ち出させては鏡の前の私に試着を勧めた。

白状してしまうと、どれも善し悪しの判別はつかなかった。普通の帽子でさえ、頭の大きさに合い、かつ露骨に安物然としていなければ満足している。いや、自分の懐具合では満足せざるを得ない。それが〈帽子〉――つまり蒸気錬金式幻燈機では、やれ排気パイプの曲がり具合だの、極小シリンダーの本数だの、錬成槽の形だの、細々としすぎている。そこへもってきてNF式やらP式だのという錬成方式の違いまで加わると、組み合わせは更に増えていく。物珍しさも手伝って子供めいた熱心さを発揮したのは最初だけで、半ばからは、ただスミス氏や店の主の見立てに任せていた。

「悪くない」

ようやくスミス氏のお眼鏡に適ったときには、内心、安堵の息をついたものだ。

「ぴったりです。これにしよう」

私は、彼の気が変わって一から吟味を繰り返さないよう大仰に感激してみせた。やっと終わりだ。早く帰ろう。そう思ったのが無知ゆえの浅はかさだったと気づかされたのは、店の主が分厚い目録《カタログ》を目の前に持ち出してきたときだ。今度は幻燈種の形態を選べという。ページをめくるたび、次々と幻想世界の住人が現れる。しかし、もはや私の根気は尽き果てていた。

「お客様の選ばれた〈帽子〉ですと、ご用意できるものはさほど多くないのですが……錬成槽にはまだ若干の余裕がございますので〈第五元素結晶〉の純度をより上質のものにすれば――あ、必要ない？　左様でございますか。では、幻燈種はこちらからとなりますね。妖精、幻獣……最近はこのような東洋風の龍《ドラゴン》なども人気が――はい？　妖精で宜しいですか？　他にもまだ――ああ、はい。妖精。かしこまりました。妖精でございますね。種類は――この最初の。はい。いえいえ、かえって定番のほうが飽きが来ずに良いという方もおられますよ。では、お手数ですがこちらで契約の署名《サイン》などを――」

幻燈種の姿形は個人的な好みで、錬成効率などといった上級者向けの話題にさほどかかわらないせいか、ろくに吟味をしなくともスミス氏が口を出したり挟んだりすることはなかった。

最後に契約と使用に関する多少の注意事項を聞き流し、その間に微調整を済ませて包装された〈帽子〉を受け取って、ようやく終わりだ。比喩ではなく、一大事業を成し遂げたような疲労感を抱きつつ帰路についた。スミス氏との別れ際、礼を述べ、お互いの旅が佳いものであるよう祈り、アヴァロンで再会できればなお佳いと言葉を交わしたはずだが、具体的には覚えていない。帰宅して包みを置くと、そのまま寝台に倒れこみ、服も脱がずに寝入ってしまった。

〈帽子〉を起動したのは、長めの午睡《ひるね》から覚めた後だ。窓の外はすでに薄闇。錬成灯の流す細い蒸気がいつも通り街路を湿っぽくしていた。

ひと眠りしたおかげか頭はすっきりと明瞭で、包装を解いて〈帽子〉を改めて手にしても不必要に興奮せずに済んだ。〈帽子屋〉がくれた起動手順に従って〈帽子〉の横、〈第五元素結晶〉を収めている封を押して、錬成槽へと落としこんだ。たちまち反応が始まり、〈結晶《いし》〉が泡に囲まれ、一方で極小シリンダーが規則正しい拍子を刻み、増幅器が小さく唸りをあげていく。実は他にも細々としたつまみがあったものの、手引きに説明書きがないので触らないことにする。きっと〈蒸気錬金士〉の調整作業用なのだろうと思うことにした。

直後。目の前にぼやけた人の形が浮かび上がってきた。蒸気錬金が生み出す幻。より正確には、脳へ及ぼす幻術。いわゆる「自然回帰派」は、常時幻術に晒されることによる影響を危険視するが、目の前で徐々に鮮明さを増していく輪郭を見つめていると怖れよりも期待が上回る。

これが——。

私の選んだ幻燈種《ファントム》。

典型的な妖精の姿で、熟考を重ねた末に選んだとはとても云えず、しかも似たような型《タイプ》は通りを歩けばいくらでも他人のものが見られる。それでも、どこか違う、特別だ、と思ってしまうのは人の性か。

背中に透き通った四枚の翅翼を持つ以外は、十代の少女のような姿をしていた。白金の髪を、かの絵画のオフィーリアのごとく緩やかに宙へ漂わせ、目をつむったまま両手を胸の上に組んでいる。服の裾が、風のない室内でゆっくりと揺れつづけ、波に合わせて布地が控えめに光沢を放った。その下へ、膝からのすらりとした足が伸びている。

《ただいまより初期登録を行います。準備はよろしいですか？》

「準備？」

眠れる妖精から問われて、私は慌てて手順を確認した。あとで幻燈種に「名付け」を行うらしい。変更できないので前もって決めておいたほうが良い、と。オフィーリアに喩《たと》えたが、人前で呼びかける名としては少々気負いすぎだろう。

さて。どうしたものか。

私は静かに浮かび続ける妖精を見つめ、それから手にしていた紙に目を落とした。一番上に「蒸気錬金式幻燈機の取り扱いについて」とあり、その下に「ＰＥ」と付記されている。「普及型《ポピュラーエディション》」の略だと、そのとき初めて知った。

「ポピュラーエディション……」

呟きながら綴り《スペル》を思い描く。

そこで、決まった。

手順を先に進める。私の名やその他諸々を登録し、ついに最後の工程。

《わたくしの呼び名を登録してください》

「ポーシャ」

私は迷わず答えた。我が国の生んだ至宝。偉大なる文学の錬金術師シェイクスピア。その喜劇「ヴェニスの商人」の女主人公《ヒロイン》。ポピュラーエディションの綴りから連想したのだ。

綴りも告げる。

《Ｐ・Ｏ・Ｒ・Ｔ・Ｉ・Ａで宜しいですか？》

「イエス」
《もう一度、確認いたします。わたくしの名はＰＯＲＴＩＡで宜しいですね？》
「イエス」
《かしこまりました。以上を登録し、再錬成を行います。しばらくそのままでお待ち下さい》
　その言葉が終わるとすぐ、錬成槽に再び泡が満ちた。極小シリンダーが動き、増幅器が唸る。最初と同じだ。
　違うのは、幻燈種のポーシャが胸の前に組んでいた腕を解き、ゆっくりと両脇へ下ろしたこと。俯きかげんだった顔をあげ、それにつれて瞼を開いたことだ。
　碧《あお》い瞳が、真っ直ぐに私を見つめた。私も、黙ってポーシャを見つめた。なにを云えばいいのか、見当もつかなかった。時間にすれば、それほど長い沈黙ではなかっただろう。しかし、初対面としては痺れを切らすのに十分でもあった。
　相手が人であれば、の話だが。
《わたしの美しさに言葉もなくした？》
　不意にポーシャのほうから沈黙を破られ、しかも登録時とはうってかわって高飛車とも云える口調に、私は面食らって本当に言葉を失った。

どういうことだ？　スミス氏の火蜥蜴はこんな口の利き方はしなかったぞ。慇懃な物腰で《なにかご用ですか？　ご主人さま》と――。

《惚《ほう》けていないで挨拶のひとつでもしたらどう？　礼儀知らずね》

嘆かわしい、とでも云いたげに額に指を当てて首を振る。

「お……」

私は、やっと絞り出すようにして声を発した。

「Oh may ――」

これが、幻燈種ポーシャとの出会いだった。

この〈帽子〉は不良品だ。そうに違いない。

返品交換しようと、翌日は朝から〈帽子屋〉へ再び足を運んだ。なにしろアヴァロンへの出発は明日に迫っている。K・O氏にも伝えていた。急がなくてはならない。

相変わらず広告板の騒がしいストランド街の脇道へ入る。うっかりすると通り過ぎてしまいそうな、小さく特徴のない店構えが——なかった。

初めは自分を疑った。本当にうっかり通り過ぎたのかと何度か道を戻り、次に入る脇道を間違えたのかと別の道を歩き、果ては通りそのものを何度か確認した。汗を拭きながら、やっと空き店舗となっている場所を見つけたのは、昼になろうとしていた頃だ。すぐに気づけなかったのは、ドアが付け替えられていたからだろう。昨日より薄汚れた、以前からそこにあったような、周囲に溶け込んだ風合いのものになっていた。そういえば、昨日、スミス氏が開けたドアは妙に新しかった気もしてくる。ドアノブを回してみた。鍵がかかっている。最後にノックをして、人の気配がないことを確認し、店が消え失せたとようやく納得した。

「失礼。ここに〈帽子屋〉が昨日まであったと思うのですが。ご存じですか？」

通りがかりの数人を呼び止めて確認したのは、念のためだ。「〈帽子屋〉とは知らなかったが店があったのは覚えている」「昨晩、荷物を運び出しているのを見た」という有益な証言を得られたので、私の記憶が間違っていないことは裏付けられた。

では、これは一体どういうことなのだろう？

詐欺に遭ったのだ、と真っ先に思った。安物買いの銭失い《Penny-wise and pound-foolish》か。が、それにしては妙だと気づく。まず、〈帽子〉に支払った金額だ。市価の半額以下だった。詐欺をするなら高値で売りつけるものだろう。端金《はしたがね》のために、ここまで手の込んだことをするとも考えにくい。

とすると、逆なのか。

店を畳《たた》むのは予定通りで、そこへ偶々《たまたま》私が来た。できるかぎり在庫を減らしたいので安く売った。これなら最初の推測よりは説得力がある——と思ったが、値切ったわけでも、支払いを渋ったわけでもないのに安く売った理由の説明がつかない。

考えを巡らせるうちに、「このことを、スミス氏が知ったらどう思うだろう？」と気になった。普通、他人に倒産寸前の店を紹介したりはしないだろう。つまり彼は常連客でありながら、なにも知らされていなかったに違いないのだ。所詮は売り手と買い手の関係にすぎないとはいえ、あの店主、少々無粋ではあるまいか。

　待てよ。店主だけじゃないぞ——と、さらに気になったのは、仕方なく〈帽子〉を持ち帰ってからだ。もしアヴァロンでスミス氏と再会することがあって、そのとき私が彼の見立ててくれた〈帽子〉をかぶっていなかったら？

「どうも不良品だったようでしてね。返品したのです」と方便を並べることは幾らでもできるだろう。しかし、〈蒸気錬金推進派〉と自称するぐらいだ。原因や店の対応を聞いてくるのでは。それに私は答えられるか——無理だ。無知な私では、少し追及されただけでも襤褸《ぼろ》が出る。

　とすれば、波風を立てない解決策はひとつだ。

　この〈帽子〉——蒸気錬金式幻燈機の幻燈種、命名ポーシャをこのまま使う。もしスミス氏に会って、その振る舞いに驚いたら、こう告げればいい。

「不良品かもしれませんが、出発も近づいていたのでこのまま使うことにしました。機能には問題ないようなので」

　そう。機能には問題がなかった。「幻燈種にできること」という同梱の手引きを読みながら試してみたが、ひと通りのことはあっさりとやってのけたのだ。

ただし、すべてにおいて辛辣な皮肉の洗礼を受ける。例えば、
「この、『知り合いの幻燈種を登録する』というのは――」
《驚いた。知り合いがいるの？》
「私にも友人知人ぐらいいるさ」
《相手も同じように思っているとはかぎらない》
「たしかに、いちいち確認をとったわけじゃないが……けれど、友人でも知人でもない奴に無利子で金は貸さないだろう？」
《手切れ金という言葉、ご存じ？》
「そ……」
そんなことはない。と、断言できないのはすべて私の不徳の致すところだ。思わず黙りこくってしまい、薄く笑みを湛《たた》えたポーシャを見て、本来の目的を盛大に見失っていたことに気づくといった具合だった。
こんな調子で旅行に使えるだろうか。と、一抹の不安が頭をよぎりはしたものの、そもそも〈帽子〉を買うつもりさえなかったことを思い起こせば、贅沢な悩みなのかもしれない。むしろ話の種が多いほど、『アヴァロン紀行（仮題）』の執筆もはかどるだろう。なにより、それで読者が喜べばしめたものではないか。

「いい旅になりそうだ」
荷物と旅券の最終確認をしていると気分も高揚してきた。
《旅の成否は旅人の心がけ次第。その点、貴方様なら間違いなし。なにしろおつむがお目出度い》
すかさず歌うようにポーシャが水を差してきたが、私も黙ってしまうばかりではない。
「そうかもしれない。なにせ君を連れて行こうってぐらい。不良品なのに」
《いまなんと？　不良品！　この、ポーシャがっ？　やっぱりお目出度いおつむね。いっそ成功の前祝いをしておくわ》
そう云うと宙を踏んで踊り出した。目の前でうろうろされ、鬱陶しいことこの上ない。追い払おうにも、幻燈種はいわば幻術の一種だ。手応えなくすり抜けてしまう。すぐに私は降参した。
「わかったわかった。不良品発言は撤回する」
《もっと踊りを見ていただきたいのですが？》
「遠慮しておく。もう云わない。誓う」
《禁句として登録するからね》
「好きにしてくれ」

　実際のところ短い使用期間ながら、不良品、とは呼びにくい印象もあった。前述通り一般的な〈帽子〉としての機能は何もかも問題はなかったし、会話に関しては他の幻燈種と比べてその表現が豊富に思えたのだ。

　幻燈種の受け答えというのは、初期設定と学習だという程度の知識は私にもある。それが高度であったり素早かったり適切であったりするのが、〈第五元素結晶〉の品質いかんによることも。ポーシャは、購入時の安さを鑑みれば不釣り合いなほど初めから会話に澱《よど》みがない。口は悪いが、それも多様さゆえと云えるのでは？

　考えているうちに、割と良い買い物をした気になってくるから我ながら単純だ。

「明日は出発だ。船に乗り遅れたりしないよう起こしてくれ。朝の六時に」

　さっそく目覚ましの機能を試してみることにした。おやすいごよう、とでも云いたげな心得顔でポーシャが頷く。

《静かに歌で起こしても？》

「悪くないね」

《どんな歌がいいかしら？》

「なにが得意なんだ？」

《子守歌とか》

「二度寝させる気か。私は起こしてくれと云ったんだ。それに子供でもない」

《まだおねしょが治らないって話は？》

「何時《いつ》、何処で、誰がそんな話をした」

私が詰め寄るような口調になると、ポーシャは小首を傾げた。こいつ惚《とぼ》けてやがる。自分への問いかどうかを判別できすに首を傾げたスミス氏の火蜥蜴と同じ動作だが、明らかに判ってやっている。やっぱり不良品か。いや、しかし、待て。判ってやっていることが相手に判るように惚けてみせているのだから——もしかすると、これは可成《かな》り高度なことなのでは？

不良品なのかお買い得品なのか、だんだんと混乱してくる。時間も無駄に過ぎていく。明日は早い。旅慣れない自分に睡眠不足は大敵だ。

「もう寝る。さっきも云ったように朝六時。私を起こすように。いいね」

《かしこまりました。ご主人さま》

にっこり微笑むポーシャは、何も知らない者なら頭のひとつも撫でてやろうと思わせる可愛《かわい》らしさがあった。しかし私はすでに疑り深くなっている。素直に答えたのは、続けて余計なひと言を付け加える前触れだと警戒していた。隙を与えないよう、さっさとランプの灯《ひ》を落とす。

部屋が暗くなった。にもかかわらず、ポーシャが見える。素足をプラプラさせていた。〈帽子〉に腰掛けているらしい。光っているのかと思ったが、周辺はまったくの闇だ。幻燈種は錬金術によって錬成された一種の幻術なのだから、これも私の脳に〈帽子〉が見せているにすぎない。その証拠に瞼を閉じれば明るさを感じなかった。どうせ眠るのだから放っておいてもいいのだが、暗がりに鮮明な妖精は少々対比《コントラスト》が強すぎる。

「ポーシャ。君の姿は眠るには眩《まぶ》しいな」

迂遠な言葉になったが、すぐにポーシャは月光を浴びた程度の仄暗《ほのぐら》さをまとった。どうやら意図は伝わったらしい。礼を云うと、

《どういたしまして》

就寝前に相応《ふさわ》しい控えめな声音で応じ、椅子がわりにしていた〈帽子〉からふわりと翔んだ。翅翼を動かし、こちらへ宙を滑ってくる。おやすみなさい、とでも云うのだろうか。様子を見ていると枕の端にぺたりと座り込み、顔を寄せて囁いた。

《子守歌は？》

「……い、ら、な、い」

私は毛布を額まで持ち上げ、背を向けると、しっかりと目を閉じた。

翌朝。ポーシャは私を起こしてくれた。きっかり朝六時。耳元で歌ってくれもした。子守歌ではなく、どこで覚えたのか流行歌だ。彼女を見直してもいいと思った。

調子っ外れの酷《ひど》い歌声でなければ。

スコッチを無理矢理流しこまれた鵞鳥《ガチョウ》だって、あんな喉はしていないだろう。華奢で可憐ともいえる妖精の体のどこから声が出ているのかと——しつこいようだが一種の幻術なので、声が出る出ないの問題ではないのだが——かえって驚いたぐらいだ。

「ありがとう。目は覚めた」

身を起こしてもまだ歌い続けようとするポーシャをなんとか黙らせ、支度を調えながらポーシャを連れて行くかどうか最後の逡巡をした。

結局〈帽子〉を頭に乗せたのは「話の種になるだろう」という目論見と、最後の準備をしているあいだ私の周囲を離れずに付いて回る彼女の存在に馴染《なじ》んでしまったせいだった。いなければいないで淋しい旅になりそうな気がしたのだ。

まだ涼しい外へ出ると、いつもは見かけない軽食屋台が通りの向こう側にあったので、そこで紅茶とビスケットを腹におさめた。

「ご旅行ですか？」

二杯目の紅茶を差し出しながら、屋台の主である中年の婦人が私の大きな鞄を手で示した。

「アヴァロンへ行くので。英国らしい食べ物もしばらく食い納めですよ」

「あら羨ましい」

「羨ましい？」

「だって、こちらの食べ物からしばらく解放されるってことでしょう？」

「なるほど」と私は笑いながら頷いた。異国への旅が初めての私は日々の食事にも若干の不安を抱いていたが、まったくもってこのご婦人の云うとおりだ。

「可愛らしいお供もいるようですし」

婦人の言葉は〈帽子〉のつばへ向けられたものだ。

《どうもありがとう。元は可愛らしかったかもしれない人に褒められて光栄だわ》

つばに腰掛けていたポーシャの無邪気な口調に、ご婦人の目が丸くなった――と、思う。実は表情を覚えていないのだが、雰囲気はそんなところだ。私はいっぺんに紅茶の味が判らなくなった。

「失礼。これは不良ひ……ちょっと個性的な幻燈種でしてね。起動させたばかりで、まだまだ教育が行き届いていないんです」

早口で言い訳をする。婦人が微笑んだ。

「あらまあ。旅には厄介事《トラブル》が付きものですから、どうぞお気を付けて」

助言か皮肉か。あるいは予言か。私はひたすら言い訳を重ねるしかない。参った。旅の途中でポーシャを連れてきたことを後悔することもあるだろうとは思っていたが、それがまさか家を出て十分後とは。しかも、一刻も早くその場を立ち去りたくて、真っ直ぐテムズの方へ向かってしまった。慌てなければ家に戻って置いてくることができたものを。気づいたときには艀《はしけ》への順番を待つ列に連なるしかなかった。

《さっき、不良品って云ったよね？》

「云ってはいない。云いそうになっただけだ。だから約束は破っていない」

そんな遣り取りをしていると、

「ちゃんと会えるとは思わなかったな」

他の乗客や荷役夫たちのざわめきの中に聞き覚えのある声がした。振り向くと、K・O氏だ。

「寝坊などしませんよ」

私は大仰に「心外だ」という表情をしてみせると、わざわざ見送りに来てくれた礼を述べた。

「寝坊？」

K・O氏が目を瞬《しばたた》く。「むしろ金を持って夜のうちに――」と聞き取りにくい独り言をもごもごと云いかけてから口を噤《つぐ》み、まだ宙に漂っている言葉を両手で払うような仕草をした。

「ともかくだ。君の、この旅に対する熱意が判って嬉しいよ」

「面白い旅行記をものにしてみせますよ」

ぎこちなく、妙な激励だと思ったものの、追及するのも面倒だった。ひとまず調子を合わせて威勢のいい返答をしておく。答えるだけならタダだ。

「期待しておくよ」

K・O氏は金を貸してくれたときのような無表情で頷き、私の〈帽子〉に座っているポーシャへ目をやった。

《なにか用?》

くだけた口調の対応に、私は再び飲んでもいない紅茶の味が判らなくなった感覚に襲われた。

「大変お世話になっている人だ。頼むから、もう少し丁寧な言葉遣いをしてくれ」

《なにかご用がございましてあられますか?》

間髪を容《い》れずに出てきた台詞《せりふ》に思わず〈帽子〉へ手を伸ばしたが、もちろんポーシャを捕まえることも、ましてや口を塞ぐこともできない。できることと云えば、K・O氏へ心から謝るだけだ。だが、それよりも先に彼のほうが声をあげた。

「こいつは驚いた」

「ポーシャ……私の幻燈種に、ですか？」

「そうだよ。ここで君に会ったことより驚いた。いったい〈帽子〉にいくら奮発したんだ？」

「奮発なんてとんでもない。お金を借りてる立場ですから。店でいちばんの安物ですよ」

ただし、買った翌日に跡形もなく消えた怪しげな店だが。話がややこしくなるし、時間もないので黙っておいた。

「そんな馬鹿な」

彼はなかなか信じようとしなかったが、こちらが嘘をついていない——というよりも、嘘をつけるほど〈帽子〉に詳しくないと気づいて、「君は買い物の天才だな」と喜びにくい褒め言葉をくれた。

「目を合わせただけで反応するのは最上級品なんだ。ほとんどの幻燈種は、まず登録した名前を呼ばないといけない。話しかけられているのかどうか判断できないんだよ」

説明どおり「ハート」と呼ばれてから、彼の幻燈種——純白の鳩《ダヴ》。曰《いわ》く「極東の島国ではこの鳥をハァトと呼ぶそうだ」――が正面へと回り込み視線を向けた。その様子に、そういえばスミス氏の幻燈種はもちろん、友人知人のそれも同様だったことを思い出す。軽食屋台のご婦人に対しても、ポーシャは目を合わせただけで応じていなかったか。目を丸くされたのは、そういったところにも原因が――いや。やはり単純に口の悪さのせいだろうと自分を戒める。妙な期待は危険だ。

「反応は高級品かもしれませんが、言動はどうも……」

「幻燈種らしからぬ、という意味なら同意するが。不具合と断じるには躊躇《ためら》いを抱くね」

K・O氏の言葉は、そっくりそのまま昨晩の私の戸惑いを表していた。作家の私より的確というのが少々複雑な気分ではあったが。

大いに興味をそそられたらしいK・O氏が、もっと子細に見たいというので〈帽子〉を渡した。

手持ち無沙汰《ぶさた》になってしまった私は、何気なく周囲を眺めるしかない。ご婦人の二人組が目をそらし、くすくすと笑い合っている。どうやら頭の上にいるらしいポーシャが余計なことをやっているようだ。私は嘆息するだけに留めた。すでに諦めの境地にある。

幻燈種が待機中に元々設定されていた行動をとることは、読者諸賢もご存じだろう。それを見たいがために、わざとしばらく放置する人もいると聞く。たいていは、その幻燈種たりした。例えば火蜥蜴なら火を噴いてみたり、尻尾をくわえて丸くなって眠ったり――だが、ポーシャの場合は、まったく予測がつかなかった。さすがに火を噴くような真似はしなかったが、およそ妖精のやりそうなことはすべてやる。端的に云えば、悪戯《いたずら》や悪ふざけの類だ。幻術であるがゆえに私の身体に直接差し障りはないとはいえ、ひたすら鬱陶しい。でたらめで野放図という点において、幻燈種というより妖精そのものだった。「そんなに気になるならお譲りしましょうか？」と、私の〈帽子〉を矯《た》めつ眇《すが》めつしているK・O氏に、どうしてこのとき云わなかったのか。

いやいや待て待て。ポーシャはきっと旅行記に可笑《おか》しな話の種を提供してくれるはずだ。そう考えて踏みとどまってしまった自分を呪いたい。あるいは仕事熱心だと褒めてやりたい。ついでに、いよいよ艀へ移る段になって返された〈帽子〉を考えなしに受け取ってしまったことを罵《ののし》りたい。

もっとも、言い訳させてもらうなら最後の件には理由がある。K・O氏の肩越しに、スミス氏を見た気がしたのだ。目も合ったと思ったが、声をかける間もなく、積み荷を集めた山に隠れてしまった。それらに意識が向いていたため、差し出された〈帽子〉をうかうかと手にしてしまったというわけだ。目の前の、せっかく見送りに来てくれたK・O氏を放り出して、スミス氏（らしき人物）を追いかけるわけにもいかない。

「くれぐれも体には気をつけたまえよ。旅行記が病床記になっても困る」

「もし病気になったら、アヴァロン特製の〈理法薬〉を試す良い機会だと思うことにしますよ」

私は見送りの礼を述べると、勇躍、艀へと乗り込み船へ渡った。

ついに出発。

旅のはじまり。

七月二十八日午前八時。汽笛一声。私は甲板に立ち、ゆっくりと遠ざかっていく朝霧にかすんだロンドンを見つめた。河岸にいた見送りの人々は、たちまち小さく見分けがつかなくなった。濁った水面《みなも》がゆらめき、波の裾を広げ、航跡を描く。積年の問題とされている錬成汚泥の臭いも、しばしの別れと思うと意外に名残惜しい。

だが、感傷に浸るよりも昂揚《こうよう》感のほうが先に立つ。これから私を待ち受ける日々を想像し、少年のように心を躍らせた。あれもやってみたい、それはできるだろうか、そうだこれも試してみよう。欲張りな算段も旅の初心者ゆえの特権とさえ思える。

そうだ。まずは、この旅立ちを忘れずに記録しておかなくては。私はそそくさと船室へ戻った。

それから船はテムズを下り、一度ドーヴァーへ出ると、ブリテン島の南側を通って西へ針路をとった――はずだ。

これ以外に、船中については書くことがない。ずっと船酔いで寝ていた。

アヴァロン

三日間の船旅を終え、私はついにアヴァロンの地を踏んだ。

七月三十一日の午前十時。アヴァロン南部の首府オギルスである。

まだ足元が揺れているような気がしたものの、動かない大地の有り難さに震え、帰りもあの船酔いに悩まされるのかと思うと別種の震えを覚えた。

しかも、ポーシャがいる。

こちらが懸命に吐き気と格闘しているところに、《なにか気を紛らわせる話でも？》と提案するので許してみたら、人糞《じんぷん》から肥料を作る方法を滔々《とうとう》と――微に入り細を穿《うが》った表現で――語り出してくれた幻燈種が。

私は軽い絶望感をなんとか振り払い、辺りを見回した。下船して入国審査を終えた人々は迎えの馬車や荷車に自分たちの荷物を積み込んでいる。荷運び人《ポーター》はどこだろう？　ロンドンなら頼みもしないのに寄ってくるのだが。辻馬車屋は？　〈理法〉を使った空飛ぶ乗り物でもあれば尚良いのだが。ともかく、まだ体のふらふらした感覚が残っていた。できれば宿の揺れない寝台《ベッド》でひと休みしたい。

ロンドンより少し暑く湿気を帯びた空気の中で佇んでいるうちに、人々はどんどん去っていく。まごついて、きょろきょろと様子を窺っていても仕方ないようだ。ここでは私は異国人。勝手が判らないのは当然だし、他人が親切に手を差し伸べてくれるのをあてにするのも虫が良すぎるというものだろう。自分から動かなくては。

私はもう一度、今度は確然《はっきり》と目的を持って周囲を見回した。

さて。誰に声を掛けるべきか。

女性と子供は避けたほうが無難だろう。到着早々妙な誤解をされたら困る。老人は？彼らはおおむね世話焼きでお節介だし、なにより暇だ。ああ、しかし、待て。英語が通じるだろうか。フランス人がフランス語を、ドイツ人がドイツ語を話すように、アヴァロンにもお国の言語がある。普段はみなその言葉を話し、聞き、読み、書く。船が風の力を利用していた時代は、新大陸との中継点ということもあって人の行き来も盛んで、英語も日常的に使われていたらしい。ところが蒸気錬金学が発達した今となっては、むしろ人の交流が細ってしまった。そのため英語が判らない人も多いという。こうなると、老若男女で考えるのは間違いかもしれない。いっそ入国審査を受けた背後の建物に戻ってしまえば確実だ。審査官は流暢な英語だった。

が。

それでは、いかにも味気ない。これは外国を訪れた者が、その国の人と交流できる貴重な機会のひとつと云える。言葉が通じない？　それがどうした。身振り手振りだって使える——我が国では普通でも別の国では侮辱や卑猥な意味を持つ例も少なくないので、用心する必要はあるが。大事なのは気持ちだ。どうしても見込みがなければ他の人を当たれば良いだけ。

それに……ポーシャがいる。

「アヴァロン語の知識は？」

《わたしを誰だと思ってるの？　貴方の幻燈種よ？》

ポーシャが胸をそらして、自信に満ちた仕草をした。

《渾身の身振り手振りで伝えてみせるわ》

「確認しておいて良かった。じっとしていてくれ」

私は念入りに言い含めて、歩き出した。こちらに背を向けた鄙《ひな》びた格好の男が一人。荷物と一緒に、さっきから手持ち無沙汰な様子で立っている。里帰りを果たしたが迎えが遅れているのかもしれない。話しかけるには都合がよさそうだった。記念すべきアヴァロン人との初交流——入国審査官は除外して——だ。

「失礼。ちょっとお訊ねしたいのですが？」

「なんでしょう？　……おや？」

振り返った人物は、私の顔を見て愉快そうな笑みを見せた。

「こんなに早く再会できるとは」

スミス氏……。

大いに出端《でばな》を挫《くじ》かれた私は、拍子抜けしたことを押し隠すだけで精一杯だった。スミス氏は先日と変わらぬにこやかさで話しつづける。

「実を云えば同じ船だとは知っていたのですが。どうも船室に籠もっておいでだったので、ご挨拶するのは控えていたのです。新作のご執筆でしたか？」

「いえ。恥ずかしながら、ただの船酔いで……」

私は正直に告白しながら、はて、と首を傾げた。

「私の仕事をご存じで？」

「ええ……以前お名前を伺ったとき聞き覚えがあったものですから」

「ああ、なるほど」と頷きながらも、やはり釈然としない。本名のまま作品を発表しているが、聞いただけで「作家」だと連想が働くほど珍しい名前でもないのだ。

余談になるが同姓の著名な劇作家がいて、彼に間違われることがしばしばある。それを否定するときの気まずさといったら！「ああ、これは大変な失礼を。人違いでしたか。でも、貴方も作家なんでしょう？　こう見えても本はけっこう読んでいるんですよ。貴方のご著書も読んでいるかもしれない。どんな書名ですか？　ふむ……すみません。まだまだ不勉強のようです」などという相手の憐れみのこもった顔を見る気まずさといったら！

ともかく。

名前から私の生業《なりわい》を云い中《あ》てられたのは初めてのことだ。

さらに疑問に思ったのは、そもそも私はスミス氏に名乗っただろうか、ということだった。

常識的に考えるなら、スミス氏が名乗ったときに自分もそれに応じたはずである。だが、記憶を総ざらえしても出てこない。テムズに落とした硬貨だって見つけられそうなほど念入りに浚って、検分しても。他に機会があったとすれば、〈帽子屋〉へ案内してもらう道すがらか、〈帽子〉を購入して別れる前の挨拶を交わしていたときぐらいのものだが、やはり記憶にない。店内でスミス氏は私を「こちらの紳士」と紹介し、店の主は「お客様」としか呼ばなかった。契約書の私の署名《サイン》を見た？　いや、そのとき彼は新しく発表された幻燈種の目録を夢中になって——「ほう。逆三角錐！　抽象とは挑戦的な」といった独り言を呟きながら――眺めていたはずだ。

ここで改めて書き記しながら、再三再四当時の情景を思い返してみるが、どこにも自己紹介をした記憶は見当たらなかった。もっとも、「記憶にない」と「名乗っていない」は等号で結ばれないので――つまりはど忘れしている可能性もある。

もう少し確認をしても良かったのだが、それよりも先にスミス氏が感激も新たにといった様子で早口に話しつづけた。

「まさか『蜂の剣と市長の盾』を書かれたご本人と知り合いになれるとは、思ってもいませんでしたよ。もう少し早く気づくべきだった。家に帰ってから、生まれて初めて夜も眠れないほどに後悔しました」

多分にお世辞もあるのだろうが、私の処女作まで知っているとなると、やはり悪い気はしない。しかも彼は、私の著作すべてを読んでおり新作を心待ちにしていると云うのだ。こうなると名乗ったかどうかなど些細な問題に過ぎなかった。

「ありがとうございます。そこまで仰《おつしや》っていただけると作家冥利《みようり》に尽きますよ」

「アヴァロンへは仕事と伺いましたが、新作の取材か何かで？」

「まあ……そんなところです。たしか貴方もお仕事でしたね」

私の言葉にスミス氏は頷くと、足元に並べた複数の鞄のうち、大ぶりなものを開いてみせた。四角い箱状の物に木製の三本足。複数の板。それらがすべて革帯《ベルト》でしっかりと保持されている。多少の揺れではびくともしないだろう。これは、写真機の一部だ。

「するとスミスさんは」

「ええ。世間では写真家なんて呼ばれてますがね。早い話が、どこにでも首を突っ込みたがる物好きですよ」

「では、今回もアヴァロンの各地へ首を突っ込みに？　それで、そのような服装を？」

私はスミス氏の頭のてっぺんから爪先まで改めて眺めた。大英帝国の首都ロンドンを闊《かっ》歩《ぽ》する紳士の風情はどこにもない。どちらかといえば労働者とか農夫に近い。声を掛ける前に後ろ姿から抱いた印象――帰郷したアヴァロン人だった。

「その土地に馴染むには外見から入るのが手っ取り早いので」

彼は軽く諸手を広げて自分の姿を見せ、それから少し困惑気味な顔をした。

「ただ、各地というほどは回りません……ひょっとして、『儀式』のことはご存じないのですか？　てっきり、それが目的だとばかり思っていたのですが……」

「儀式？」と私は聞き返しながら、首を横に振るしかできなかった。まったく知らなかったのだ。

〈ブリガンディアの大祭〉――なんでも十二年に一度、大賢者が〈円環〉の儀式を行うという。ブリテン島の西隣にあったアヴァロン島に「星」が落ち、その星の力を得て島ごと今の大西洋の真ん中へ飛び去った起源神話から始まった。儀式自体は古代から連綿と受け継がれてきた由緒正しい祭祀だが、いまではお祭りの山場として位置づけられているそうだ。

「――と、まあ偉そうに講釈しましたが、実は私も初めてでしてね。なにしろ前回は十二年前ですから」

「なるほど。それで、その儀式を写真に？」

「そういうことです。汽車で、これを持って」

スミス氏は閉じた写真機鞄を軽く叩いた。

「そうだ。先生もいかがです？　北部の低山地帯です。野趣溢れる温泉もありましてね。私のような門外漢が僭越《せんえつ》ですが、次回作を考える刺激にもなるかと」

「先生？　私が？　そんな大層な人間ではありませんよ。ですが、その提案は大変魅力的ですね」

十二年に一度の儀式に恰度《ちょうど》遭遇するとは。この旅行記の中心に据えるものが、来て早々に見つかったのだ。この幸運を逃す手はないだろう。さらに詳しく訊けば、祭りの始まりまでまだ一週間ほどある。それまでは他を見て回ることにすればいい。現金なもので、そうと決まったら体のほうも軽くなった気がする。

「では、儀式の当日にまたお会いするということに。私の宿はすでに決めているので、それをお教えしておきましょう」

スミス氏は別の鞄から〈帽子〉を取り出した。待機状態を解除された幻燈種――尻尾を抱えるように丸くなっているところから目覚めた火蜥蜴――が、腕を這い登る。

「ああ……お互いの幻燈種を登録するやつですね」

得心顔で云いつつも、私は密かに迷付《まごつ》いた。手引きには書いてあったはずだが、やり方を覚えていない。細かいところを確認しようにも、訊くたびにポーシャが混ぜっ返すので、結局は流し読みで済ませてしまったせいだ。

「いえ、それはまた次の機会にでも。先生の幻燈種に登録していただけるのは光栄なのですが、アヴァロンではあまり意味がないので」

「意味がない？」

首を傾げる私に、スミス氏が笑った。

「日常的に複数の幻燈種と遣り取りがある状態で役立つ機能なんですよ。アヴァロンで〈帽子〉をかぶっているのは我々ぐらいですから」

その説明で、船を下りたときから漠然と抱いていた違和感に納得がいった。幻燈種を見かけていないのだ。

ロンドンでは通りを行けば人と一緒に幻燈種がいた。往来する人々の半径数フィートに及ぶ〈帽子〉の影響圏を出入りするたび、多種多様な幻燈種が視界に浮かび上がり、消えていく。その光景は、もはやロンドンや他の都市のみならずフランス、ドイツ、アメリカなどでも日常となって久しい（らしい）。

だが、アヴァロンにはそれがなかった。

そもそも男女とも帽子や日除けを身につける習慣がないようだ。長い髪を——男女ともに、だ——様々に編み込んでいる。染めているかのごとき赤毛も多く見受けられ、なかなか新鮮だ。

改めて辺りを見回しているうちに、スミス氏のほうは話を先に進める。

「宿と、その宿のある村の名前。鉄道の最寄り駅からの地図をそちらの幻燈種へと転送します」

「未登録なのに？」

「直接通信ですよ。そちらの許可があって幻燈種の影響圏内であればできます」

説明されながら、なるほど、と私は納得した。仕組みのことではなく、そんなことも知らないのに空想蒸気錬金学小説《SF》など書こうとしているから売れないのだ、と。

《準備はよろしいですか？》

彼の幻燈種である火蜥蜴ヴァルカンが、猛々しい見かけにそぐわぬ少年の声音で確認してくる。この慇懃さの十分の一でもポーシャには見習って欲しいのだが——。

《えー？》

「『えー？』じゃない。なんでそんなに嫌そうな顔をするんだ。頼むからちゃんと受け取ってくれよ」

命じるが、ポーシャはふて腐れた態度でそっぽを向いている。

「転送を許可します。構わないので送りつけてください」

私はスミス氏に頷いてみせた。火蜥蜴が尾を持ち上げる。先端が膨れ、小さな火の玉となり、やがて切り離されるとポーシャへ向かって漂っていく。中に羊皮紙のようなものを収めているのが、炎の膜を透かして見えた。

《火傷《やけど》しない？》

「錬成式を乱すようなものはありませんよ」

答えたのはスミス氏だ。錬成式がどういうものか具体的には理解していないのだが、ようするに「壊れたりしない」という意味であろう。

「宿の名前とその地図だ。どこにも問題なんてないだろう」

焦《じ》れた私の言葉に、ポーシャが呆れた顔つきをする。それでも主人である私に従い、彼女は目の前に迫っていた火の玉へ手を差し出した。指先が触れた途端、弾ける。炎の膜が霧状に散り、中身の羊皮紙がみるみる形を変えていく。カップに淹《い》れたミルクたっぷりの紅茶だ。飲み干す。受け皿を手に、指を揃えてカップを持つ姿は妖精らしい優雅さを漂わせていた。黙っていれば、申し分ないのだ。黙ってさえいれば。

《げぷっ》

眉を顰《ひそ》める私に、ポーシャは悪びれもしない。澄まし顔で、渡された地図を目の前に広げた。宿と思われる地点には赤く矢印が点滅している。

「ちゃんとお渡しできたようなので、私はこれで失礼します」

〈帽子〉を鞄に戻すスミス氏に馬車が近づいてきた。できれば、どこかの宿まで送って欲しかったが、さすがにそこまで甘えるわけにもいかない。

「では先生。またお会いできるのを楽しみにしております。それまで、どうか良い旅を」

例によってにこやかに、スミス氏は馬車へ乗り込んだ。

「ああ、そうだ。これから宿をお探しになると思いますが、その前に銀行で両替されることをお奨めします。ここでは英国ポンドは使えませんからね」

云われてみればその通りだ。さすがに旅慣れているだけはある。去っていくスミス氏を感謝と共に見送り、私はまたも辺りを見回す。今度こそ、アヴァロンでの初交流を。まず銀行の場所を訊ね、その銀行で今度は宿のありそうな区域を教えてもらえばいいだろう。

「スミスさんに会えたのは幸運だったな。親切だし、なにより私の読者だ」

《わたしは火蜥蜴の尻尾を飲まされたけど！》

「そんなに気に入らなかったのか？」

《胸焼けするほどにね》

たしかにげっぷをしていたが。ともあれスミス氏が気を悪くしなくて良かった。ポーシャのあの態度に平然としていたのだから、不良品というわけではないのかもしれない。他にも似たような例を見たことがあるのだろう。さすが〈蒸気錬金推進派〉などと自称するだけはある。

「次は加《カ》密列《ミツレ》ぐらいにしておくよ」

《ありがとう。お礼に、いつかその口に苦蓬《にがよもぎ》の汁を流しこんであげる》

「そいつは楽しみだ。人に直接関与できる世界初の幻燈種として自慢しよう」

私はポーシャの減らず口に付き合いながら、近くにいた青年に声を掛けた。今度こそアヴァロンの人だった。

◆

迷った。

道に。

銀行には着くことができたのだ。私の記念すべき初交流相手である男性——二十代後半で私とさして違わぬ年齢のようだった——が、英語を難なく操り、親切にも同行してくれたおかげだった。スミス氏とはまた別種の好感を抱かせる雰囲気で、均整のとれた体つきと相俟《あいま》って、ロンドンに来ればさぞかしご婦人方の人気を博する紳士として通用したに違いない。アヴァロン人の男性にしては髪が短く、私やスミス氏同様に整えていたのが印象的だった。

道すがら、アヴァロンのことをよく知らないまま来てしまったと話したら、古書店にでも行けば歴史や習俗の英語版概説書が安く手に入るだろうと云う。数は激減したがアヴァロンを訪れる人はいるわけで、彼らが帰りの荷物を減らすために売り払ったものらしい。調べものは私の仕事の一部だ。早速、後で利用しようと決めた。

銀行での両替も、滞りなく済んだ。窓口の女性はやはり英語を解したし、大きな鞄を提《さ》げた私の姿を見てすぐに旅行者だと察してくれたので、宿の集まる区域を丁寧に教えてくれた。

では。と、そこへ向かおうとして迷ったのだ。

物覚えの悪い私と、そもそも覚えようとさえしていなかったポーシャという組み合わせなので、起こるべくして起きたことかもしれないが。

《言いがかりね。貴方は「覚えろ」とは云わなかった》

「君が余計なことまで自主的に提案してくるような個性的な幻燈種じゃなかったら、私も覚えておくように命じたさ」

反論してはみたものの、ポーシャの抗議は幻燈種として至極もっともで、私の落ち度のほうが大きいようだ。違和感のない――問題はあるが――受け答えをするせいか、どうしても蒸気錬金によって生み出されたということを忘れがちだった。

「この町の地図は?」

念のために確認したが、予想通りポーシャは肩を竦《すく》めてお終いだ。

「通りの名前は覚えてるから、ともかくそれを道行く人に尋ねながら徐々に近づいていけばいい」

私は自分を励まし、鞄を持ち替えた。そろそろ腕が抜けそうだ。しかし、不用意に置いて休むのは避けたい。

なぜなら、妙な大男がいたからだ。

ずっと後を追ってきている。

最初に気づいたのは、道に迷ったことが発覚したときだ。引き返そうとしていきなり方向転換した——そして引き返すことで、かえって迷った——のだが、そこですれ違った。髪は栗色。四角い顎と太い首。縦も横も私より格段に大きい。背筋を伸ばした歩き方は、とにかく屈強そうな印象を受けた。身なりも独特。足首まで隠れる外套で全身を覆い隠すような姿だった。どこか堅気ではない雰囲気を漂わせている。なにかと目に付きやすい。時計塔《ビッグベン》のようだと思った。

ポーシャは、といえばいつも通りだ。当然ではあるが、認識していないのだろう。かといって「警戒しろ」などという命令は、間違ってもできそうにない。ろくな結果にならないと断言できる。黙っておくのが最良の選択のようだった。

そういったこちらの苦慮など知らず、彼女は道を訊くための相手を物色している。

《さっそくカモ……じゃなかった救いの御子が来たみたい》

向こうから歩いてくる十代半ばぐらいの少年が、興味津々といった顔つきでポーシャを凝視していた。幻燈種が珍しいのだ。

《こんにちは。ちょっと道を教えて欲しいんだけど？》

「喋った！　へえ、よくできてんなあ」

多少訛りはあるが聞き取れる英語だ。少年はひょいとポーシャへ手を伸ばしたが、すり抜けて拍子抜けしたようだった。

「なーんだ。〈幻影〉か」

《清い心じゃないと触れないの》

《清い心じゃないと触れないの》

出し抜けにポーシャが、もう一体増えた。言葉を失っていると、少年は小さく笑いをこぼす。増えたポーシャが煙のように消えた。

《〈理法〉ね》

消えなかった――つまり、私の蒸気錬金式幻燈機によって作り出されたほうのポーシャが、面白くもなさそうに種明かしをしてくれる。

「今、彼は〈理法〉を？　この一瞬で？」

幻燈種が〈理法〉を判別できたことよりも、目の前で起こったことに興奮してしまった。

「アヴァロン人ならたいていできるさ」

私の驚きに、少年が平然と答える。〈理法〉がこれほど呆気なく使われるとは。話には聞いていたが、まさに見ると聞くとは大違い、というやつだ。蒸気機関も〈第五元素結晶〉も使わずに、私たちの云う〈錬成〉と似たようなことができる。これが、アヴァロン人なのだ。

「凄いな！　実に凄い！」

私の手放しの賛辞に、少年は気恥ずかしそうに辺りを見回した。

「やめてくれよ。アヴァロン人なら、あのぐらい誰でもできるんだってば」

「生まれつき？」

「それと学校での練習で」

頷いた少年は、ちらりとポーシャへ目をやった。

「でも、おじさんの蒸気錬金みたいにずっと〈幻影〉を出し続けられないよ」

「力が……なんだったかな……そう、君らが説明するところの〈恩寵〉という力が尽きる？」

「うん。〈円環〉を識《し》る賢者様ならそんなことないだろうけどね」

無尽蔵の〈恩寵〉ということなのだろうか。他にも色々と訊きたいことが湧いてくる。例えば〈恩寵〉は訓練で増やすことができるのだろうか。私たちの使う〈第五元素結晶〉の力は利用できるのだろうか。学校では他にどんな授業があるのだろうか。より高等な学校へ進学すればさらに複雑な〈理法〉を操ることができるのだろうか。そもそも、「〈円環〉を識る」とは。等々。

《道を訊かなくていいの？》

ポーシャが、ポーシャにしては、ポーシャらしからぬ、まっとうな問いを発したので、私の好奇心はそこでひとまず棚上げとなった。少しふて腐れているようにも見えたが、幻燈種の反応として聞いたこともないので私の気のせいだろう。ともかく、銀行で教わった区域への道だ。

「逆だね」

少年は、私たちが今まで歩いてきた道を指さしてから訝《いぶか》った。

「幻燈種って地図とか使えないの？」

「前もって覚えさせてないものは使えない」

「意外と不便なんだね」

《都会育ちだから田舎の地理に疎《うと》いの》

負け惜しみ半分、挑発半分といった言葉に、私は思わず大きな声をあげそうになるのを堪《こら》えた。人によっては怒り出してもおかしくない。

「頼むから問題を呼び込もうとするのはやめてくれ」

《あら、ごめんなさい。前もって覚えてないせいかしら？》

「どうして、そういう受け答えだけは得意なんだ」

「錬成は止められないの？」

私たちの遣り取りを面白そうに見ていた少年が、もっともな疑問を呈した。私だってスミス氏のように必要なときだけ鞄から取り出して、待機状態から復帰させて使いたいのは山々だが。

「旅の記録をとっているんだ。あとで必要になるんでね」

スミス氏の発案みたいなものだが、さも自分で思いついたような顔で少年に説明し――

ちょっと待て。

「記録をとってるなら、どうして教えて貰った道順は記録してないんだ？」

《だから、さっきも云ったでしょ。貴方は「覚えろ」とは命じなかった。だから記録していないわ。貴方の見聞したものを記録してるんじゃないの。貴方の言動を――貴方を記録しているの。おわかり？》

そういうことなら復唱でもしておけば良かったか。しかしこの状態は、よくよく考えてみると多少窮屈《きゅうくつ》な感じもする。

「ずっと君に監視されているようなものか」

《そうね。道を教えて貰ってたときの間抜け面も、迷って無駄に右往左往していた時間も

余さず記録中》

「そいつは大助かりだな」

私は投げやりに答えると、少年に向き直った。

「そういうわけなんだ。できれば詳しく道を教えてもらえると有り難い」

「じゃあ案内するよ。そんなに遠くもないし」

少年が手招きをしながら、さっさと歩き出す。

「いいのかい？　君の用事は？　それに悪いが、料金を請求されて払えるほどの懐具合ではないよ」

「大丈夫……ええと、その、元々おじさんと同じ方向へ行く予定だったからさ……友達に会いにね。あと、料金なんていらないよ」

少年の口調が言い訳めいていたのは、きっとその「友達」とやらが女の子だからではないか、と私は推察した。恋は楽しいが他人に云うのは気恥ずかしい。判る。私も彼と同じ年頃にはよく――そういう友人たちを見たものだ。一方でその点に関して抜かりのない性格だった私は、絶対に周囲に悟られることはなかったと思う。なにより相手の子も本の中だった。

ともあれ、純粋な厚意なら私も喜んで受けることができる。

少年は、入り組み曲がりくねった街路を躊躇いなく進んでいく。

「この町には直線が少ないね」

「アヴァロン人は円にこだわるから」

〈円環〉という考え方だけでなく円、球、もしくはその一部分である曲線を実際に多用するのだと少年が教えてくれる。理由を重ねて問うと、首を傾げた。

「たしか、まだ大仕掛けを――おじさんたちには〈陣《イコン》〉って云ったほうがいいのかな――使ってた頃の名残じゃなかったかな？」

省力化、合理化、つまりは洗練された今の〈理法〉では、〈陣〉を使うことは滅多にないという。錬金術が蒸気機関と組み合わさり錬金学となったように、彼らアヴァロン人も〈理法〉を進歩させているのだ。

『アヴァロンの歴史と風土』によれば、町――アヴァロン国の首府であるオギルス――は、その〈陣〉を使っていた時代から人々が住み始めた古い土地だ。まだ小さな集落だったころは、周囲に石材や土塁で様々な〈陣〉を築いて災害や外敵に備えたという。人が増え、村が手狭になり、必要な陣は残しつつ家屋や道を拡張していった結果が曲線の多い町並みとなった。

その証拠に、〈陣〉を使わなくなった時代以降の町並み――これを新市街と呼び、以前の区域を旧市街と呼んで区別している——は基本的に直線である。

といったことは、すべて後付けの知識だ。

このときの私は、「なんだか見通しが利くようになったな」「町並みの雰囲気が変わったぞ」「これが銀行で教わった新市街かな？」などと思っただけである。少年の道案内が正しければ北の地区へ来ているはずだが、目印として教えられていたものが見当たらず、私は周囲をきょろきょろと見回した。

「もしかして、〈賢者の塔〉を探してる？」

少年が愉快そうにした。

「大丈夫。もう少ししたら見えるようになるよ」

言葉の意味が掴みきれず、戸惑っていると、いきなり眼前に壁が聳《そび》えた。湧いて出た、と云ったほうが心情としては近い。

「ど——」

どうして。とさえ言葉にできず、私は息を呑み、ただ現れたばかりの塔を仰ぎ見るしかなかった。

円柱形で、巨大。なめらかな表面は陽の光を反射していた。大理石を積み上げたようだが、遠目からでは継ぎ目がまったく見当たらない——これは、この後で間近に立ってみても同様だった。

なにより、周囲を圧する高さと太さであるにもかかわらず、ついさっきまで見えなかったのが不思議でしかたない。

少年を見ると、私の驚きぶりを存分に楽しんだらしい顔つきで種明かしをしてくれた。

「塔全体に、近くまで来ないと見えないような〈理法〉が施してあるんだ。〈空虚〉と〈隠匿〉と他に三つか四つを重ねた応用だね」

「なんでそんなことを?」

「昔はあの塔がお城みたいなもんだったからだよ。敵が来ても見えなければ攻撃されないし、こっちは高いところから敵の動きが一目瞭然ってわけ」

その「敵」の一つが、二百数十年ほど前に我が国の護国卿が送り込んだ軍である。当時の記録では「見えない城」と「見えない兵隊」に翻弄された軍は散々に蹴散らされた。総司令官であり、アヴァロン初代総督の栄誉を得んと野心に逸《はや》っていたアイアトンは、どこからか飛来した矢――〈理法〉で飛距離を伸ばしたと云われている――によって胸部を負傷。軍医による治療の甲斐無く死亡。軍は撤退となり、幕は下りた。その後、懲《こ》りた護国卿だけでなく歴代の王もアヴァロン侵攻を企てていない。我が国の悪夢のようなものだ――というのは、『普及版イングランド史』による後付けの知識である。少年と話しているときには、恥ずかしながら全く知らなかった。

「今はもう塔は使われてないけど、『見えない塔』は観光用としては悪くないからね」

「たしかに。〈使い手〉の国らしい驚きだったよ！」

私は子供のように興奮していたと思う。ここで、こうやって塔の秘密を書き記してしまうのは躊躇われたのだが、種を知っていても愉しめる手品というのもある。その演者の技術次第ではいつも新鮮だ。この塔は、そういう類だ。保証する。

「しかし君は色々と詳しいな。観光案内人《ガイド》になれるんじゃないかい？」

「地元の人間ならみんな知ってるよ」

私の褒め言葉を少年は軽く笑い飛ばし、少し落ち着きなく辺りを見回した。

「悪いけど、案内できるのはここまでかな。塔の北側に回れば区画がはっきりしてるから、たぶん迷わないで着けると思うんだけど……」

「いやいや十分だよ。ありがとう。本当に助かったし、君のような親切な人に出会えて良い思い出にもなった」

心からの感謝だったが、少しばかり大仰だったのかもしれない。少年は困ったような表情を浮かべ、逡巡し、意を決したように人目を気にしながら声を潜めた。

「今からおいらの云うことは逆に考えて」

「ん？　意味がよく判らないんだが？」

訝る私を無視して、少年は大きな身振りで塔を指さした。

「お奨めの観光場所？　それなら塔の入口横あたりにさ、石版が埋め込まれてんだ。是非、そこに触ってみるといいよ。旅の思い出にさ。おっと。なにが起こるかは内緒。面白いこと、とだけ云っておくけど」

「判った。そうするよ」

私が素直に頷くと、少年は微かに安堵の表情を浮かべた。「逆だよ」と囁き声で念を押し、何事もなかったような笑顔になると、そのまま手を振って立ち去っていく。

「どういう意味だと思う？」

見送りながらポーシャに小声で訊ねた。よく考えると目線すら合わせていなかった気もするが、あっさりと返答があった。

《ちょっと触ってみろ、ってことじゃない？》

「非常に不本意だが同じ解釈だ」

〈理法〉を使うとはいえ、やはり子供であることはアヴァロン人でも変わりないようだ。判っていない。「触るな」と云われれば触りたくなるのが人の性ではないか。

どのみち、教えて貰った宿へは塔の脇を通って行く。ついでに、ひとつ触っていくのも一興だろう。

真っ直ぐ塔に向かって歩くと、その巨大さに恐怖すら感じた。人の手でなしうる高さではなく、〈理法〉の力を遺憾《いかん》なく誇示している。

「ヤコブがこの塔を知らなくてよかった。知ってたら、夢とはいえ絶対に屋上から梯子《はしご》をかけたと思うね。あの話の荘厳さが半減するところだった」

《でも、屋上に登るまでが大変》

「ちょっとした登山気分を味わえそうだ。こんな高さなのに、よく神の怒りに触れなかったもんだよ」

《〈理法〉でも使ってたんじゃない?》

「そうだった。遠くからだと見えないからな。バビロンでもその手を使えばよかったんだ」

私たちは冗談を交わしながら塔の基底部へと辿り着いた。

「ポーシャ。どうして塔が高いのか判ったぞ。昔のアヴァロン人の背が高かったからだ」

出入り口にあたる門を見上げて、私は茫然《ぼうぜん》と呟いた。外に向かって開いた石の門は、十ヤードはありそうだ。その全体に、実物を石膏《せっこう》で固めたのかと思うほどの精緻な植物紋様が彫刻されている。驚くべきことにその大部分は透かし彫りになっていて、木漏れ日のように門の足元へ光と陰を描いていた。翌日購入した塔の小冊子《パンフレット》によれば、城としての機能が必要なくなった百五十年ほど前に、二十名の名工の手で〈理法〉を使用して彫られたものだという。

出入りは自由らしく、思いのほか多くの人が往来《ゆきき》している。中で立ち話をしている人も見かけた。子供連れの母親もいる。憩いの場なのかもしれない。ゆっくり見て回りたくもあったが、ひとまず今は石版を触って宿だ。

門を横目に移動すると、すぐに見つけた。塔の大きさに比べると不釣り合いなほど小さい。だが、白い壁面に黒い石版はいかにも「触ってください」と云わんばかりに目立った。

「さて。触ってみようか。なにが起こるかな？」

なぜか静かになったポーシャを見て笑い掛けた。

《接触は推奨できません》

「どうした？　さっきまで乗り気だったくせに」

私は目を丸くしていただろう。ポーシャは無表情に石版を見つめたままで、こちらへ一瞥もくれない。

《接触しますか？》

「……勿論。そのつもりだったからね」

《承知しました》

答えた途端、〈帽子〉の蒸気錬金機関が明らかに出力をあげた。なにやら事態が大きくなっているような気もしたが、目的のものを前にして引き返せるほど私は意志が強くないことに、「これは作品に使えるのでは？」と一度でも思ってしまうともう駄目だ。揺れる紐を見た猫より誘惑に弱い。

恐る恐る、しかし確実に、私は石版へ手を伸ばした。

指先が触れる。ひんやりとした感触。特に何も起きそうにない。そう思って掌《てのひら》まで押しつけようとした、次の瞬間。

雷にも似た閃光が石版と私の掌のわずかな隙間に迸《ほとばし》った。ばちん！ という音が響くのと、衝撃が発生したのは同時だ。おそらく、その力は私と塔の双方へ向かったはずだが、後者がびくともしなかったのは云うまでもなく、その分の反動を私のほうが一手に引き受ける形となった。

つまり、吹っ飛んだ。

弾かれた手が、そのまま体ごと後ろへ私を引きずり倒した。もう一方の手に提げていた鞄を放り出し、〈帽子〉を転がし、仰向けになる。体に痛みはなかったが、事の激しさにしばし茫然と天を見つめたままだった。よく晴れていた。

「大丈夫ですかっ?」

駆けつけた若い赤毛の女性の手を借りて身を起こすと、ようやく我に返った。

「ありがとう。怪我はありません。それよりポーシャは――」

《わたしはこっち》

転がった〈帽子〉の上に座って、ポーシャが足をぶらぶらと揺らしていた。怪我がないのは当然だが、一見して不具合もなさそうだ。さっきと違って表情もある。よろめきつつ歩み寄って〈帽子〉を手にひと通り機械の動きを見るが、スミス氏のように詳しくもないので心許ない。

「〈帽子〉は大丈夫かな?」

《わたしの心配はしないの?》

「だから〈帽子〉の調子を気にしてるだろう」

《判ってない。なにも判ってないわ。だから未だに独身なのよ》

「少し壊れたほうが、その口の悪さが減ったかもな」

遣り取りに、助け起こしてくれた女性が笑いを堪えながら鞄を渡してくれた。

「仲がいいですね」

《そう見えるなら人を見る目がないわね。これからは詐欺に気をつけて》

「八つ当たりをするな」

私はポーシャを強くたしなめ、若い女性にお礼と謝罪を早口で述べた。集まりかけていた他の人々は、私が人畜無害と判ったようで去っていく――中には例の、なぜか私を尾行《つけ》まわす大柄な男もいたが。

ともかく笑い飛ばして、この場をしのぐのが妥当だろう。

「道案内してくれた少年が、面白いことがある、と云っていたのですが。まさか、こんな派手なことになるとは」

「ああ……アヴァロンの子供が外国人にやる悪い商売なんですよ。その子に代わってお詫びします」

申し訳なさそうな顔をした女性は、しかし、小首を傾げた。

「けど、不思議ですね。普通、あんな反応はしないはずなんですが」

石版は塔が城の役目を果たしていた時代の名残だという。町の住人を収容して籠もるとき敵かどうかを――どさくさに紛れて侵入し、内側から門を開くというのはよくある手だ――判別するためのものだった。一定期間は住人以外は塔に入れず――〈閉門〉の応用――アヴァロンから出ることもできない――〈鳥籠《とりかご》〉の応用――二つが施されているという。

「昔のものですから、新しくここに住んだアヴァロン人さえ『敵』となります。外国人ならなおさらで。しばらく塔の見学もできず、かといって自分の国に帰ることもできない。そこで仕方なくお金を払って解いてもらうことになるのですが……」

なるほど。ようするに、その払った金の一部は悪戯を仕掛けた少年に渡るわけだ。道案内の料金はいらない、と云った理由が判った。たぶん、石版に誘導する者、事情を説明する者、〈理法〉を解いてくれる人を紹介する者といった役割分担を決めて、数人組でやるのだろう。ロンドンでも田舎から出てきた者を標的にした掏摸《すり》や掻っ払いが、古着屋や故買屋と結託していることがよくある。悪知恵というやつは、どの国でも似たようなものらしい。

「すると、いまの私はこの塔に入れなかったり、アヴァロンから出られなかったりするわけですか?」

それならそれで面白い。どう入れないのか。どう出られないのか。試してみたい。私の期待に満ちた問いを若干困惑気味に受けて、女性は凝《じ》っとこちらを見つめた。すぐに首を横に振る。

「問題ないようです」

驚いているようだった。

「たぶん……貴方の幻燈種は〈理法〉に対する強い抵抗力を持っているんだと思います」

「まさか！　それはありませんよ。蒸気錬金《スチルケミー》が〈理法〉を無効化できるなんて聞いたこともないし、こいつは店で一番の安物で不りょ——癖のある品だったんですから」

不良品とは云ってないぞ、とポーシャに小さく身振りで示し、女性には笑顔で誤魔化す。

「そうなんですか。わたしも蒸気錬金には詳しくないので」

女性のほうも自分の見立てを強弁するほどの確証はないようで、あっさりと自説を引っ込めた。

「まあ、単なる偶然でしょう。運が良い、ということだけは判明したようですが」

とはいえ、石版に触る前のポーシャの奇妙な態度。なぜ少年は本当に「触るな」と警告していたのか。その二つは解消されない疑問だが。それに心配なこともあった。

「あの少年は、失敗を仲間に責められて酷い目に遭わされたりしてませんかね」

私の想像に、目の前の女性は一瞬虚を突かれたような顔をして「さあ」と首を傾げる。それだけしか、できなかったに違いない。いまここで外国人に追及されても困るだけだろう。ついでに云えば、若い女性と長時間なごやかに過ごせるほどの話題もこちらが持ち合わせていない。ここは、さっさと立ち去るにかぎる。

私は改めて礼を述べ、宿へと向かった。歩き出してから、彼女の英語が非常に流暢だったことに気づいた。

親愛なるT・S氏へ

私はいま、アヴァロンを訪れています。初の海外。記念すべき第一日。最初に書く音信《たより》は誰に宛てようかと考えましたが、真っ先に思い浮かんだのが貴方でした。そもそも、この旅も貴方に触発されて――経済的事情もありますが――企図したのです。影響を受けやすい、自分がない、とも云えますが。けれども、それが〈更新〉の糧となるなら人真似も大いにすべきではないでしょうか。

アヴァロンは実に興味深いところです。穏やかな風土。親切で温厚そうな人々。ロンドンのような煤煙《ばいえん》も喧噪《けんそう》もありません。しかし、田舎と単純に断じてしまうには躊躇われる。おそらく、その底に〈恩寵〉という流れがあるせいでしょう。

そして〈理法〉の洗礼を、着いて早々に浴びました。予想外に荒っぽい体験となりましたが、紙幅もかぎられているので、その内容についてここでは書けません。いずれ旅行記という形でお届けしたいと思います。

この先は何が起こるのか、子供のように興奮しています。そして、それらの体験が今後の作品に活きるのではないか、という期待に胸を躍らせています。いや、期待だけではいけませんね。これを活かさねば。私のような凡才は選《え》り好みなどできません。

利用できるものはなんでも使わないと。こうして手紙をしたためている間も、新しい物語が浮かんできます。旅が終わる頃には、物語の覚え書きが一生分できるかもしれません。

では、またお手紙いたします。お元気で。

宿で軽く食事をとり、部屋に戻って手紙を書き上げたら、もう夜更けだった。なにかと話しかけてくるポーシャの相手もそこそこに横になった。疲れ切っていたのだ。塔から宿に着くまで、さんざん迷ったせいだろう。

首府オギルス

よほど疲れていたのか、二日目は遅い朝となった。
身支度を調える私の横で、ポーシャが体をゆっくりと左右に揺らしている。
《目覚めよ～讃えよ～～》
「もう完全に覚めたから、その濁声《だみごえ》はやめてくれ」
《まだ歌い終わってないのに？》
「そもそも歌って起こせと頼んだ覚えはないぞ」
《頼んだじゃない》
「あれは出発の日だけだ」
《遠慮しなくていいのよ？》
「これが遠慮しているように見えるか？」
私の問いには答えず鼻唄を始めたので、ならばと一方的に文句をつける。

「だいたい、人を起こすのに賛美歌というのはどうなんだ。眠った人が起きるどころか、そのまま永眠するぞ。昇天させたいのか」

《昇天！》

ポーシャが大仰に目を見開き、両手で口元を押さえた。顔を赫《あか》くする。

《そんな淫《みだ》らな言葉――》

「そっちの昇天じゃない！」

いったい、どこから用法を拾ってきたのか。近くに女性がいなくて良かった。下手をすれば社会的に昇天する。

今日から本格的にアヴァロン巡りを始めるつもりだった。話す機会も増えるだろう。今後はそっちの方面も用心しなくてはならないかと思うと、胃の辺りが痛くなる。親切なアヴァロンの人々が、ついでに寛容でおおらかであることを祈るばかりだ。

大きな声を出したせいか、喉が渇いた。寝台脇の小卓には、硝子《ガラス》コップが一つ。しかし、水差しがない。代わりに籐《とう》製の小箱がある。開けてみると、親指の先ほどの大きさをした玉が詰まっていた。摘《つま》み上げる。宝石のような透明感だった。ひんやりとして、硬質。

「なんだろう。これは」

《なんて鋭い問い！》

「安心しろ。君には訊いてない」

《〈理法付加品〉だと思うけど？》

　ポーシャが何を理由に推測したのか判らなかったが、少なくともロンドンでは見かけないので、その可能性も確かにある。鼻に近付けてみたが、匂いはなかった。コップの傍にあったのだから、水に関係していると考えて良いのではないか。丸薬のようなものか。と、見当をつけた。水で飲み下す。ただ、その水を宿の従業員が置き忘れたのだろう。私は、透明の玉を口へ放り込んだ。行儀は悪いが口中にしたまま帳場まで行って、そこで水を所望しようと思った。

　間違いだと悟ったのは、奥歯で軽く噛んだ直後である。

　ぴしりと罅《ひび》が入った感触が顎に伝わった途端、水が口の中で溢れかえった。許容量を瞬時に超えて、口から勝手に噴き出す。喉にも流れて息が詰まり、壁に向かって盛大に水をぶちまけつつ咳き込んだ。ポーシャは、宿の一室で溺れかけ苦しむ私を見て大笑いだ。

「つまり……これは……」

　なんとか息を整え、改めて籐箱の透明の玉を一つ摘む。

「水、なのか」

　水差しがないのも当然だった。コップに玉を入れ、軽く振る。底で割れ、たちまち水で満たされた。森の奥深くの泉から汲《く》んだばかりのように澄み渡っている。ゆっくりと落ち着いて飲む。味は、ついさっき存分に堪能したものと同じく、恐ろしく洗練された無味無臭とでも云うべきか。

持ち歩けないだろうか。と、考えた。コップさえ借りれば、どこでもこの水が飲めるのだが。〈水玉〉――と、仮に呼ぶ――を二、三個衣嚢《ポケット》へ入れたところを想像した。どうも心許ない。少し衝撃を与えただけで割れるのだ。何かの拍子に水浸しということになりかねない。そのときはそのときで、服を乾かす〈理法〉にお目にかかれそうな気もするが、無用な騒動《トラブル》を招くのは避けたかった。〈水玉〉を手にしばし逡巡する私へ、ポーシャがさも名案を思いついたとでもいう表情で提案してくる。

《鼻の穴にでも詰めておけば？　ぶん殴られないかぎりは割れないかも？》

「君が原因で水と鼻血の両方を流しそうだから止めておく」

お陰で諦めがつく。外出だ。とりあえず、まずは昨日の塔を目指した。

これはさすがに迷うまい。なにしろ、あんな大きな目標があるのだから――と思ったのだが、よくよく考えてみれば離れると見えなくなってしまう〈空虚〉に〈隠匿〉に二重三重の応用とやらが塔には施されている。ポーシャに道を覚えさせておけば良かったと後悔するも、時すでに遅し、だ。

仕方なく宿を出て少し歩き、人が集まっているのを見つけて塔の方向を訊ねた。

「逆だね」

その答えはどこかで聞いたぞと思ったが、そういえば昨日の少年と同じだ。

《良かった。絶対に迷わない方法を見つけたわ。次からは、右と思ったら左に行けばいいの。前と思ったら後ろ。上と思ったら下》

「偶然だ。まだこの町に慣れてないから」

ポーシャの皮肉に反論するも、心中密かに逆を選ぼうと決めた。

来た道を戻り、宿の前を過ぎ、少し行くとまた人だかりだ。アヴァロンの人たちは、こうやって路傍に集うのが好きなのだろうか。横目で様子を窺うと、しかし、どうも違うようだ。思い切って声をかけてみた。

「失礼。なにかあったのですか?」

特段、考えもなしに英語である。アヴァロン語を知らないためでもあるが、思っていた以上に通じるのは有り難い。

中年の男性が振り返ってから、私を頭のてっぺんから爪先まで見た。

「……爆発だという話ですな」

一瞬の間を置いて教えてくれたのだが、少し訛りのある英語だったせいか、最初はアヴァロン語を聞き間違えたのかと自分の耳を疑った。ずいぶん物騒だ。

「昨日の夜中にあそこと――」

中年男性――ずんぐりとした休型が小型の熊のようだった――が細い路地の奥を指さす。さらに、さっきの人だかり、それから私の泊まっている宿の裏手辺りを示した。

「立て続けに爆発した、と。順番は判りませんがね」

屋根や壁の一部が壊れたらしい。簡単に説明しているが、屋根は手を伸ばしても届きそうにないし、壁にいたっては石造りだ。相当の破壊力ということになる。爆発したなら音もしただろうが、ぐっすり眠っていたせいかまったく気づかなかった。

「よくある事なのですか？」

「まさか」と小型熊氏は首を横に振った。

「すると、〈理法〉が暴走した、とか？」

「見たところ外国の方のようですな。判らんでしょうが、いまどき〈理法〉の暴走なんぞありませんよ。不発ならありますがね。だから爆発はちゃんと意思があってやったということになりますなあ」

「意思……どのような？」

「さあ？　そいつは俺にも。警吏が調べるでしょうな」

小型熊氏の視線を追うように、人だかりの隙間から向こうを覗く。制服とおぼしき青地のゆったりとした上下を着込んだ男たちが見えた。手袋をつけた一人が指で模様らしきものを宙に描いている。

「あれは何を？」

「〈理法〉の痕跡を調べてるそうですよ。使う人間の癖みたいなのが判るって話です」

不躾とは思いながらも好奇心を抑えきれずに訊くと、小型熊氏は特に嫌な顔もせず教えてくれた。やはりアヴァロンの人は親切だ。

「貴方はあの〈理法〉は使えないのですか？」

彼の話しぶりからそう聞こえたので確認すると、肯定が返ってきた。

「あなたも編み物をしているのは判るけど手袋を編むことはできないでしょう？　そういうことです」

それなりの訓練で習得した技術、ということなのだろう。もっとも、この場合は「〈理法〉が使える」という前提が必要だが。

「ところで、あの宿に泊まっておられるんで？」

相手の問いに「ええ」と何気なく答えてから、爆発が宿を囲むようにして起きていることに気づいた。

「まさか、宿に危険人物が？」

狼狽《うろた》えた私に、小型熊氏が「いや、俺はひょっとしてあんたが……まあ、いいか」と何やら中途半端に言葉を濁し、気を取り直すように頷いた。

「そうですか。いや、怪しい奴が泊まってたりするんじゃないかと。素人考えですが」

「昨日着いたばかりでして。他の客は顔も知らないんですよ」

《道に迷ってばかりでして。あちこち連れ回されてもうクタクタ》

やっと隙を見つけたといった勢いで、ポーシャが口を挟む。

「君は歩きも疲れもしなかっただろう」

私のうんざりした様子に、中年男性が軽く笑いを洩らした。

「商売をしに来た……ようには見えませんな。旅行で？」

「旅行記を書こうと。作家をしているんです」

《ごめんなさい。いま、売れない、を付け忘れました》

「売れない作家をしているんです」

おどけた口調で云い直す。そうでもしないと哀しくなる。

「いやいや作家とは凄い。よくあんなに色々と話を思いつくもんだと感心するし、何千何万と文字を書くってだけでも尊敬しますよ」

小型熊氏の口ぶりに、私はぎこちなく微笑む。定番の褒め言葉だった。悪い気はしない。書く意欲だって湧いてくる。しかし、それで明日のパンは買えないのだ。おべんちゃらでないと判る眼差しに耐えきれず、私は俯きかけて、さすがにそれは失礼だと思いとどまる。より明るい笑みを作った。

「そういうわけで、色々とアヴァロンを見て回ろうと思っています」

《その半分ぐらいは道に迷ってると思うけど》

「いいね。迷うのも旅の楽しみだ」

あっさりと小型熊氏に肯定され調子が狂ったのか、ポーシャは咄嗟に反応できない。なるほど。こういう対処法もあるのだ。参考になった。

「旅の無事を祈りますよ。こんな物騒なことは滅多にない所だと思っているんですがね」

「ありがとうございます。今のところ、おおむねロンドンより安全ですよ」

小型熊氏と別れて歩き出してから、私の後を尾行《つけ》まわしていた時計塔男《ビッグベン》を不意に思い出した。なにか害を蒙《こうむ》ったわけではないが、不気味で怪しげなのは確かだ。不用意に辺りを見回したくなる誘惑を堪えた。目が合ったらどうする。この状況では、「お前を疑っているぞ」と告げているようなものでは？　もし襲撃されても対処できない。相手は一発二発殴られたぐらいではビクともしなさそうだったし、こちらときたら喧嘩の類はからきしなのだ。

　それにしても道に迷っている者を尾行し続けるというのは、どういう気持ちだろう。苛々《いらいら》したり、お節介を焼きたくなったりしないのだろうか。

　そんな事を考えつつ進んでいたら、また迷った。ポーシャにも告げた。

《素敵！　旅の楽しみが満喫できるなんて！》

「さっき上手く切り返せなかったからって、根に持つなよ」

《根に持つ？　わたしが？　勘違いしないで。わたしはただ、さっきの会話を参照しただけよ》

「それを根に持つって云うんだ」

　そんなことはない、と饒舌《しゃべ》り続けるポーシャを適当にあしらいつつ徘徊すること一時間。たっぷり三倍の距離を歩いて〈賢者の塔〉に辿り着いた。

◆

　昼過ぎ。私は体験した〈賢者の塔〉や町の雰囲気をどう文章にするか、そればかりを考えて宿に――少しばかり迷ったあとに――戻った。着想も幾つかあったのだ。

しかし、それらは部屋の扉《ドア》を開けたところで凡《すべ》て吹っ飛んでしまった。

鍵と帰路の途中で購入した数冊の古本――そのうちの一冊は先に挙げた『アヴァロンの歴史と風土』だ――を手にしたまま、しばらく佇んだ。

寝台の上に鞄が投げ出され、中身の一部は床に落ちるほどの勢いでぶちまけられている。勿論、私のやったことではない。

《あら！》

ポーシャが〈帽子〉の上で声をあげた。

《貴方のロンドンの部屋に戻ったのかと思った》

「こんなに散らかしてはいない」

執筆を始めると服や食器を放り出したままにしておく癖はあるが、最近は暇なので部屋も綺麗にしてある。散らかすような無駄な物を持っていないとも云えるが。いずれにせよ、乱雑な部屋をポーシャは知らないはずだ。

ため息をひとつ。私は、ようやく現状を表現する言葉を口にした。

「やられた。泥棒だ」

昨日の石版がアヴァロンらしい〈理法〉の洗礼としたら、これはいかにも旅らしい洗礼と云えるだろう。アヴァロン人には不名誉かもしれないが。

まず、備え付けの小さい金庫の中を確認する。金はあった。ひと安心だ。これが無事なら問題ない。宿の亭主を呼び出し、彼に警吏を連れてくるよう頼んだ。

「おや。誰が被害に遭ったのかと思えば」

しばらくしてやって来たのは、今朝の小型熊氏だった。「貴方も警吏だったのですか」と驚く私に、彼は苦笑めいた表情を浮かべた。首府警察で捜査を担当しているそうだ。

「派手に漁《あさ》られましたなあ」

私の横に並んで部屋を見回しながら、のんびりと洩らした。

「現場は手を付けないほうが良いと聞いたことがあったので、一応、そのままにしておきました」

「ありがとうございます。助かります」

小型熊氏は部下とおぼしき男たちに——私服の者と例の青い制服の者が半々ぐらいだ——頷いてみせた。ぞろぞろと入ってくると、今朝、宿の近所で見たような光景になる。

邪魔をしては悪いと部屋の隅でぼんやり眺めていたが、なぜか小型熊氏が凝《じ》っと私を見つめた。

「落ち着いておられますな」

「お金は盗られていませんからね。貧乏旅行なので持ち物もたかが知れてます。犯人もがっかりしたんじゃないでしょうか」

「犯人に心当たりはありませんか?」

「いえ、まったく」と答えかけて、例の時計塔男を思い出す。小型熊氏にも説明した。大いに興味を惹《ひ》かれた様子だったが、先《ま》ず抗議の声をあげたのはポーシャだった。

《聞いてない!》

「話してない」

《どうして!》

「話がこじれる」

《そんなことないわ。快刀乱麻を断つがごとくこのわたしが——》

「それが一番怖い。いま君の前で話してしまった自分の迂闊《うかつ》さを呪ってるぐらいだ」

「不思議なのは、その不審な男がなぜ貴方を尾行していたのかということですな」

小型熊氏がやっと言葉を割りこませた。

「失礼ながら、金目の物を奪いたいのなら、もっと適した旅行者がいたはずです」

「ごもっともです」

貧乏旅行と云ってしまった手前、頷くしかない。

「と、すれば、金以外の何かが目的だった可能性がある。持ち物を確認していただけますか？　盗られた物がないかどうか」

小型熊氏が散乱した荷物を示した。床や窓を調べていた捜査員たちが引き下がる。私は、はあ、と冴えない返事をして物を拾い集め寝台《ベッド》へ置いた。金銭以外に、私の荷物で盗まれる物など思いつかなかったのだ。

そして、それは正しかった――盗まれたものは、ない。

「金庫は？」

私から目を逸らさず、小型熊氏が部下に訊いた。

「ここの扉と同様で、〈解錠〉と〈施錠〉を使ってますね。それ以上は判りませんが……」

「それは、つまり金庫も一度開けられてる？」

青制服の説明に私は訝った。金を見て、それも盗られていなかったのだ。訳が判らない。そもそも、そんな〈理法〉があるなら錠前などただの飾りではないか。手にしたままの鍵を見つめた。

「云うほど簡単じゃないんですよ。その場で、見本も材料もないのに鍵の複製を作るようなものだから」

私の心中を察したらしい小型熊氏は説明すると、腕組みをした。なかなか凄味がある。

悪党が見たら気後れするだろう。

「貴方は被害者だ。が、ちょっとばかり腑《ふ》に落ちない。もう少し詳しく話を伺っても？」

「勿論ですよ」

即答した。この奇妙な事件の犯人を捕まえることができるなら、協力を惜しむ気は毛頭なかった。事と次第によっては、そのまま小説に仕立ててしまえないかという下心もあったのだが。少なくとも旅行記の一挿話として使える。

小型熊氏はなぜか意外そうな顔をして、言葉を探しているようだったので私のほうから話を進める。

「どうしましょうか？　話はここで？　散らかってますけどね」

「本部までご足労いただくというのはどうでしょう？」

提案も冗談も見事に無視されたが、その申し出は願ってもないことだった。アヴァロンへ行った記録は目にするが、首府警察本部へ入ったという話は寡聞にして知らない。

「ええ。是非とも」

これも即答し、部屋を見回す。片づけは戻ってからでもいいだろう。鍵も無意味ではないと判ったので、ひとまず信頼できそうだ。

先に廊下へ出た。小型熊氏が、この部屋に来たときと同じく苦笑めいた表情を浮かべて続いた。

当然のことながら、首府警察の建物へは迷うことなく辿り着いた。

実に興味深い体験だった。

首府警察の内部のことだ。五階建て。丸屋根——役所などの公的機関には多いらしい——円柱形の建物には警吏たちが忙しく立ち働いていた。

すぐに目についたのは、女性の数だ。半数近いのではないか。事務員なのかと思ったが、例の青い制服を着ている人や、明らかに上役の机についている人もいる。そのことについて小型熊氏に訊いたが、「ああ……外国の方は珍しがりますな」と軽く返されてから、改めて私の顔を見た。

「たしか、貴方の国も女王様だったと記憶してるんですが」

「ええ。その記憶は正確ですよ」

《素晴らしい。誰か、この者に勲章を》

ポーシャが周囲に呼びかけると、警吏たちのくすくす笑いが起こる。

「申し訳ありません。場所を弁《わきま》えない幻燈種で」

私は小型熊氏と周囲に心から詫びた。笑ってくれるなら良いが、そのうち業務の邪魔になると怒られかねない。旅の記録は大事だが、ここは一旦、ポーシャを待機状態にすべきだろうか。

迷っていると、殺風景な小部屋に通された。机と椅子が二脚のみ。壁には鉄格子のついた窓。まるで、これから尋問を受けるかのようだ。しかし、これならポーシャが迷惑をかけることはない。小型熊氏の心遣いに感謝するばかりだ。

すすめられた椅子に腰掛けると、飲み物を用意してくれるという。アヴァロンらしいものをお願いした。酒以外で、だ。

出てきたのは、林檎《りんご》の果汁だった。薄い陶製のコップには白濁した液体が揺れている。早速、一口。甘酸っぱく、しかし舌にしつこく残らない澄んだ味をしていた。

「この国は、林檎の木が多くありましてね」

机を挟んで腰を据えた小型熊氏――彼は何も飲んでいなかった――が、さて、と身を乗り出した。

「まずは、貴方の身元をちゃんと確認しておきたいのですが」

これから先は、少々退屈になるので詳細は割愛する。早い話が、私の名前、年齢、職業――著作の題名も――住所、旅の目的などを訊かれ、答えた。「気づかないうちに〈理法〉が施されていないか」ということで、青制服と私服の二人によって頭のてっぺんから爪先までの検査も受けたし、〈帽子〉も別の青制服の女性に渡した。聞いたことのない抑揚の言葉を呟き、手にした〈帽子〉を凝視していたが、結局は何も見つからなかったらしい。小型熊氏へ首を横に振ってみせた。ポーシャが騒ぐのではないかと気が気でなかったが、私の肩に座ったまま静かにしていたのが不思議だ。よく考えると、小部屋に入った直後から静かになったような気もする。最後に、別の私服男性が扉のところで、やはり小型熊氏へ首を横に振ってみせた。

「お手数をおかけしました。ご協力に感謝します」

それまでずっと身じろぎもしなかった小型熊氏が、座面から尻を引きはがすような動きで立ち上がった。

「とんでもない。犯人が捕まるお手伝いになるのなら幾らでも協力しますよ」

正直、物足りないぐらいだったが、さすがにそれを口にするほど私もお調子者ではない。

「いえいえ。せっかくのご旅行をこんな所で過ごしていただくわけには――」

小型熊氏は不意に言葉を切り、少し考えてから続けた。

「どうでしょう？　お詫びと云ってはなんですが、このオギルスを案内させて貰えませんか。私なら例の尾行してくる不審人物に対しての護衛にもなる」

なるほど。それは有り難い。なにより道に迷わない。

「お詫びは必要ありませんが、そのご厚意は遠慮なく受けたいと思います」

「それは良かった。それで、どこか行きたいところは？」

「そうですねえ……」

「夜の町でも構いませんよ」

彼の部下――特に女性――が出て行くのを見届けてから小声で付け加えられる。意味するところは鈍い私でも判る。とはいえ、得意分野ではない。一旦は断ろうとしたが、いやいや尻込みしてどうするのだ、と思い直した。異国を旅しているのだ。何事も経験してみなくては。お願いすると、小型熊氏は胸を叩いて請け合ってくれた。それから私の肩へ目をやる。

「彼女が怒るかもしれませんな」

「ご心配なく。うるさかったら待機状態にしてやりますよ」

大人しすぎるのも不穏なので挑発してみたが、当のポーシャは眠たげな目つきで膝を揃えて座っているのみだ。

「店で一番安かったせいか、気まぐれで困ります」

苦笑してみせると、小型熊氏は部屋の扉を開け私を手で促した。

「妖精には窮屈で殺風景な部屋ですからな。外に出れば調子も戻るでしょう」

「幻燈種ですよ。見かけが妖精というだけで、触《さわ》れもしない幻術の一種ですから。そういうことで回復したりは――」

《あー、眠かった》

部屋を一歩出るなり、ポーシャが背伸びをする。回復しやがった。

「君は〈帽子〉の持ち主である私を馬鹿にしてるのか？」

《馬鹿になんてするわけないじゃない。もう諦めてるんだから》

「慥かに、こんな答えの判り切っていることを訊いた私は馬鹿だった」

危うく下品な罵声を口走りかけて、すんでのところで呑み込んだ。

帰りの道には、まだ職務の残っている小型熊氏の代わりに彼の私服の部下が二人も付いてきてくれた。ちょっとした貴人の気分に、やっと苛立ちも収まる。その二人の薦めもあって――あるいは小型熊氏に云い含められていたのかもしれないが――宿を移ることにした。有り難いことに宿泊費も警察がもってくれるという。旅行中にもかかわらず捜査に協力してくれたお礼ということだった。私としても、泥棒に入られたことのある部屋で寝るのは多少抵抗がある。費用の節約にもなるので、この厚意も受けることにした。今夜は小型熊氏に奢らねばなるまいと考えながら。

アヴァロンの夜。

もちろん昨日も経験はしたのだが、ひたすら道に迷い、目的の場所を探すのに精一杯だったのと違い、この日は心の余裕が十分にあった。

案内をしてくれる地元の人がおり、しかも警察で部下を何人も持つほどなのだ。これほど心強いことはない。

折角なので、まずは夜の散歩と洒落こむことにした。

案内されたのは〈賢者の塔〉の西側地区だ。新旧両市街の境目に近い。あちらこちらの街角にパブが点在するロンドンとは異なり、ここに酒場が集中していた。〈塔〉と並ぶオギルスの二大名所〈転移門〉も地区の中心にある。

酒場が集まったのは、昔は街区が職能ごとのまとまりだったためだ。穀物商、果物商、川の傍には魚介、材木などの商い。金工、木工、薬種等。それぞれが集団を作って暮らしていた。円形の土地は、それら家族の住居や資材などを管理する倉庫などに優先的に割り当てられる。自然、彼らの息抜き、娯楽を提供する場は別に設ける流れになった。街の外れに一軒二軒と酒場ができる。そこへ様々な職種の客が訪れ、情報交換の場も兼ねるようになった。その旨味に目をつけ、さらに酒場が増える。付随して夜の商売も始まる。かくして市域で一番の歓楽街の誕生となった。

　通りは円を多用した旧市街の名残が今もある。ひたすら蛇行していた。左右には二階三階建てがひしめきあっている。通りの左右どちらからも一階の軒が大きく張り出し、接するか接しないかというぎりぎりの状態で隙間があった。うねった線で夜空を覗かせている。このような形になった理由をアヴァロンの歴史書や風俗誌の類には見つけることができなかった。旅行案内書《トラベルガイド》に「古い時代の面影」と、根拠のないややロマンチシズムに寄った説明を見たきりだ。小型熊氏にいたっては「道の部分も店の一部と主張して、より多くの客を入れるためでしょう。公道の占拠にあたるので厳密には違法なんですがね」と身も蓋もない回答である。確かに、軒の下では数組の椅子と円卓や、立ち飲み用とおぼしき卓を出している店も多く、すでに男女共に談笑する姿が見受けられた。

　その合間を縫うように、酒樽が幾つも転がっていく。列の最後尾に女性が一人。少し進んでは酒場の前で止まる。そのたびに樽が一つ二つ自ら起きあがった。女性は出てきた店の者へ紙を渡し、何やら笑顔で言葉を交わして、また進み始める。酒の卸業者だと小型熊氏が教えてくれた。樽が整然と行進するのは、無論、〈理法〉の効果である。

　細い脇道へ目をやると、何人かの女性が立ち話をしていた。薄暗い中でも見分けられるほどに肩や腕、足を露出している。一杯飲んだ後はあそこへ？　想像すると緊張してしまい、慌てて通りへ視線を戻す。

軒に吊された灯が、煌々と足元まで照らしている。瓦斯《ガス》灯か蠟燭《ろうそく》かと思ったが、球体をした硝子の火屋にまったく煤《すす》がついてない。気になって、酒場らしき店の灯《あか》りに顔を寄せた。

「浮いてる？」

眩しさに目を細めながら思わず洩らす。火屋の中で光の塊が浮遊しているのだ。

《〈理法〉の灯り》

ポーシャが詰まらなそうに説明した。

「熱くない！」

私はそっと火屋に触れて声をあげた。瓦斯灯も錬成灯も熱くなる。しかも前者は煤が出て黒くなるし、後者は水蒸気が夜露のように街路を濡らす。ところが、この理法式の洋燈《ランタン》は光以外のなにも――目に見えるものは――放出しないのだ。

中身ばかりに目が行ってしまったが、よくよく見れば、火屋そのものも実に精妙だった。薄く、透明度が高い。なによりくちがない。灯を入れるための口がなく、吊すための紐、あるいは鎖を通す穴があるだけ。

「これは、いったいどうやって灯りを？」

私の、おそらく子供めいた驚きを、愉しそうに見ていた小型熊氏は店の主を――こちらの様子を戸口まで来て見ていたのだ——呼んだ。言葉を交わしていたが、私には聞き取れなかった。おそらく、アヴァロン語だろう。店の主は小型熊氏に対して終始慇懃な物腰で、なんとなく両者の力関係を窺わせた。

「見せてくれるそうですよ」

小型熊氏はそう云ってから、店の主に頷く——と、私が硝子球へ目をやったときには、すでに光の塊は消え失せていた。中身が空の硝子球になっている。小型熊氏が笑いながら店主に短く声をかけた。「消すのが早すぎる」とでも云ったのかもしれない。

「ゴメンネ」

片言で店主も私に笑顔を向けた。それから、指の先で硝子球を軽く叩く。よく見ていろ、ということだろう。私は硝子球から目を離さずに頷くと、店主の短く耳慣れない抑揚の一《ひと》節《ふし》が聞こえ、次の瞬間には火屋の中に光の塊が出現していた。先ほどと同じような輝きを放っている。

昨日出会った少年も同様だが、あまりに呆気なく〈理法〉を使うことに私は声も出ない。驚きはもちろんだが、目の前の現象が自然に過ぎて、かえって手品でも見ているような気分になる。ひょっとして担がれているのでは、と。

私は小型熊氏を振り返った。ひとつ疑問がある。

「わざわざ、こちらの店主を呼んで灯りを点《つ》けたり消したりしてもらいましたが、あなたにはできないのですか？」

「いや、〈燈火《ともしび》〉――一般的な呼び名です――これは私にも使えますよ。ただ、その、なんというか……」

頭を掻いて考えている。説明が難しいようだ。

「昼間の金庫の鍵、憶えていますか？　あれと似ています。目的地は同じでも、そこへ行く道がほんの少し違うような感じ、とでも云いますか。他人の〈理法〉の効果を消すには、その道順が判らないといけない。それを探り探り行うのは、結構面倒なんですよ。灯りを点けるなんていう初歩でもね。家族のような気心が知れた相手なら別ですが……意味、判りますか？」

「なんとなく」

「すみません。ちゃんとした学者先生なら、もう少し納得のいく説明ができると思うんですけどね」

小型熊氏が肩をすくめた。

《気にしないで。飲み込みが悪いだけよ》

「後半はともかく、前半は彼女の云うとおりです」

《後半はともかく、前半は彼の勘違いです》

間髪を容れずに混ぜっ返すポーシャに、小型熊氏が目を見開く。

「最近の幻燈種は、よくできてますな」

「ここに来る前にも、知人に似たようなことを云われましたよ。私は半信半疑ですけどね。『よくできてる』ではなく『極めて珍しい』と云うべきじゃないかと」

冗談のつもりはなかったのだが、返ってきたのは大きな笑いだった。さすがのポーシャも黙って様子を見ている。

「いや、失礼。これには理由《わけ》が——ひとまず中に入りませんか？」

笑いを堪えつつ小型熊氏が先に立って、いましがた〈燈火〉を見せてくれた店主の酒場へと入っていく。

中にも〈燈火〉はあったが、数は少なく外よりも暗かった。酒場らしいと云えるが、よ り「アヴァロンらしい」光に溢れているのを予想していたせいか、ちょっとした肩すかしを食らったような気分だ。

「いかがです？　アヴァロンは」

小型熊氏が注文の蒸留酒——スコッチに似た香りが漂ってきた——を飲みながら話を再開した。ちなみに、私は林檎酒だ。警察署で飲んだ林檎の果汁が美味《おい》しかったので、その酒も悪くなかろうと予想した。結果は大当たりだ。

「まだ二日目ですからね。見るもの聞くものすべてに翻弄されている感じです。受け入れるだけで精一杯というか」

《道に迷う日課も忙しくて》

「そんな決め事はしていない」

《まあ》と卓上を歩き回るポーシャがわざとらしく驚く。

《あれを自然にやってのけるなんて。ただ者じゃないわ》

「ただ者じゃない？　そうかもしれないな。なにしろ君を放り出しもしないで使ってるぐらいだ」

無駄とは知りつつ嫌味のひとつもこぼしたくなる。そこでまた、小型熊氏が小さく噴き出した。

「まさにそれなんですよ。さっきの話は」

蒸留酒をひとくち。それから、座り直すようなさりげない素振りで卓上へ身を乗り出す。

「捜査が中止になりましてね」

小声の早口だった。

「なにも盗られてないからですか？」

「そうですが、それは口実で……捜査を中止せよと上のほうからお達しがあったようです。一介の捜査官には逆らえない」

口ぶりからして、「上」というのは頂に近いようだ。圧力、というやつだろうか。

「ところで〈幻獣班〉という言葉に聞き覚えは？」

「いいえ。全く」

何度か口中で〈幻獣班〉と呟いてみるが、やはり記憶の片隅にもない。そのまま話が飲み込めずに黙っていると、小型熊氏は笑みを湛えたまま真っ直ぐに私を見た。

「大賢者様直属の組織です。詳しいことは私も知らないのですが。裏工作や、歴代の大賢者様によっては……暗殺なども行ったと噂されています」

「賢者」という肩書きではあるが、「聖人」ではないということだろう。その汚れ役を引き受けている組織、であることは理解できた。

「先程の『上のほう』が、つまり〈幻獣班〉で、彼らが動いている……と？」

「ただの勘です。しかし……こちらはご存じと思いますが、近年アヴァロンと英国の間の緊張が高まりつつあります。アヴァロン国内でも英国と手を組むべきか、孤高を保つべきか、意見は割れている」

すみません。ここへ来ることになるまで知りませんでした。時代性のない作家ですから

——とは云えず、神妙な顔で先を促す。

「我々捜査官は日々の事件で手が一杯ですが、やはり英国からの旅行者となると少しばかり用心深くなる。しかも、宿の周辺でちょっとした騒ぎまであった」

「ああ」と、私は小さく声をあげた。そういえば、爆発事件が起きたとかで捜査が行われていたではないか。

「そこへきて、宿荒し……」

思わず洩れた呟きに、小型熊氏が頷く。

「ええ。あなたの部屋に忍び込んだ奴は、わざわざ〈解錠〉と〈施錠〉まで使った。しかし何も盗まれていない。なぜか。犯人には目当ての、あるいは見当をつけている物があり、それを探したが見つからなかったから。あるいは——警告」

「私に警告？　誰が何のために？」

「知りたかったのはこちらも同じでして」

また、酒で口を湿らせる。

「お話を伺った部屋——警察署の取調室には、話したことの真偽が判る〈鑑定〉と呼ぶ〈理法〉が施されています」

「取調室？　私は、取り調べられていたんですか？」

愕然とした。このとき初めて気づいたのだ。けれども、思い返せば質問はたしかに取り調べだし、〈帽子〉まで青制服に調べられたではないか。

小型熊氏が、ぶん殴られることも覚悟したような顔つきで頭を下げた。

「申し訳ありません。あなたの人の好さにつけ込んだ」

「鈍感さ」ではなく「人の好さ」と云ってくれたのは、それこそ人が好いというものだろう。私は微苦笑を浮かべるしかなかった。

「それで……私の疑いは晴れたんでしょうか？」

「そもそも、疑ってはいませんでしたよ。これは〈理法〉でもなんでもなく、捜査官としての経験と勘というやつですがね。ところが奇妙な空き巣の標的でもある。現状と勘の矛盾がどうも納得できなかった」

だから〈鑑定〉とやらに頼ったのだと、ようやく理解した。

「では、納得できた？」

「いいえ。勘は、あなたが善良な旅行者だと告げている。〈鑑定〉もシロだ。しかし、現状は捜査の中止命令が出ている。矛盾がより大きくなった」

そこまで低い声で語ると、喉の奥でくつくつ彼は笑った。

「仲間たちと云ってたんです。中止命令に不満をこぼすかわりに、冗談めかして。ただ者じゃない。『極めて珍しい旅行者』と思っておこうと」

どこかで聞いた。記憶を探るまでもない。いまさっき、私がポーシャについて評した言葉だ。

極めて珍しい、と。

「私とポーシャは似たもの同士というわけですか」

《死刑を宣告された気分》

ポーシャがげんなりした表情を作って、私の林檎酒の杯にぐったりと寄りかかった。

「私も、まさか幻燈種と比べられるとは思わなかったよ」

「そういうつもりでは……すみません」

申し訳なさそうにした小型熊氏に、私は笑う。

「冗談ですよ。それにほら、ペットは飼い主に似るとも云いますしね」

《自分をペットに喩えるなんて》

「登録者を差し置いて、自分を躊躇いなく飼い主に喩える幻燈種よりは謙虚だろう？」

半ば自棄《やけ》になって返すと、私とポーシャを交互に見ていた小型熊氏が降参するように諸手を小さく挙げた。「まったく……」とか「なんと云えば……」などと、言葉の断片をこぼしてから私を見据える。

「あなた、いったい何者ですか？」

「何者……」

改まって云われると、なかなか答えようがない。「私は私だ」などと哲学的問答をしたいわけでもなかろう。彼は社会的な、それもごく大雑把《おおざっぱ》な意味での、私の帰属先を質《ただ》しているのだ。そして、それが知りたくて、知らずに中止命令に従うのが我慢できなくて、今夜こうして案内をしてくれているのだ。

では、例えば、「作家です」と自分は名乗っていいのか。来月の生活さえ、いや、明日の食事さえ不安があるほど売れていないのに。友人知人以外で、私の著作を読んだという人などスミス氏と会うまで幻燈種以上の幻だったのに。「このような作品は小説ではないし、書き手は作家未満にすぎない」と辛辣《しんらつ》な評を受けたこともあるのだ。

では、作家ではないとしたら？

《考えこむことなんてないわ。答えは単純》

ポーシャが、くだらない質問だ、とでも云いたげな素振りをした。むろん、期待はしなかったが、時間稼ぎぐらいにはなりそうなので黙って拝聴することにする。

《迷子《ロスト・チャイルド》よ》

「迷子か……」

私は呟く。たしかに、たったの二日間でよく迷った。なんとなく、この先も迷いそうな予感もある。そしてもちろん、創作者としても――。

いけない。

腑に落ちてしまった。

「子供じゃない」

私は胸中に迫りつつあったものを慌てて振り払いつつ、苦しい反論をした。

《じゃあ、迷い人》

「君が、この町の地図さえ覚えてくれれば迷わなくて済むんだがね」

「その地図というのは、印刷されたものでも大丈夫ですか？」

思いついたように口を挟んだ小型熊氏の前にポーシャが進み出る。

《大丈夫？　誰に物を云ってるの？》

「自信があるみたいです」

私は微塵の期待も抱かずに口添えした。店主に地図と二杯目の酒を注文する小型熊氏に、ふと思いついた疑問をぶつける。

「〈理法〉で、その、地図のようなものを見せるというのはできないのですか？」

「できます。が、部分的というか限定的なものなんですよ。ほら、人に道順を説明しようとする場合、不必要な道のことまで説明しないでしょう？」

「個人的な地図しかない、ということですか？」

「そうです。あくまで個々人のものに過ぎませんから」

説明しながら、店主の持ってきた地図を卓上に広げた。

「〈理法〉は究めれば——『〈円環〉を識《し》る』と云ったりしますが——非常に強大な力となります。しかし、それは全員で共有できない。奥深いが、狭い。あなたがたの使う蒸気錬金術は、失礼ながら浅い。その代わりに広い。幻燈種や先程の灯りでも、可能なかぎり多くの人が使えるよう発達している。正反対ですね。だからアヴァロンも蒸気錬金に変えていくべきだという人たちも——」

《これ、覚えるの？》

林檎酒の杯の縁に腰掛けていたポーシャが、地図を眺めながら話に割り込む。

「いまさら、できないとか云うなよ？」

《できるってば。けど、この地図少し古いでしょ。合ってるの？》

「古い？」

私は地図に顔を近づけた。薄暗いので紙質が判らなかったのだ。慥かに、ところどころ傷みがある。買ってから数年は経っているだろう。もしかすると、実際の街路と多少の違いはあるかもしれない。端に目をやったが、発行年月日のようなものはどこにも印刷されていなかった。

「なぜ、古いと？」

《なぜって――》

そう云ったきり、ポーシャが口を噤《つぐ》む。地図に目を落としたまま動かなくなった。しばらく様子を見たが、ぴくりともしない。

「故障……ですか？」

ポーシャの顔の前でひらひら手を動かしながら、小型熊氏が無反応ぶりに首を傾げる。

私は傍らに置いていた〈帽子〉を持ち上げた。錬成槽も極小シリンダーも排気関係も問題なく動いているように見える。

蒸気錬金式幻燈機の手引きは自宅に置いてきた。荷物は極力減らしたかったからだが、少し後悔する。たしか後ろのほうには「故障が疑われる場合の対処」という項目があったはずなのだ。

「まあ、いざとなったら一度錬成を止めれば――」

《書体が古いからよ》

唐突にポーシャが話し出す。どうやら、さっきの問いに対する答えらしい。自分が一時停止していたことに気づいていない。

《ほら、この字とか》

地図上を歩いて、爪先で字を示す。アルファベットだが、綴りはアヴァロン語であるらしく私にも読めない。少し古めかしい装飾のほどこされた書体ではあるが。

「これは、そういう意匠《デザイン》だ。本当に古いわけじゃない」

《あら、そうなの？　じゃあ、覚えてあげる。邪魔しないでね》

「ごゆっくり」

答えつつ、さりげなく〈帽子〉とポーシャの様子を窺う。特に違和感はなかった。小型熊氏と顔を見合わせ、お互いに「訳が判らない」という表情を作る。

「蒸気機関も錬金術も完璧というわけではありませんから」

私としては、そう云う他なかった。

ポーシャが、背中の翅翼を動かして地図の上を飛び始めた直後。
私は小用を催し席を立った。ポーシャがすぐさま聞き咎《とが》める。
《わたしが一生懸命に地図を覚えてるのに、自分はお酒の飲み過ぎでお手洗い？》
「人間は厄介な生きものでね。ガマンしていたら旅行どころじゃなくなる。それに、覚えるあいだ邪魔をするなと云ったのは誰だ？」

無駄口を叩いていないで作業を続けるよう促し、こちらは一度、外へ出る。酒場の裏手に手洗いの小屋があった。入ると、鍵がぶら下がっている。内側から掛けるらしい。「外から敲戸《ノック》すれば間違って開けることもなかろう」と思ったが、ここは酒場だ。酔っ払いが不作法をしでかすのかもしれない。鍵を掛けた。

見上げると小さな〈燈火〉があった。見下ろせば、便器は陶製の植木鉢のようなものの底に、四角い拳大の石が置いてあるのみ。水洗ではないようだが、汚物は溜《た》まっていない。悪臭はほとんどなし。清潔と云って良かった。かえって、ここに用を足したものかと迷う。

しかし、他に適切な場所もない。ズボンを下ろして放尿した。

次の瞬間、便器の中で起こった光景は驚くべきものだった。

落ちていく液体が、みるみる置かれた石に吸い込まれていくではないか。

「おお……」

私は思わず声を洩らした。どうりで水洗用の鉛管が見当たらないはずだ。もっとよく観察しようと腰を屈《かが》めたが、狙いがつけにくくなる。そのうえ、放たれるものはすぐに底をついた。

ひとまず身ごしらえをし、再び便器を見下ろす。石は、やはり〈理法〉を施したものだろう。尾籠《びろう》な話が続き申し訳ないが、大便も吸い込むのだろうか、などと考えた。

それとも、どこかへ運ばれる？　例えば、この酒場の、さらに西には〈転移門〉がある。そこをくぐれば、別の〈転移門〉へ移動できる。一瞬で。世界が広く、未知の驚きに溢れているとはいえ、これに勝るものはそうそうあるまい。その〈理法〉と同様、あるいは派生したものが利用されているのだろうか。畑へ転移させれば肥料にできるはずだ。

大いに興味をそそられる。どういうものなのか、もう少し詳しく知りたい。重さは？　そもそも石と思っているが、固いのか。あるいは柔らかいのか。突《つつ》くための棒きれのようなものは落ちていないか、足元から頭上まで探し——ない。どうする。戻って小型熊氏に聞けば解決するはずだが。

いっそ——。

私は右手を宙に彷徨《さまよ》わせた。「なぁに、あとで念入りに洗えば済むことさ」と一方が気楽に云えば、もう一方が「そこまで品のないことをするのは、いかがなものか」と眉を顰める。二つの声がせめぎ合う。

優勢なのは——前者のほうだった。

ゆっくりと便器へ手を伸ばす。やましいことはしていない。盗もうってわけじゃないのだ。触るだけ。ちょっと触るだけ、と自分に云い聞かせながら。

結果を先に述べてしまえば、あと数インチ届かなかった。手を止めてしまった。

カチリと音がしたのだ。

それが鍵の回った音だと気づくのと、扉が開き、背後から口を塞がれたのはほとんど同時だった。

「動くな。声をあげるな」

耳元に静かな命令。剝き出しの首もとに冷たい感触。男が刃で脅している。私はすぐに諸手を挙げて無抵抗の意を示した。喉を裂かれて殺されるのはご免だし、その場所が手洗いであれば尚更だ。口中が妙に青臭く、困惑したのも動けない一因だった。どうやら蔦《つた》状の植物で猿轡《さるぐつわ》を嚙まされたようになっているらしい。

強盗の手が懐を探る。すぐに財布を取り出し、中身を確認し――たいして入ってはいないが――なんと、金を抜き取りもせずに脇へ放り出した。便器に落としてくれれば、拾うのを口実にして石に触れたかもしれないのだが。

ともかく、金が目的ではないらしい。

そこで、やっと宿の空き巣と結びついた。ここの錠が開いたということは、これは〈解錠〉だ。鍵が内側にぶら下がっていたのは、〈施錠〉が使えない人のためだったと気づく。

「私の部屋を荒らしたのは、君か？」

訊ねた言葉は、自分でも滑稽なほど震えていた。しかも、猿轡で不明瞭だ。おそらく伝わらなかったし、そもそも答えるつもりもなかったのだろう。

「来てもらおうか」

男は一歩後ろへ下がった。刃物を突きつけられている私も、当然、引っぱられるようにして後退する。手洗いの小屋を出た。

その、ひと呼吸後。

頭上が崩れ落ちた。体を硬直させる激しい音と、天井だったはずの木片と、肌を撫でる熱い風と、微かに焦げた臭いが一緒くたになって小屋に満ち、戸口から吹きだしていく。

あまりのことに言葉を失っていた私は、目の前に立った人影を見て、息を詰める。

男。大柄。なぜか私を尾行《つけ》まわしている不審人物——。

「ほへ……？」

掠《かす》れて、間の抜けた声が蔦の猿轡から洩れた。背後から刃物を首へ押し当ててくる男こそ時計塔男だと、その瞬間まで思っていたのだが。

どうやら、盛大に勘違いをしていたらしい。

私を尾行《つけ》まわす時計塔男と、宿を荒らした（と思われる）男は、別々の二人の人物なのだ。謎がひとつ判然《はっきり》としたのは良かった。しかしそれが、なんの意味もないばかりか、むしろこうして危機的状況に陥る可能性が少なくとも倍になったのは最悪だった。おまけに、なぜ自分がこうも追い回されなくてはならないのか。さっぱり判らない。最終的に謎が増えた。

いますぐ逃げ出したい。が、非力なうえに前後を天井破りの時計塔男と刃物男に塞がれては身動きのしようがない。料理される前の鶏のような無力感。ついでに気も遠くなりかけたが、これだけは必死に堪えた。こんな経験は滅多にない。殺されなければ必ず小説の役に立つ。失神している場合か。膝を震わせ、口許をだらしなく戦慄《わなな》かせながら、それでも目だけは見開いた。

時計塔男が、こちらの——主に私の背後にいる刃物男の——様子を窺っている。獲物である私を横取りされまいとしているのかと思ったが、その目は威嚇より警戒に近い気がした。一方で刃物男がどんな表情をしているのか、もちろん私には見ることができない。不用意に動かなかったのは、隙を作らないためだったのではないかと思う。

いずれにせよ、膠着状態になった。

それが、どれほどの時間だったのか判らない。わずか数秒だったかもしれないし、もっとずっと長かったのかもしれない。

沈黙を破ったのは、刃物男のほうだった。

と考えた。

「銀三十枚」

ぼそりとした呟きに、「銀貨三十枚で見逃してやる」という取引を持ちかけられたのだ

「そんな大金は持っていない」と答えようとして、口を塞ぐ蔦を噛んだ。呻きながら、こちらの意図が伝わることを念じつつ首を横に振る。背後からの反応がない。よくよく考えてみれば――この状況で思い至っただけでも褒めていただきたいものだ――宿の金庫も開けられているのだから、金がないのは先刻承知だろう。ということは、私に云ったのではなく時計塔男への言葉か。「獲物を譲って欲しくば銀貨三十枚を寄越せ」という、いわば「商談」だろうか。

しかしそれが、成立したのか、そもそも推測が正解だったのか、このときの私には皆目判らなかった。時計塔男はわずかに目を細めただけ。刃物男は、相変わらず顔も見ることができないのだ。

なにより、事態を新たに展開させる要素が割り込んできた。

「おい！　何をしている！」

凄味の利いた声と、重い足音を響かせて近づいてくる――小型熊氏だ。手には〈帽子〉を持っている。ポーシャの姿は見えない。まだ圏外なのだろう。兎《と》も角も、

助かった！

と、叫び出したいのを堪えるので精一杯だった。彼は首府警察の捜査官だぞ。これでお前達もお終いだ。目の前の時計塔男に指を突きつける自分を想像し――。

いきなり、周囲が暗くなった。

〈燈火〉が消えたのだ。直前に刃物男が早口で何事か呟いたので、おそらく〈理法〉を使ったのではなかろうか。そもそも天井が破られたときに〈燈火〉がどうなっていたのか――火屋がわりの球体硝子は割れていたと思うのだが――確認しなかった自分の迂闊さを後悔する。

その間にも、複数のことが同時に起こっていた。

時計塔男が風を巻き起こすようにして、その身を翻して去る。刃物男は私を突き飛ばしつつ暗がりへと退こうとし――転んだ。駆け寄ろうとしていた小型熊氏が、くぐもった呻きをあげて前のめりに崩れる。なにが起こっているのか一向に摑めず、私は迷付《まごつ》きながら四辺《あたり》を見回し、目を凝らす。口を塞いでいた蔦はいつの間にか消えている。

《なにをぼんやりしてるの！》

叱責と同時に鼻先まで妖精が飛んできた。圏内に入っていたらしい。実際に干渉できるなら、襟首を摑んで引っぱって行きそうな勢いだ。

《こっち来て！　まったく鈍くさいわね。わたしがいないと何もできないんだから！》

反論のしようもなく、無言で小型熊氏の元へ駆け寄る。

「大変だ！」

私は坐りこんだ彼を見るなり狼狽えた。太腿に細い木片が刺さっているではないか。服は血で汚れている。騒ぎのどさくさで飛んできた木片が、というような偶然ではないだろう。刃物男は私に構っていたので手が塞がっている。ということは、時計塔男がやったのだろうか。あの一瞬で。

「大丈夫です。この程度の傷なら」

小型熊氏はおろおろとするばかりの私を落ち着かせるように手をあげた。警察医が〈理法〉でもって治せると云う。こちらが驚くほど冷静だった。いままでも、こういう怪我をする事件があったのだろうか。

「逃げられたか」

舌打ちをして、暗所を睨《にら》む。振り返ると、尻をついていたはずの刃物男が見当たらなかった。

「あんなところで転ぶとは。意外と間が抜けた強盗だ」

「転んだんじゃありません。転ばせたんですよ」

なんとか発した私の軽口は、暗がりから小型熊氏の掌へ滑るように戻ってきたもので否定された。蛇――自分の尾に食らいついている意匠――が彫り込まれた小箱だ。

「こいつを投げると、捕り縄になって相手に絡みつくんです。〈恩寵〉も何も必要ないので、咄嗟のときに役立つ」

そう云うと、彼は私に小箱を握らせた。

「外国人のあなたでも使えます。あの短時間で〈捕縛〉を解いたので、かなりの〈使い手〉のようですが……けど、足止め程度にはなるでしょう。護身用に持っていって下さい」

「し、しかし……」

受け取りつつも戸惑う私に、小型熊氏は早く行けとばかりに表通りを示す。

「逃げて下さい。残念ながら、これ以上は夜の町をご案内できそうにない。諦めます。こっちにも生活がありますしね」

冗談めかした剽軽《ひょうきん》な表情をつくるが、その額には脂汗が浮いていた。傷が痛むようだ。

心配だったが、これ以上は彼にとって迷惑だと今更ながら気がついた。上からの圧力、私を尾行《つけ》まわす謎の男、それらの正体を探ろうとしていたのである。いくら世の中の機微に疎いとはいえ、無邪気に案内してもらっていた自分は赤面ものだ。いったい、どれほど彼の立場を危うくしていたのだろうか。それだけでなく、このまま警察へ逃げ込めば今度は彼の同僚たちの立場まで危うくなる。それは、私の望むところではない。

「では、この小箱は遠慮なく頂戴します。最後にひとつ、いいですか?」

「なんです?」

「なぜ、私はこんなに狙われるんでしょう?」

さっぱり判らず、私は途方に暮れていた。きっと、ひどく情けない表情をしていたに違いない。小型熊氏は、目に同情の色を浮かべた。厳《いか》つい、凄味が利いていると思っていたが、こうして見ると意外に優しい印象もある。

「判らない。本当に申し訳――」

「いいえ！　私のほうこそ」

彼の謝罪を慌てて遮る。それが判れば「あなた、いったい何者ですか?」などと訊きはしなかっただろう。馬鹿な質問だった。彼の手をとり、固く握った。騒ぎに気づいたらしい店主が表通りのほうに見える。後は任せてしまえば良さそうだ。

「ありがとうございます。行きます」

私は〈帽子〉を頭に、表通りへと足を向けた。

宿へ――と、早足で歩き出したのも束の間。私はすぐに立ち止まった。
小型熊氏は「逃げろ」と云ったではないか。このまま戻ったら、むしろ危険なのでは。どこかに身を隠したほうが良いのでは。しかし、異国では頼る者もいない。誰を信じていいのかも判らず不安だ。こんなときにスミス氏が――いや、無い物ねだりをしても始まらない。
「地図を見せてくれないか」
《覚えてない》
即答され、軽い目眩《めまい》を覚えた。思わず額に手をやる。
「借りた地図を卓上に広げたのは、私の記憶違いか？」
《合ってるわ。もう、ついさっきの記憶が曖昧なの？　飲み過ぎ？》
「覚えるから邪魔するなと云ったのは？」
《それも合ってる》
「じゃあ、どうして覚えてない？」
《貴方がなかなか戻って来なかったからに決まってるでしょ》
覚えるのを中断したということだろう。そう云われると、私としても咄嗟に返す言葉が見つからない。ポーシャと小型熊氏が現れなかったら、どうなっていたことか。

「それは……仕方ないな。せめて部分的にでも覚えていたら、と思ったんだが」

《部分的でいいの？　記録を止める前までの地図なら覚えてるけど？》

「そうなのか？　いったいどの部分だ？」

《移った宿の周辺》

今、此処《ここ》で、最も役に立たない地図だ。それは。

私は気を取り直し、再び歩き出した。一先《ひとま》ず、さっきの酒場からできるだけ離れよう。闇雲に進んで行けば、そのうち何か妙案も浮かぶかもしれない。

そんな淡い期待を抱きつつ、小一時間も歩いただろうか。

「これだから私は……！」

吐き捨てるように独りごちて、足を止めた。妙案など思いつかない。思いつくはずがない。歩いているだけで思いつくなら、ロンドンの公園を散策する紳士淑女たちは哲人だらけだ。

やたらと怒りが湧いていた。また、いつ理不尽に襲われるかもしれないという不安と緊張感のせいでもあったろう。

「いつもいつも、性懲りもなく」

衆人環視の中で襲われることはあるまい。と、人の多い道を選んでいた。暗く、〈燈火〉の光が届かない脇道へ逸れるのは恐ろしすぎる。ところが夜の繁華な場所は限定的であり、したがって歩く道もかぎられてくる。結局、同じ所をぐるぐると巡っているしかなかったのだ。

しかも、そのことに気づいても、しばらく歩き続けた。妙案が浮かぶはず、という根拠のない夢想にすがって。命が懸かっているというのに。

「見通しが甘すぎる。具体性はないし、思いつきだけだし、行き当たりばったりだし」

《まるで、貴方の生き様ね》

「ご名答。反論しないよ」

半ば自棄になって何度も頷く。

《おかげで素晴らしい作家人生を謳歌《おうか》》

「まったくだ。素晴らしすぎて泣きたくなる」

両手に目を落とした。これで顔を覆ったら、本当に泣き出してしまいそうな気がした。

それから、より現実的なことに思い至る。私は、鞄すら持っていないではないか。

荷物は——宿だ。

「喜べポーシャ。君の覚えた地図が役立つ」

当初の目的通り宿へ戻ることを告げた。危険かもしれないが、荷物がなければ旅を続けられないのだ。そもそも続けたほうがいいのか。切り上げて帰国したほうが良くないか。自問してみたが答えが出せなかった。旅を止めるほうが、よっぽど賢く現実的だとは判るのだが。やはり自分は、ここでも「妙案が浮かぶはず」と同じようなことを考えていた節がある。あるいは、見つけた目先の理由にすがりたかったのかもしれない。

ポーシャが泊まっていた宿の周辺を覚えているなら、そこまでの道を教えて貰えば良い。誰かに道を訊ねようとしたところで、「あのぅ」と遠慮がちに正面へ人が立った。はっと顔を上げて、自分がずいぶん深く俯いたままだったことに気づく。

「やっぱり。昨日の……」

私を改めて見て、その人——赤毛の若い女性は微笑んだ。

告白すると、初めは誰だか判らなかった。人の顔を覚えるのは苦手なのだ。名前とひと組にならないとすぐに忘れる。ただ、このときは、それを逆手にとってなんとか思い出すことができた。この国へ来て、まだ二日目。出会った人は少ない。女性で、名前を知らず、昨日会ったことのある人は限定されている。

「ああ！　たしか〈賢者の塔〉の石版で」

私の反応に、「そうですそうです」と女性は安堵の表情をした。石版を触って吹き飛ばされたとき、声をかけてくれた人だ。

「なんだか困っているように見えたので。失礼かと思ったのですけど。英国では女のほうから声をかけるのはマナー違反でしたっけ？」

「ありがとうございます。マナー違反でもありませんよ」

正確に云うと微妙なところだが、ここはアヴァロンだ。自国流を持ち込む意味はない。なにより、少し救われた気がした。

「実は宿に戻りたいのですが、道が判らないのです」

《迷い道の達人なの》

混ぜっ返すポーシャに、女性は軽く笑みを返した。

「達人に対して僭越ですけど、よろしければご案内しましょうか？」

願ってもない申し出だ。それに今も昨日も、ポーシャの口の悪さにも動じていなかった。多少、失礼な言葉を吐いても、彼女なら聞き流してくれそうな気がする。

唯一の心配は、案内してもらっている途中で襲撃された場合だった。残念ながら、私にはご婦人を護る腕力もなければ、度胸もない。自分自身の安全すら心許ないのだ。躊躇いはあったが、しかし、迷わず宿へ行き着くことができるという誘惑には抗《あらが》えなかった。

さっきも一人になったところを狙われた。敵は私が一人になるのを待っている。とすれば彼女がいれば襲ってくることもなかろう。という三段論法で自分を誤魔化し、彼女に案内をお願いした。

後悔したのは、わずか十五分ほど後のことだ。

歩き出し、角を数度曲がり、人が絶えたと思った途端、狭い通りの行く手を阻《はば》まれた——またもや、時計塔男。仕事熱心な人間を、自分のような怠惰なものさしで測ってはいけないと思い知る。

赤毛の女性も足を止めた。時計塔男の、あの風体が、人の気配も他にない夜道に佇んでいるのだから当然だろう。

「そいつから離れろ。手加減できんのでな」

半ば闇に溶けたような時計塔男の、低い声が地面を這った。不気味だが、云っていることはつまり女性を巻き込むつもりはないという意味だろう。感心している場合ではないが、存外に紳士的だ。しかし、そうすると先程は手加減していたということだろうか？　慥かに厠《かわや》で大暴れするのは衛生的にも問題があるが。

「お知り合い？」

赤毛の女性は時計塔男から目を離さない——が、問いはおそらく私に向けてだろう。

「知りません」

私は小刻みにふるふると首を横に振った。

「――ですが、云うとおりにしたほうがいい。得体の知れんやつですから」

話しながら、そっと衣嚢《ポケット》に手を。中の物を握る。ついさっき、小型熊氏に貰った小箱を。これであの時計塔男を足止めし、その隙に逃げ、それから大通りに出て助けを求める。算段がついたところで腹に力を込めた。

「今から私が食い止めます。それを合図に貴女は――」

勇を鼓して一歩前へと進み出た――その矢先。

腕を摑まれた。私の周囲にいるのは赤毛の女性だけなので、もちろん摑んだのは彼女だ。その力は思いのほか強かった。ばかりか、そのまま腕を引かれて二歩後退せざるをえなかった。つまり、彼女の背に隠れる形になった。さらに、

「走りますよ」

そう云うなり、身を翻す。傍の脇道へと入った。私はただ腕を引かれ、どうにか〈帽子〉が落ちないように押さえながら足を動かすのみだ。私のことは放っておいてお逃げなさい、と改めて云うべきだろう。ところが、言葉が出ない。角を三回ほど曲がったところで、すでに息が切れていた。顎があがる。魚のように口をぱくぱくやる。

《どうしたの？　顔《い》が悪いわ》

走る速度に合わせて翅翼を動かし、前になり後になりしていたポーシャが眉間にしわを

寄せた。間違いなく、云い返す余裕がないと判ってやっている。私はせいぜい睨みつけるしかない。

一方で、先導する女性は赤毛をなびかせて疾走を続けた。私を引っぱっているにもかかわらず足音は軽やかで、乱れもなく、スカートの裾を巧みに捌《さば》き、ちらりと振り返るときに見せる横顔は愉しげにすら見える。そのしなやかな躍動感は人と云うより猫に近い。

こんなに全力で走ったのは何年ぶりだろうか。

赤毛の女性に引かれる勢いもあり、なかなかの速度だ。これなら時計塔男も追いつけまい。

少々得意になって振り返る――いた。

表情も変えず、むしろ、あえて距離を保つような余裕すら感じられる。逃げ切れる気配がまったくない。こっちは胸が裂けそうなほどで息をするのも辛《つら》いというのに。要するに、苦しんだからと云って望む結果が得られるとはかぎらない、ということだ。この教訓には馴染みがある。私の作家活動と同じだ。

品のない言葉を口走りかけて、すんでのところで堪える――そもそも肺腑へ空気を送り込むのに精一杯で、言葉にもならなかっただろうが。

時計塔男は、しかし、何故か手出しをしてこなかった。赤毛の女性がいるせいか。巻き込んで怪我をさせたくないのだろうか。先ほどの警告もそうだが、妙なところで紳士的だ。

とすれば、これは上手い具合に宿へ逃げ込むことができるのでは？

一瞬でもそんな浅はかなことを考えたのは、追われて息が切れて朦朧としていたせいだということにしておきたい。

冷静に考えれば、不可能なのだ。そろそろ息も足も限界だったのだから。

宿はまだか。そもそも宿へ向かっているのか。このままでは殺されるより前に心臓が止まる。あるいは時計塔男が淡々と追い回しているのは、それが目的か。いや、まさか。さすがに、そんな気の長いことをするはずはない。手が出せないだけだ。しかし、こちらも足を止められない。どうすれば休める。水が飲める。誰かに助けを――そう、それだ。

ほとんど呼吸困難に陥りながら、なんとかそこまで考え――気づく。赤毛の女性が、助けを求められないような人の気配のしない道を、ずっと突き進んでいることに。時計塔男に追われているせいで道を選べないというわけでもなさそうだが。

訳が判らず、巡りの悪くなった頭を懸命に働かせて出た答えは、「きっと彼女は何か大きな勘違いをしている」というものだった。

例えば、奇妙な時計塔男に追われているのは私が英国から逃げてきた人目を憚《はばか》る政治犯だから、などといった類だ。さもなければ、わざわざ大きな通りから隔たった脇道――幅や雰囲気からそう推測した――ばかりを選ぶはずがない。

それとも小型熊氏と同じか。私とかかわりがあることを、あまり表立って衆目に晒すのは都合が悪い。立場が危うくなる――どのような立場なのか皆目見当もつかないが。

だとしたら、やはり離れなければ。ああ、でも。その前に彼女にひと言云っておきたい。私は、ただの旅行者だ――と。

実際、必死に訴えた。が、口からこぼれたのは「ああああ、あああああ」という情けない音だけだった。

或いは、それが限界の合図だったのかもしれない。

私は何もない地面に蹴《け》躓《つまず》き、足を縺《もつ》れさせ、無様に転んだ。この赤毛の女性の前で何度ひっくり返ればいいのだろう。辛《かろ》うじて〈帽子〉だけはすっ飛ばさないように押さえた。何事においても経験は偉大だ。

赤毛の女性も、さすがに大人の男を引きずって走るのは難しい。私が転がった拍子に手を放した。

まさに、それを狙いすまして、時計塔男が彼女との間に割って入った。勢い余ったのか、私のほうに背を向けている。しめた。と立ち上がって、衣嚢の小箱を投げつけた機敏さは我ながら神懸かっていたと思う。

小箱は時計塔男に当たるか当たらないかというところで、仄かな閃光を発し、次の瞬間にはその両足首に紐となって巻きつき、締め上げていた。

「逃げなさい！」

よろめく時計塔男の陰になって見えなかったが、そこにいるはずの赤毛の女性へ叫び——掠れた声しか出なかったような気もするが——彼女とは逆方向へと走り出す。

「私はこっちだぞ！」

有り難いことに、まだ足は動いた。これで、できるだけ距離を稼いで人通りの多い場所に出て、誰でもいいから助けを求め——先程の算段を再び繰り返していたときだ。

背後から、妙に生暖かな突風が吹いてきた。つんのめりながら様子を窺う。

まず驚いたのは、自分が、まだ二十歩ほどしか離れていなかったことだ。相当に疾走したつもりが、実際はよれよれと歩を進めていたに過ぎなかったらしい。

その事実に力を落とすことがなかったのは、時計塔男の異様な変化に目を奪われたせいだろう。男の足元から風が巻き起こっていた。外套の裾が翼を広げた猛禽《もうきん》のごとく舞っている。

あれは、蒸気《スチーム》だ。周囲は白く、靄《もや》がかっていた。

その勢いが、私の背中にまで吹きつけていた。一体何が起きているのか。足を止め、ふと、手応えを感じた。目を掌へと移す——蛇の意匠の小箱が戻っている。今度は時計塔男の足元へ目を。両足が自由だ。〈理法〉の紐を解いた。つまり、あの男も〈理法〉を使えるアヴァロン人ということか？　だが、あの蒸気は？　疑問を解く鍵は、それらすべてが夜道にもかかわらず見えている、ということだ。わずかながら発光も伴っている。

つまり。

「蒸気錬金《スチルケミー》？」

時計塔男は〈帽子〉はおろか、蒸気錬金機関らしきものを身につけているようには見えないのだが。

もっとよく見ようと目に入った汁を拭ったときだ。

《これ以上の接近は推奨できません》

不意に、ポーシャが硬い口調を使い出した。すぐに先日の石版の件を思い出す。従ったほうが賢明だろう。経験は偉大。

「判った」

まだ、時計塔男は私に背を向けたままだ。今のうちに動くにかぎる。私は小箱を握りしめた。何度使えるのか判らないが、二十歩分でも心強い。逃走を再開した。赤毛の女性は無事だろうか、ちゃんと逃げてくれただろうかと、ちらりと思う。もはや振り返って確かめる余裕はない。祈るのみだ。

「ポーシャ」

わずかでも休んだお陰か、言葉が出るようになった。

「あの男からできるだけ離れたい」

接近を推奨しない、と云うのなら、より遠くへ行く方策も思いつくかもしれない。逆転の発想だ。

《経路検索を開始します》

「経路?」

声が裏返ったのは自分でも判った。地図は覚えていないと云ったはず。それとも、いつの間にか、唯一記録した宿の周辺とやらに来ているのか。

《経路が確定しました。次の角を右に》

ポーシャは淡々と指示を出してくる。あえて逆らってみる誘惑も頭の隅をちらりとかすめたが、幸いにしてこのときは理性が勝った。素直に従う。

さらに何度か角を曲がった。

いつまで走ればいいのだろう。いや、それよりも先ず、何処へ向かっているのだろう。宿か。しかし、私は宿への道をポーシャに訊ねたわけではないのだ。確認したいが、またもや呼吸するだけで精一杯だ。

《間もなく目的地に到着します》

そこを曲がれ、道なりに進め、という以外の台詞が唐突に飛び出し、息を吹き返すような思いをする。

狭く曲線の多い道を抜けると、急に目の前が開けた。我知らず足を止めてしまう。ここが、ポーシャの選んだ目的地らしい。

円形の広場だった。

人は見当たらず、静まりかえっている。風の音さえ聞こえないせいか、私自身のいまにも絶えそうな息遣いが、妙に耳についた。灯りの類もない。夜の闇が全体に落ちかかっている。それでも石畳の緩やかな凹凸や、広場を囲む家々の石壁、戸板を判別できた。夜道を走り続けて目が慣れたからだろう。

「宿……じゃないな」

幾ら道に迷うとはいえ、つい先刻、案内してもらった場所の景色ぐらいは覚えている。宿の前は、ごく変哲のない通りだった。広場ではない。

「じゃあ、ここは？」

独り言に、ポーシャは反応しない。真っ直ぐ、広場の中央を見つめている。まだ異常から――幻燈種としては正常とも云えるが――回復しないようだ。私は周囲を窺い、なんら解決の糸口がないと諦め、心を決めた。ポーシャが目を離そうとしない広場中央へと足を進める。さすがに、もう走る力は残っていなかった。一度、振り返ったが時計塔男は追いかけて来ない。まいた、とは思えないので少し意外な気がした。余りに無様な逃げっぷりに、追いかけるのも嫌気が差したのではなかろうかと本気で考えた。

中央には、こんもりとしたアーチ型らしい影が見えていた。頂点は二ヤード以上あるだろう。そういえばアヴァロンの度量衡の単位を知らないことに気づく。ポーシャがまともなら訊けたのだが、どのみち正解が返ってくるとはかぎらない。

辿り着いてみると、推測通り石組みのアーチだ。そっと表面を撫でてみたが、珍しいものでもなさそうだった。が、この国では汚穢《おわい》の処理に石（らしき物）を使うぐらいなので、油断はできない。

アーチのくぐりには、木製で両開きの扉があった。木枠がアーチにぴったりと合わせてある。さらに近づいてみると、表面には腐食防止のニスらしきものが塗られているようでつやが出ていた。装飾はなく、覗き窓もなく、ただただ簡素な扉だ。ぐるりと反対側に回ってみたが同様だった。真ん中の、左右の扉が合わさる部分にわずかな隙間があるので、そこへ顔を寄せると、当然のことながら向こう側の風景が夜闇に埋もれて見える。

「これが、まさか……？」

私は戸惑いながら呟く。自分の推測を疑っていた。いや、認めたくなかったのかもしれない。

《目的地に到着しました。〈転移門〉です》

ポーシャが容赦なく答えを明示した。

「思っていたより、ちょっと……わりと……」

私は数歩さがって、〈転移門〉の全体を視界に収める。

「……かなり素朴な感じだな」

正直なところ拍子抜けも甚だしかったのだが、一生分の全力疾走をしたお陰かすでに虚脱しきっており、抜ける拍子もほとんど残っていなかった。

さて。

ポーシャが、ここを目的地に定めたということは、やはり「門」をくぐらせるためだろう。たしかに「時計塔男からできるだけ離れる」という条件には適っている。

しかし、私は荷物を宿に預けっぱなしだ。お金も。旅先で徒手空拳は不安だった。もう一度、ポーシャの力に頼るか。もっと条件を狭めれば――例えば「この町の中で」時計塔男からできるだけ離れる――なんとかなるのでは？　ぐずぐずと考えを巡らしていても埒《らち》があかない。

「よし。ポーシャ！」

　腹に力を込め直しながらの呼びかけは――背後からの音によって、虚しく消し飛ばされた。ボンッという、膨張しきった何かが破裂したような激しい響きと空気の震えだった。

　さらに。

　水滴がぱらぱらと降りかかる。明らかに生ぬるいので雨ではない。

　飛び上がるようにして振り返ると、広場へと繋がる路地の一つから転がり出てきた人影が目に入った。かなりの勢いに見えたが、その衝撃などものともせずに跳ね起きている。

　姿、高さ、横幅は、見間違えようがない。

「時計塔男！」

　ついさっき見たのと同じく靄を纏《まと》っている。外套の裾を舞い上げるほど噴き出しながら。

　とすれば、水滴は水蒸気か？　それにしては水の粒が大きすぎたが。

　路地に向かって――その奥にいる誰かと対峙しているようだった時計塔男が、私の短い叫びと呼応するように身を翻す。走り出した。

　私のほうへ。

「うわっ」

思わず、情けない声が洩れた。逃げねば。足をもつれさせながら、慌てて時計塔男に背を向ける。が、数歩も行かないうちに、今度は前から迫る人影に気づいた。怖じ気づいていた私は闇雲に進路を変更する。石のアーチの陰へと回り込んだ。二種類の足音はまったく速度を落とすことなく向かってくる。怒号も制止の声もないのが、かえって恐ろしさに拍車をかける。

「何処へ行けば……」

きょろきょろと左右を見回した。一歩右へ踏み出し、いやいやこっちは危ないんじゃないかと左へ。いや待てやっぱりこっちも、と右へ戻るのを繰り返す。動転して頭が回らない。

《目的地を再設定してください》

ポーシャは半ば眠ったような表情で冷ややかにしている。先の呟きに対する答えなのだろうが。

「できるなら、もうやってる！」

早口で、八つ当たり気味に応じるのが精一杯だ。この状況で目的に適った場所を瞬時に選択できる人がいたら、お目に掛かりたい。

絶望感にまみれていると、排気する機関車のような音がした。びくりと顔を振り向ける。

時計塔男だ。ひときわ多い蒸気の靄を引いて迫ってくる。その握りしめた右手が、赤く脈動する光と、肌に伝わるほどの熱を発していた。

まずいぞ。

私は混乱をきたした頭で、辛うじて直感した。

焼かれる。

あの拳は宛然《さながら》、炎をあげる石炭だ。時計塔ではなく、機関車男だったのかもしれない。

赤熱した拳が振り上げられた。足が竦む。手で我が身を庇《かば》うこともできず、目を見開き、ただただ獅子に襲われる兎のごとく硬直していた。

その傍らを、時計塔男が駆け抜けていく。

「は？」

自分が素通りされたことが信じられず、棒立ちのまま蒸気の靄を浴びつつ、私は間の抜けた声を洩らし——一瞬後には背後からの、またもや破裂するような響きにかき消された。

今度は、しかし、夜気の震えと共に熱気が風圧となって背中をどやしつける。転んだ。起きあがろうとするが、足腰に力が入らない。膝をつき、肘を打ち、横様に倒れ、を繰り返す。

そのあいだにも、周囲は俄《にわか》に明るくなっていく。

幾筋もの火柱。

燃えあがっているのは蔦——先刻、酒場の手洗いで見たものだと直感した。同じ夜に、そうそう別のものに巡り合うこともあるまい——のようだったが、十本ほどのそれが立ち上がり、のたうち回っている姿は、まるで蛇の怪生物だ。

一方、蠢《うごめ》く紅蓮の蔦にギリシア神話の英雄よろしく立ちはだかるのは、外套の裾を翻す時計塔男だった。

うねうねとした動きで闇の中から次々と伸びてくる蔦へ、赤熱した拳を、拳闘家を彷彿とさせる小気味よい動きで打ち付けていく。触れた途端に小爆発めいた音を立てながら蔦は燃え上がり——焼かれる、という私の勘は正しかったわけだ——たちまち炭化して頽れた。

小さな爆炎は止まることなく続き、私は宿屋の近くの爆発事件をふと連想したものの、火の粉をまき散らしながら足元へ落ちる残骸に、慌てふためき後退《あとずさ》りする。〈転移門〉のアーチの基部に敷き詰められた石畳へ蹴躓く。せっかく立ち上がったというのに、また転んだ。尻をついた。脱げ落ちないよう〈帽子〉を押さえる。

視線が低くなり、ふと、違和感を抱いた。時計塔男を襲う蔦が伸びてくる闇、その奥、一段と濃く深くなった漆黒の夜気——そこが揺らめいたように見えたのだ。目を凝らした。

すぐに気づく。揺らめいたのは夜気ではない。時計塔男が蔦を焼くたびにあがる炎の反射だ。闇が反射──するはずがない。

何か、いる。

ある。ではなく、いる。そういう存在感だった。

揺らめきが滑る。こちらへと動いてくる。蔦が二本、まとめて燃えた。その火炎が蠢く闇の正体を映し出した。

獅子。それも、有翼の。

ただし、生き物としての温かみはない。彫刻が動き出したかのようだ。それでいて堂々たる歩みや、少し首を傾げてこちらを見る様には、意思の力が間違いなく感じられる。

「グリフォン……？」

我知らず呟く。架空の怪物。幻獣──小型熊氏の言葉を思い出す。

〈幻獣班〉という言葉に聞き覚えは？

いいえ。全く。と、答えて話はそれきりだった。しかし鈍い私でも、目の前の光景が〈幻獣班〉の仕業ではないかという推測ぐらいはできる。片や、時計塔男は蒸気錬金と思しき力を使っていた。これはアヴァロン対大英帝国なのではないか？　もっと、しっかり小型熊氏に政情を確認しておくべきだった。自身の迂闊さに後悔が押し寄せる。いつものことだが。

私の内心の嘆きなど周囲が頓着するはずもなく、幻獣は音もなくこちらへと向かってくる。のっぺりとした眼球は、しかし、間違いなく視線を私に据えていた。逃げなくては——と、判断するよりも早く距離が詰まる。獅子の体が一段と低くなった。飛びかかる——その寸前に、赤熱の帯が眼前の黒々とした宵闇を裂ぐ。死神の鎌さながらに弧を描いたのは、時計塔男の拳だ。さらに、大きな舌打ちも。

幻獣が、突如として消え失せていた。時計塔男の拳に粉砕されたとは思えない。素人目にも空を切ったのは明らかだった。舌打ちは、だからこそだろう。時計塔男は、再び蔦へと挑みかかっていた。逃げたと判断したのだろうか。

では、あの獅子の巨体は何処へ。私は栗鼠よりも落ち着きなく周囲を見回す。暗闇から獅子に食い付かれる恐怖に怯える。身震い——思わず首を竦めて、気づく。震えは恐怖のためばかりではない。ひんやりとした、水辺に立ったような空気が迫ったからだ。頭上から。

夜空を振り仰ぐ。

揺らめいている。

赤く照らし出された周囲の光景が漣《さざなみ》を作っていた。風に弄《もてあそ》ばれる透明なカーテンを透かし見たかのようだ。気づけば、炎に包まれた幾本もの蔦さえも同様——つまり獅子の幻獣から形を変えた、正体定かならぬ揺らめきの原因に、私が覆われつつあるということだった。

《警告。脅威が検出されました。急冷却による機能低下が予測されます。回避のため、直ちにこの場を離れて下さい》

ポーシャが何やら不穏なことを云い始めた。

機能低下とやらに対応するためだろうか、〈帽子〉の極小シリンダーが低い唸りを発しつつ、機巧の動きを速めていく。その動きは〈帽子〉を押さえている手に、振動として伝わってくるほどだ。

「離れろっ？　どこへっ？」

焦りと不安で食ってかかるような口調になったが、相変わらずポーシャは表情を失ったまま淡々としている。問いに対する答えや指示はない。

自然と下品な言葉が口をついて出てしまった。それだけ追いつめられた状況であったとご理解いただきたい。

素早く四方八方へ目をやった。頭上の揺らめきから逃れられそうな場所はない——一箇所を除いて。

再びポーシャを確認して、息をつめる。茫洋《ぼうよう》と虚空を見つめていたはずの彼女が、私のほうに、わざわざ向き直っていたのだ。無言のまま、半眼で。

覚悟を決めろ。

なぜか、そう促されている気がした。

よろしい。判った。私も英国男子《ジョン・ブル》の端くれだ。

石造アーチの下へばたばたと動いた。〈転移門〉と云うよりは裏庭の入り口風な素朴極まりない木製扉の前に立つ。あえて振り向かない。ひと呼吸もおかず扉へ手をかける。躊躇ったらお終いだと思った。

左右の手で両扉の把手《ノブ》を持つ。手応えは軽い。鍵などは掛けられていないらしい。力一杯引いた。

難なく開く。

当然のことながら、広場の向こう側の景色が見えた。窓辺が明るくなっている家もあった。これだけの物音だ。おまけに炎まで上がっている。住人も目を覚ますだろう。

もう少し時間を稼いで住人たちが騒ぎ出せば、時計塔男も、その相手らしき人物も悠長にしていられないのでは？

誘惑めいた考えもよぎったが、それも目の前が渦《うず》を巻くようにして歪んだことで消えた。

渦は急速に大きくなり、開かれた扉からの光景すべてを巻き込んで、ふいに収まる。向こう側の光景は、銀糸で織られた絹を思わせる滑らかな表面で音もなく覆い隠された。銀の帳《ヴェール》が赤い光――私の背後の燃えさかる炎を反射している。

これは、蒸気錬金学で謂《い》うところの〈銀変成《アルギヨロペイア》〉と同種なのだろうか。

いずれにせよ、この帳に飛び込めば、門の名の通り「転移」とやらができるのだろう。

ほんの一瞬で、北部にある門へ行く。〈理法〉に疎いとはいえ、その程度の予測はできる。

ただ、若干の不安があった。

向こうの門が閉まっていたら？

現に、こちらの門は閉まっていた。開いていなくとも、ちゃんと着くのだろうか。転移があれば扉は自然に開く仕組みか？　そのために鍵が掛かっていない？

崖っぷちに立ったような気分だったが、そこへポーシャが、あの無表情で告げる。

《繰り返します。直ちにこの場を離れて下さい》

急かされ、私は苦笑した。

「判ったよ」

決断を迫られた場で、なんだかんだと理由をつけて先延ばしにするのが、私の数ある悪い癖のひとつだ。

いま、その悪癖を発揮するわけにはいかない。妙な具合になっているポーシャのためにも。〈転移門〉をくぐれば、元に戻る。根拠はないが、そう確信していた。

荷物とお金は小型熊氏を頼ろう。向こうから音信《たより》を出せばいい。

「さあ、行こう」

〈帽子〉をしっかりと片手で押さえ、もう一方の手を銀色の面へ伸ばした。するりと抵抗もなく入っていく。手応えはまるでなかった。温かくもなく、冷たくもなく。私の背後とは違う静謐《せいひつ》な空間。

大きく息を吸った。

なんとなく、水へ飛び込むのに似た感覚だったのだ。

〈帽子〉は待機状態にしたほうが良かったかな。

頭の片隅で、ふと思ったが、すでに足は地を蹴っていた。身体が銀面を乱しつつ没入していく。

背後で大きな——膨張しきった何かが破裂したような——音がしたものの、すぐに聞こえなくなった。目も鼻も利かない。

うなじに降ってきた幾つもの生ぬるい水滴だけが、広場での名残だった。

隠者の森

ここは、何処だ。

旅を始めて僅《わず》かな日数しか経っていなかったが、何度、この言葉を思ったことだろうか。

「人生の迷いに就いて」などといった、ギリシア哲学者を気取った小論の一つでもでっち上げることができそうだった。

「書き出しはこうだ。『人に迷いあり。』」

《されど我ほど迷う者なし》

胸に手を当て、凜々《りり》しく虚空を見据えたポーシャが、すかさず低い声音で混ぜっ返す。

「今回は不可抗力だろう？　いわば〈転移門〉の事故なんだから。私には、どうすることもできない」

《それこそ天の思し召し。大いに迷え、と。愛されてる》

「私には少々重荷なんだがね」

《そんなこと云ってると天罰が下るんじゃない?》

「これ以上の天罰が?」

私は諸手を広げ、ぐるりと一回転して辺りを示した。

視界を遮るのは、すべて木々だ。森の奥深くにいるらしかった。枝葉をかいくぐって注ぐ曙光が、ミルク色をした朝靄を浮かび上がらせている。

昨晩——。

〈転移門〉を通った私が踏みしめたのは、瑞々《みずみず》しく下草の繁るこの森の地面だった。

「きっと、こちら側の門は植物園のような場所の中にあるのだろう」

最初はそう思い、すぐさま町中へ向かおうと早足で歩き出した。ここで一瞬でも振り返れば、真っ暗闇の中とはいえ、自分が門から出たわけではないと気づいただろう。しかし、とにかく気が急いていた。時計塔男たちが私と同じく門を使って追ってくるに違いない、と考えたからだ。

妙だぞ——と、周囲の様子に不信感を抱いたのは、ポーシャに何分ぐらい歩いたか訊ねたときだった。

《およそ十分。そろそろ迷いそう?》

彼女がいつもの調子に戻っていることを指摘することも忘れて、私は足を止めた。

公園なら小径の一つにでも行き当たって良いはずだが、地面はいっこうに安定しない。闇は信じがたいほど深く、ここまで転ばなかったのが不思議なくらいだ。

「明るくなるまで待ったほうが賢明だ」

私は不安を払拭しようと自身に向けて呟き、木の根元へ腰を下ろした。はあっ、と大きく溜息がこぼれてしまう。

《その溜息は……待って。中《あ》ててみせる……恋煩《こいわずら》いね！》

「云うと思ったよ」

《まあ！　わたしたち通じ合ってるのね。でも駄目よ。これは道ならぬ恋。わたしとあなたでは……身分が違いすぎるわ》

「私のほうが下に見られている気がするんだが？」

《まさか上だとでも？》

「そこは驚く場面じゃない」

私は一晩中、暗闇で奇妙なほどくっきりと浮かぶポーシャを相手に、他愛ない会話を続けた。スミス氏が幻燈種は暇つぶしに適していると云っていたのを、初めて実感した。正直なところ、完全に一人きりだったら狂乱状態になっていたかもしれない。

幸いにして、時計塔男たちは〈転移門〉を使って追ってくることまではせず——と、そのときは思っていた――無事に夜明けを迎えることができたというわけだ。

しかし、靄が晴れ、明るさを増し、見通しが利くようになった森は、やはり何度見回しても人の気配すらない。

もう一方の門へ移動したとは、考えがたい状況。

ここに至って、私はようやく「〈転移門〉が正常に作動しなかった」という可能性に気がついた。なるほど、時計塔男たちが追ってこないのは当然だ。

そして、先の問いに戻る。

ここは何処だ、と。

想像したくはなかったが、最悪、アヴァロンの外に飛ばされているかもしれない。気づけば見知らぬ異国、というのは昔話にも見る形式だ。

「落ち着け。まずは……人を探そう」

人から逃げて辿り着いた場所で、人に会う手段を真剣に考えることになるとは。皮肉だが仕方ない。

《緑色のタイツを穿《は》いた男とか？》

「ここがシャーウッドの森なら、それでもいいが」

念のために現在位置を訊いてみたが。

《ロンドンじゃないのは確実ね》
「ありがとう。大変参考になる答えだ」
《馬鹿にしてるでしょ？》
「素晴らしいぞ。微妙な言葉の綾も理解できる幻燈種なんて見たことも聞いたこともない」
《なのに今の登録者が無学な三文作家だから宝の持ち腐れなの》
「たしかに、私にはまだまだ学ぶことがたくさんある。だから前半の言葉は甘んじて受け入れるが、後半には異議があるな」
《ごめんなさい。訂正する。未来の三文作家よね》
「未来でもたった三文なら、今はなんだ？」
《もちろん、文無し《ペニーレス》作家でしょ？》
荷物もお金も置いてきてしまったのだから、この表現は悔しいが的確だ。
「将来、三文も稼げるようになるなら大出世だな」
自棄気味に諸手を広げる。
《わたしも鼻が高いわ。あなたは世の人々の希望そのものだもの》
「希望？」

《こんな人でも三文は稼げる、って》
「おまけに幻燈種まで持てる。返品交換したくなるほどあくの強いやつだがね」
《それに関しては云ったはず。使いこなせてないだけ。宝の持ち腐れ》
話がひと回りしたところで、私は足を止めた。耳を澄ます。求めていた音を聞いた気がしたのだ。
水。
鳥たちの声に混じって、たしかに、せせらぎの音が聞こえてくる。すぐさま、そちらの方向へ下草を踏み分けて進んだ。ここまで自分がどれほど歩いたのか判らなかったが、一睡もしていないわりに、まだ疲労はさほどでもなかった。

小川に行き当たったのは――なんと迷いもせず！――ほんの数分後だ。岸辺から青々とした草花が、木漏れ日を揺らめかせて輝く水面へ落ちかかっていた。幅は一フィートもないだろう。水底の小石一つまで見透かせる清流だった。
〈第五元素結晶〉の精製水や錬成水による汚染が長く問題視されているロンドンの河川では、絶対にお目にかかれない。私は、しばし無言で岸辺に佇んだ。

さらに、ふと思い立って膝を曲げた。手を川に入れる。ひんやりとした抵抗感が心地よい。片手で水を掬《すく》い、口へと運ぶ。

「おお……」

呻きのような声と溜息しか出なかった。続けて、二度三度と掬う。

なんという滑らかさ。

それでいて、なんという鮮烈さ。舌が、鼻が、喉が、体の隅々までもが蘇るような気がした。無味無臭でありながら、いま自分は恐ろしく美味いものを口にしているという感覚で満たされている。

終いには手で掬うもどかしさに我慢できず、〈帽子〉を傍らに置き、膝が汚れるのも構わず四つん這いになる。首を伸ばし、直に水面から喉を鳴らして飲んだ。

《あら、こんなところに痩せ馬が一頭》

そう云って、ポーシャが私の頭の後ろへ回ったようだった。おおかた、跨《また》がって、手綱をとる素振りでもしているのだろう。水面に映して様子を見ようとしたが、よく考えれば幻燈種だ。映らない。

私は体を起こし、口を拭った。

「なんとでも云ってくれ。これを味わえるなら、動物にだってなってなるぞ」

むしろ馬なら、もっと沢山飲めるのにと思ったほどだ。

その後も、あと一口。もう一口だけ。と、意地汚く飲み続けたが、さすがに限界が来てしまったので諦めた。

　本来の目的に戻る。

　水を探していたのは、その流れを辿っていけば、人里――あるいは人家一軒。いや、贅沢は云わない。人に会えるのではないか、と思ったのだ。

　もっとも、危険な獣に出会う可能性もあるわけだが。柔らかな木漏れ日と耳心地よいせせらぎのせいか、あるいは一晩中起きていたところへ極上の酒も霞む味に高揚していたせいか、奇妙なほど不安はなかった。このまま、すぐにこの迷子も解決するだろうと思っていたのだ。

　この、例によって根拠のない楽観が朝露より儚《はかな》く消えたのは、もはや読者諸賢も推察するに難くないだろう。

　異変は、私の身の裡《うち》から生じた。

　臍《へそ》の下あたりから、わだかまるような重さを増していき、次第に悲愴《ひそう》な訴えを強くし、歩みを緩慢なものに抑え込む。ぐるるる、と絶望的な響きを発するに及んで、とうとう立ち止まらざるを得なかった。

《また動物になる？》

　ポーシャが、両手を胸元へ引きつけるような素振りをした。云うことを聞かない馬の手綱を操っているつもりらしい。

私はそれには答えず、〈帽子〉を下草に置いた。額に噴き出した脂汗が小川の涼気を受けたが、気休めにもならない。そのまま背を向け、ポーシャに告げた。

「用を足してくる《Going to spend a penny》」

《あら知らないの？　ここならタダよ》

「そいつは良かった。いまは半ファージングだって惜しいからな」

腹を押さえ、前屈み気味の格好で茂みを分け入ると、ほどよい場所を見繕《みつくろ》ってしゃがみこんだ。

原因が、さきほどのガブ飲みであるのは明白だった。なにしろ出したものは水のようで、自分の体が汚れた水道管にでもなった気分だ。こんなことなら、酒場の便所にあった汚物処理の石を失敬しておくべきだったと、不届きなことを思う。

拭うための古新聞もない。仕方ないので名も知らぬ大きめの葉を数枚、毟《むし》り取って代用した。

《緑に囲まれた贅沢空間の使い心地は？》

川辺に戻って手を洗っていると、ポーシャが話しかけてくる。

「香《かぐわ》しかったね」

腹具合は心許なかったが、軽口を返す余裕はできた。

「それと、事前に新聞を一部買っておくべきだな」

《ビーコンズフィールドの伯爵が一面に載ってるかも》

「ここがアヴァロンなら、みんな喜んで尻を拭くだろうよ」

《ギリシア古典愛好家なら？》

「裏返して、やっぱり尻を拭くと思うね」

保守党員と自由党員の某氏二人を話の種に再び歩き始めたが、十分と行かぬうちに痛みがぶり返してきた。

腰を下ろしてやり過ごそうとしたり、木々を仰いで気を紛らわそうとしたり、目を瞑《つぶ》って小鳥たちの声に集中しようとしたり、色々な手を使ってみる。どれも、上手くいかない。

そうしているうちに我慢の限界となり、また〈帽子〉を置いて茂みをかき分けた。

これを繰り返すこと、十一回。

用を足すたびに、自分の中から力――いや、生命力が抜けていく。最後は這うようにして小川の端へ戻ると、とうとうそのまま、手を洗うどころか起きあがることさえできなくなってしまった。

「一つ訊くが――」

声が勝手に震えてしまう。喋《しゃべ》るにも力が要るのだと初めて知った。

《何？　理想の伴侶とか？　やっぱりお金持ちがいいわね》

「良かった。自分が売れない貧乏作家だということに、これほど安心したことはない」

《もし天地がひっくり返って貴方がお金持ちになったら、「理想は貧乏人」って云うわ》

「君ってやつは、実に優秀な幻燈種だな。ついでに、奇跡的にいまならこの場所を調べられたりできないか？」

《調べてどうするの？》

問いで返され、「判らない」とは云いたくない彼女の強情さと幻燈種らしからぬ反応に呆れつつも、答えに詰まった。

助けてくれ、と救いを求めようにも何処とも知れぬ森だ。アヴァロン国内なら、あるいはスミス氏を頼るという手もあるかもしれないが、仮に連絡可能となったとしても、目印もないこの森で自分の居場所を的確に伝える術《すべ》はなさそうだった。

「いや。なんでもない……」

私は薄く苦笑して、目を瞑った。とうとう、一睡もしていない疲労が押し寄せてきたのだ。

《もしかして眠るの？》

「少し」

《蟻にたかられるわよ》

「巣に運ばれそうになったら起こしてくれ」

ちゃんと目が覚めるだろうか、と不吉な考えに囚われたが、たちまち怒濤《どとう》の睡魔が摘み取っていく。

《それはないと思うわ。女王蟻が嫌がるから》

「そうだろうな。私もそっちの女王様への拝謁はご免だ」

呟くように答えた。

遠くで、ポーシャの声が聞こえた。

《眠るって、どんな気持ち？》

妙に耳に残る言葉というものがある。

注意を向けていたわけでなく、何か別のことをしていたり、他のことに気を取られていたり、端から聞き流すつもりだったのが、後から遅れて響いてくるような言葉だ。

あるいは。

体調は最悪で、頭は朦朧とし、気絶同然に眠りに落ちたというのに、なぜか目が覚めて真っ先に思い出すような言葉だ。

「どんな気持ちかって？」

私は横たわったまま呟いた。声はひどく掠れていたが、そのまま続ける。

「三文作家に安眠などないさ。明日への不安。それだけだ」

ポーシャの返事がないので不思議に思い、辺りを見ようとして、ようやく自分が寝台の上だと気づいた。

天井に木の梁《はり》。簡素だが、しっかりとした作りに思われた。首を巡らす。硝子の嵌《は》まった窓。光が射し込んできている。時間は判らない。白い壁は漆喰か。ほのかな花の香はどこからするのだろう。心が落ち着く。安らぐ。身も心もこの状況に委ねようとして、慌てて目を見開いた。

ひょっとして……。

私は死んだのか？

想像や語られている光景とは随分と違うが、極めて平穏な感じは相応しい気もする。ポーシャが見当たらないのも、そういう理由なのでは。幻燈種まで一緒に天に召されるはずがないのだから。そう考えると、間違いないような気がしてきた。

嗚呼、私は死んだのだ。

英国の作家、哀れ異国の土となる。

ロンドンでは私が客死したという報を聞いた大勢の人々——いや、一人二人ぐらいは悲しむだろう。半日ほどは。

想像したのはその程度で、とくに嘆きはしなかった。実感が伴わなかったことと、感覚がこれまで通りだったせいだ。

それよりも気になったのは、「こちらでも小説は書けるのだろうか」ということだった。

ペンとインクと紙はありそうだが。

さらに問題なのは、書けたとして出版してもらえるか、だ。なにしろ、古今東西の作家たちがいるはずだった。天に召されてから作家になった者もいるだろう。競争相手は現世の比ではない、ということになる。

これは困った。

今度こそ売れっ子に、とは間違っても望めない。しかも恐ろしいことに、もはや死ぬことさえできないのだ。悠久の三文作家である。これほどの責め苦があるだろうか。見かけは穏やかだが実は地獄なのでは、と思う。

もしもそうなら、気になることは一つ。即ち——。

地獄でも小説は書けるのだろうか？

眉を顰める方もおられるかもしれないが、善人よりも悪人を描くほうが書き手としては筆が乗ったりもする。モデルとなる人物には事欠かない。いっそ世界初の殺人犯という某氏や、あるいはイスカリオテの某氏に直接話を聞くのも一興——と、考えたところで、はたと気づいた。

「銀三十枚……」

便所での刃物男の呟きは、その、イスカリオテの某氏が裏切りの果てに手にした報酬と同じだ。

符合に息を詰めたのは、しかし、ほんの少しの間だった。

ただの偶然の一致かもしれない。推測通り含意があったとしても、それがどういう意味を持つのか、やはり判らない。判ったところで、どうしようもない。

「なにしろ、こっちは死んでるからな」

「物騒ですね」

独り言のつもりが言葉を返され、私は発条《ばね》仕掛けのように上半身を起こした。中年の婦人が寝台の足元側に立っている。いつの間に部屋へ入ってきたのか。

「心臓が止まるかと」

ぎこちなく微笑むと、婦人も上品な笑みで応じた——と、思う。混乱していたせいだろうか、そのときの顔つきが一切思い出せない。

「生きてる証拠ですよ」

「そういうことになりますね」

死んでいたら、心臓が止まる心配など無用だ。どうやら早とちりしていたと悟る。彼女が、盛大に腹を壊して蟻の巣へ運ばれそうになっていた（かもしれない）私を助けてくれたのだ。幸いにして英語も問題なく通じるらしい。礼を述べると、たいしたことじゃない、というように婦人は首を振った。

さて。生きているのだとしたら、幾つか早急に確認しておかねばならない。

まず――。

「ポーシャはどこでしょうか？」

「他に人が？」

婦人は困惑したようだった。

「倒れていたのは、あなた一人でした」

「ああ、失礼。ポーシャというのは人ではなく、幻燈種《ファントム》で……」

「幽霊《ファントム》？　もしかして妖精のことですか？」

そう云って婦人が宙を見つめ、大きく手をひと振りした。私は息を呑む。簡素な室内が、突如、森になったのだ。鳥の囀《さえず》り、風に揺れる梢《こずえ》のざわめきも聞こえる。いや、しかし、本当に変わったわけではない。その証拠に、私は寝台の上で半身を起こしたままだった。感触もある。

「あなたを見つけたときの様子を、そのまま再現したほうが早いでしょう」

事も無げに婦人が云う。

「わたしの見聞きした記憶から再構成しているので、少し不明瞭なところもあるのは許して下さいね」

私は言葉を失ったまま、目の前の光景に見入った。ゆっくりと木々が後ろへ流れていくのは、移動しているからだろう。下草を踏む音もする。見聞きした記憶が元なので、当然ながら婦人自身の姿はない。

不意に、声が聞こえ始めた。

《これは救急通報です。男性が倒れています。男性が倒れています。この通報をお聞きになられた方は、直ちに医師への連絡及び病院への搬送手配を行ってください。繰り返します――》

婦人の歩みが早まる。景色が左右に激しく動く。辺りを見回しているようだ。しばらく行くと、救急通報以外の声も聞こえてきた。

《最大発信での救急通報を行います。受信可能な蒸気錬金式幻燈機及び抗幻基準値十までを無効化し発信範囲内の人に対して救命援助を求めることができます》

《現在の強度でのこれ以上の発信は錬成機器及び第五元素結晶に深刻な被害が生じる恐れがあり――警告を強制終了。通報を開始します》

《これは救急通報です。男性が倒れています。男性が倒れています。この通報をお聞きになられた方は――》

《通報の結果、活動範囲内に救急通報を受信可能な蒸気錬金式幻燈機はありません。再試行しますか？　――再試行します》

《現在の強度でのこれ以上の発信は――》

ポーシャだ――婦人の脳へ直接聞こえてきたポーシャの声の再現、と云うべきなのかもしれないが。

《――警告を強制終了。通報を開始します》

婦人は木々を回り込み、垂れた蔦をくぐり、下草を踏み分けていく。声はすれども、なかなか姿は見えない。通常の幻燈種の効果範囲としては異例の広さだ。そのあいだにも、幾度となく緊急通報が聞こえてくる。やがて、私にも見覚えのある小川のせせらぎにぶつかった。忙しく景色が廻《まわ》り、止まる。虫の息で倒れ伏した私の姿があった。

《再試行しますか？　――再試行します》

私の傍らで、ポーシャが喋り続けている。例の「ポーシャにしては妙な」状態だった。景色が一気に流れる。婦人が駆け寄ったせいだろう。しっかり。大丈夫ですか？　私は勿論、応えない。

《通報による支援者を確認》

ポーシャが婦人へと向きを変える。

《医療機関もしくは医療行為の許された人へ、この男性を搬送してください》

大丈夫。と、婦人が即答する。わたしが治せます。やや間があって、ポーシャが瞼を閉じた。姿が薄れていく。

《ご協力に感謝します》

心なしか穏やかな声だったような気がした。

唐突に森が消える。優しい陽光の注ぐ部屋に戻った。再現が終わったのだ。私はひとつ大きく息をつく。

「あの……〈帽子〉はありませんでしたか？」

「それなら」と、彼女は隅のクロゼットを開けた。中には私の服――つまり不作法にもご婦人の前に裸同然の姿でいたわけだが――それと、〈帽子〉だ。

「あらまあ」

婦人が声をあげる。〈帽子〉を手にとり、少し首を竦めるようにしながら私を振り返った。

「せっかく洗って乾かした服を、また湿らせてしまいました」

「蒸気錬金式の機械ですからね」

一般的な stealchemy ではなく steam alchemy と云った。強調したかったのと、そもそも通じるかどうか怪しかったからだ。〈帽子〉と服を一緒くたにクロゼットへ仕舞うなど、もはや英国では田舎の年寄りの失敗談だろう。

「アヴァロンでは扱わないので」

「構いませんよ。服は干せば乾きます」

私は言い訳と〈帽子〉を受け取りながら、愛想良く応じた。先程の「再現」で推察できたが、訊ねるより先にここがアヴァロンだと判明し、内心、安堵する。別の国に飛ばされていたら、それはそれで旅行記の題材には事欠かなかっただろうが。

「それじゃあ、服を干してきますね。それと、体の調子はいかが？　なにか召し上がれそう？」

「なにからなにまで、ありがとうございます。そうですね……ビスケットと紅茶のような軽いものなら入りそうです」

このさいなので、厚意にも甘えることにした。

「ところで、どこかでお会いしませんでしたか？」

「まさか。どうしてそんなことを？」

不思議そうに返されたが、自分でも判らない。あえて云うなら、ビスケットと紅茶という組み合わせが記憶のどこかを刺激したようなのだが。しかし冷静に考えれば、奇妙な問いと思われても仕方ない。「気のせいだったようです」と答えるほかなかった。

「いいえ。構いませんよ。どうぞ、ゆっくりなさってて下さいね」

婦人が湿った服を持って部屋を出たところで、私は〈帽子〉の錬成槽へ目を落とす。〈結晶〉は反応しているようだ。極小シリンダーも動いている――だからこそ服が蒸されてしまったわけだが。両方とも緩慢なのが気になる。

「ポーシャ？」

宙に向かって呼びかけてみた。姿は見えず、声も聞こえない。何度も何度も救急通報とやらを試みる様子が蘇る。深刻な被害が生じるという警告も無視していなかったか？　我が身も省みず私を助けるために……。

ただでさえ何もできないというのに、寝台の上で為す術もない自分が情けなくなり、頭から毛布をかぶる代わりに〈帽子〉をかぶる。
《マヌケ、ウスノロ、トンマ――》
　途端に、聞くに堪えない単語が耳に飛び込んでくる。いや、「聞こえる」のは錯覚だ。なにしろ〈幻術〉の一種なのだから。
　私は喜びの声をあげるより先に苦笑をこぼす。
「君にしては随分と定番な悪罵だな」
《二周目に入ったところだったの》
「ああ、道理で」
　少なくとも会話ができることに大きく安堵しつつ頷いた。彼女の偏って豊富な語彙から推察するに、さぞ長い一周目だったに違いない。
「ともかく、助けてくれて礼を云うよ」
《何の話？》
「君が私を助けた。という話だ」
《そんな取り返しのつかない過ちを？》
「覚えていないのなら悔やまなくていいだろう？」
《あなたにしては的確な慰め》

投げやりな口調も以前の調子だ。

「それで、どうして姿が見えない？」

《制限されてるみたい。錬成自体は正常だけど》

説明に訝る。窓の外を見た。明るい緑の木々ばかりだ。

「ここで？　どうして？　どうやって制限が？」

《そう。幻燈種が大嫌いなんじゃない？　〈抗幻〉を使ってるのかも》

私の矢継ぎ早の問いを同じような早口で打ち返してくるのは褒めてもいいが、云っていることは推測にすぎない。

「まるで自然回帰派だ」

《やだ……わたし、壊されちゃう》

妙に艶めかしい含みのある口調だったが、面倒なので取り合わない。そもそも、いきなり他人の〈帽子〉を壊すほどの輩はごく少数だ。

元からアヴァロン人は〈帽子〉を使わないのだから、自然に回帰する必要もない。運動自体を知らない可能性すらある。

「何か別の原因があるんじゃないかな」

《どんな？》

「判ったら真っ先に君に教えるよ」

《期待で夜も眠れなくなりそう》

今度は呆れた口調。姿は見えないが、感情表現は鬱陶しいほど豊かだった。

「少なくとも私が倒れるまでは、いつも通りだったんだ。つまり制限の原因は、この家――この場所、と云ったほうがいいかもしれないが。もしくは、あの――」

ご婦人、と続けようとしたところで、部屋のドアが開いた。その話題の主が、お盆《トレイ》を手に立っている。木皿が載っていた。うっすらと湯気。

「ビスケットは焼いていないので、野菜のスープにしました。もうかなり煮込んでいるから具は柔らかくなっているし、いまの体には丁度良いはずです」

ご婦人は柔和な口調で説明してから、少し首を傾げた。

「お故郷《くに》では、寝台《ベッド》でも帽子をかぶる習慣が？」

モリガン。というのが、ご婦人の名前だった。

由来はアヴァロン国の神話に登場する、いささか兇悪な性格をした戦の女神――と、説明する当人は極めて品の良い穏やかさであり、森の奥の一軒家に住みながら怪しさなど皆無であり、洗練された知性を窺わせる言葉遣いであった。レディ・モリガンと呼ぶのが相応しい。名前の由来との懸隔《ギャップ》に私はどう反応したものか迷ってしまう。寝台で上体を起こした格好で、居心地悪く身じろぎした。

「昔はともかく、今は一般的な名前なんですよ」

こちらの戸惑いを見て、レディ・モリガンがやんわりと付け加える。私が一滴残さず食べ尽くした野菜スープの、空の木皿を手にしていた——断っておくが、寝台で食べるのを望んだのは私ではない。もう起きあがれるようだし、着替えて食卓でいただくつもりだったが、彼女に「まだ横になって」と押しとどめられたのだ。

「それで、その——」

レディ・モリガンは、まだ、食器を片づける気がないらしい。食事中、お互い簡単に自己紹介を済ませて、こちらに興味が湧いたのだろう。

職業は作家。

そう告げたとき、彼女は「まあ」と呟いた。物珍しかったのだろう。『〈使い手〉の文学』によれば、アヴァロンでは小説家より圧倒的に詩人が多い。〈理法〉を詠唱して使っていた時代があったためだ。

よって私のことを知っている可能性は極めて低い。すぐに「売れない」作家だと念を押したのだが、興味深げな雰囲気は変わらなかった。私は耐えきれず、目を泳がせる。

賢明なる読者諸氏よ。私は、いま、貴方がたの云いたいことが手に取るように判る。

「それなら、作家だということは伏せておくか、適当に誤魔化せばいいじゃないか」

まさしく！　貴方は正しい。しかし、私にはできなかった。アヴァロン国の、田舎と思《おぼ》しき森の中の、一人暮らしの——彼女自身がそう説明した——中年女性だからこそ、つまり、そもそも私のことなど知らないに違いないからこそ、ほんの少しばかり虚栄心を満足させる誘惑に抗うことなど。

そのくせ、告げた一瞬後には羞恥に目を逸らすという小心ぶりを、どうか笑っていただきたい。

「こちらへ来たのは旅行記を書くためというのは、さっき伺いましたけど……どうして、森の中で倒れるような目に？」

彼女のもっともな問いに、私は小さくお手上げの身振りをしてみせた。

「話すと長いうえに、私には見当のつかないことも多くて……」

「時間なら持て余すほどありますよ」

この家でゆっくり養生して構わない、という意味だろう。が、私のほうは甘えてばかりもいられない。できれば今日のうちに、北部の低山地帯へ行く手筈《てはず》を整えたかったのだ。

そのことを告げると、彼女はあまり面白くない洒落でも聞いたような顔つきをした。

「それは無理です」

おっとりと、しかし、きっぱりと否定。

「この森の家から、一番近くの村――町ではなく、村、です――まで出るのは、荷馬車を使って一日仕事なんですよ。今からだと着くのは夜更けになってしまいます。もちろん村には懇意にしている人もいるので、夜露を避けることはできるでしょうが……そこに辿り着くまでに体のほうが参ってしまうと思いますよ。貴方、自分がどれだけ眠っていたか判っていますか？」

不意に問われ、私は窓の外を改めて見やった。光の具合は午前のようにも午後のようにも思えるが、村へ行くまで一日仕事ということは遅い朝といったところか。

「せいぜい一日ぐらいでしょう？」

「では、そこにもう二十四時間ほど足して下さい」

「つまり、二日も？」

「ええ。途中で一度だけ薬湯を飲ませましたが」

私は、ただ礼を云うほかなかった。朦朧としていたのだろう。まったく覚えがない。現状に対する認識不足には定評があるので、本領発揮と云えなくもないが。

しかし、ここアヴァロンは〈理法〉の国だ。もう少し食い下がってみる。森の中に一人暮らしというのも、きっと何か理由があるに違いない。私の小説なら、深遠な力に通じた森の隠者という役どころだ。

「〈理法〉でなんとか……例えば荷馬車ではなく村までひとっ飛びとか、体調がたちまちのうちに元通りとか——」

「それも無理ね」

彼女は、こちらの期待をあっさり砕く。

「いま貴方が云ったことを〈理法〉でやろうとすると、一般人にはかなり大変なんです」

「もしかしたら。と、思ったんですが。世の中には〈転移門〉なんてのを作った人がいるほどなので……。まあ、その門も調子が狂うこともあるようですがね」

「〈転移門〉の不調？　初めて聞きました。それでこの森に？」

「ええ。ヘンな連中に追い回された挙げ句」

話が最初の問いに戻り、私は、これまでの経緯《いきさつ》を語ってきかせた。多少の脚色——時計塔男の尾行を軽やかにかわし、刃物男へ果敢に挑み、道案内をしてくれた女性を騎士のごとく守り——を交えたことは正直に告白しておく。

「大変な目に遭われたのね」

穏やかに耳を傾けていた彼女は、深刻そうな息をついた。

「回復したら、取材は切り上げて英国に戻られたほうがいいのでは？」

「お気遣い感謝します。ですが、ここで尻尾を巻いて帰るわけにはいきません」

「まあ、勇ましい」

感嘆する様子に、私はここぞとばかりに不敵な微笑をみせた。

「勇気とは違うのです。書くことは私の……そう、天から授かった使命のような、これが私の〈恩寵〉とでも云うようなものですからね」

聊《いささ》か気障《きざ》か、と思ったが彼女は感心した様子で頷いている。

「そこまで仰るなら止めません。でも、せめてもうひと晩二晩はゆっくりなさって下さい。続けられる旅も続かなくなります」

「それに関しては全面的に従いますよ。なにしろ名医の助言ですから」

「わたしは、倒れた貴方を運んで薬湯を飲ませただけですよ」

彼女はこちらの世辞を軽い笑いで受け流すと、ようやく手にしたままの食器を片づけに部屋を出て行った。

直後に、大欠伸《おおあくび》が出る。強い眠気だった。まだ体力が回復していないのだろう。やはり名医の言葉は正しかったというわけだ。この体調で荷馬車に揺られたら、途中で音を上げていたに違いない。

私は寝台脇《ベッドサイド》のテーブルに置かれた〈帽子〉へ目をやり、手を伸ばしかけてやめた。瞼だけでなく、体も重い。

「ひと眠りするよ」

ポーシャへ声をかけたつもりだが、反応はない。いや、何か返事——あるいは悪態をつく——ぐらいしているかもしれないが、少なくとも私には見聞きできなかった。やはり〈帽子〉をかぶらないといけないのだろう。

「まあ、いいさ……」

つまり、〈帽子〉をかぶればなんとかなる、とも云えるのだ。

そのまま、眠りに落ちた。どういうわけか珍しく、ほとんど不安はなかったように思う。

結局、そのまま翌早朝まで再び目は覚めなかった。


小鳥の囀りを耳に寝台から出た。体はすこぶる快調。ボートのレースにだって出られそうなほどの活力に満ちている。

「さすがに若いだけあって回復が早いですね」

レディ・モリガンは、食卓についた私へ朝食の燕麦粥《ポリッジ》を出してくれながら感心した。

「これも、あなたの薬湯と看護のお陰です。その……なんとお礼を云ったらいいか」

私は、少しばかり探るような口調になった。なにしろ言葉通り、礼を述べるしか自分にはできないのだ。

返されたのは、どこまでも優しい言葉。

「困ったときはお互い様ですよ。これなら村までお送りできそう」

「ありがとうございます。ところで、その村には何か通信手段はありますか？」

昨日説明した通り、身一つで〈転移門〉をくぐってきた。荷物も金もない。首府には知り合いになった信頼できる警察の人間がいる。彼に頼んで荷物とお金を旅の目的地の宿へ送ってもらうつもりだ。と伝えて言葉に詰まる。

「つまりその……そこへ辿り着くまでは、お礼らしきものはもちろん……えーと」

「一文無しってことでしょう？　判ってますよ。心配しないで。それも手配します。それで、旅の目的地というのは？」

「助かります。本当に、なんとお礼を云ったらいいのか……。目的地は北の低山地帯なんです。なんでも十二年に一度の儀式があるそうで。それを見物に行こうと思っていまして」

「〈ブリガンディアの大祭〉ですね。アヴァロンの人間には重要な伝統儀式ですけど」

レディ・モリガンがちょっと首を傾げた。

「他の国の方にとって楽しいものか……」

「お勧めされたのですがね。私の熱心な読者に」

「そうですか……。では、アヴァロンにお詳しい方なんでしょうね」

「ええ。もう何度か訪れているようです。それに、その土地の人には見慣れた物事も、異国人の目には新鮮に映るものですよ」

そうですね、と彼女は応じてから「あら。いけない」と声をあげた。話に集中していたせいで、私はずっと朝食のおあずけを食っていたのだ。

燕麦粥へクリームを入れ、婦人はさらに琥珀《こはく》色の液体を匙《さじ》で垂らした。蜂蜜かと思ったが、違う。訊けば、「アヴァロンの雫《しずく》」と呼ばれる薬用酒だという。十数種に及ぶ植物の葉、根、種、実などからの成分が溶け込んでいる。町では市販されているそうだが、これは自家製とのことだ。

「市販のものより効果があると、わたしは思ってるの」

「信じますよ。なにしろ、あなたは私を救ってくれた名医ですからね」

私は粥を口へ運んだ。薬草の苦みがあるのではないかと内心で身構えていたが、むしろトロリとした仄かな甘さがある。素朴な上品さ、という人柄そのままの味だった。飲み物は林檎のジュース。そろそろミルクティーが恋しくなってきたものの、ここは名医の献立に従った。

ゆっくりと朝食を終えてから、出立の準備を整えた——とはいえ、私は荷馬車に積む鞄もないのだが。ポーシャというお荷物があるぐらいだ。

荷馬車を牽《ひ》くのは一頭の馬だったが、軽快に進むのは早々に諦めたくなる、茫洋とした目つきをしていた。

私は、折りたたんだ毛布をクッション代わりにして荷台へ乗り込んだ。麦藁帽子をかぶったレディ・モリガンが手綱をひとつ振って、馬に出発を促す。荷馬車が揺れ始める。コトコトカタカタと玩具《がんぐ》めいた音を立てて。

振り返ると、小さな丸太小屋がもう半ば木立の陰になって、見えなくなっていた。森が、幹や緑の葉や下草を——そこに吹くそよ風までも——総動員して家を覆い隠しているように感じた。

もう二度と、独りでは辿り着けまい。

すぐ道に迷う自分の悪癖を差っ引いても、そう確信できた。視線を前に戻して、手綱を持つ家主の後ろ姿を見ると、不意に「森の魔女」という言葉が浮かぶ。魔女の棲み家なら仕方ない。そう簡単に見つかるものではないと、お伽噺《とぎばなし》の時代から決まっている。森を散々彷徨った挙げ句に出会うものだ——待てよ。しかし、迷うのは私の得意芸ではないか。

とすれば、さっきの確信は勘違いということになる。お伽噺では、迷って彷徨えば必ず魔女へと行き当たるものなのだ。つまり出会うべくして出会ったということになり――いや。いやいや待て待て待て。

まさか。偶然だ。お伽噺のような絵空事を、そのまま現実に当てはめて考えるなんてどうかしている。私は、この件を頭から追い払った。

荷馬車の揺れに身を任せる。自分が単なる荷物となって運ばれていく感覚に、ふと、疑問が浮かぶ。

森で倒れていた私を、彼女はどうやって家まで運んだのだろう？

倒れた場所から家まで近くはなかったと思われるし、荷馬車が通ることのできる道もなかった。なにより、私は大人の男だ。決して大柄な部類ではないが、中年のご婦人の細腕で――思わず駆者台《ぎょしゃ》に座るレディ・モリガンを横目で確認した。ゆったりとした袖から伸びた腕は間違いなく細く――抱き上げられるほど軽くはない。

しかも、意識を失っていた。完全に虚脱してしまった人間というのは、かなりの重さになる――と、酒に酔い潰れた私を運んだ友人から聞いたことがある。

婦人が独力で私を運ぶには、困難な条件が揃っているのだ。

車輪が窪《くぼ》みに入ったようで、ひときわ大きく揺れた。

「大丈夫？　ごめんなさいね。この子、ちょっとガサツなんです」

肩越しに謝る彼女へ、私は問題ないといった素振りで答えた。どのみち、転がって困る荷物などない。せいぜい〈帽子〉が落ちないよう押さえるだけだ。

「ああ……」

ぽつりと声を洩らす。そうだ。私が倒れたあとも、目が覚めていたはずの存在があるではないか。

「ポーシャ？」

婦人に聞こえないよう、顔を背けて囁く。反応はすぐにあった。

《何を企んでるの？》

「……企む？」

意味を摑みかねて、私は戸惑いながら目を上下左右に動かした。やはり姿は見えない。

《だって、そんなヒソヒソと。駄目よ。恩を仇《あだ》で返すなんて。わたしは絶対、協力しませんからね》

「まるで私が、これから強盗でもしでかすような言い種じゃないか」

《違うの？》

「あ――」

思わず大きな声を出しそうになって、ぐっと堪える。

「当たり前だ。訊きたいことがあるけど、姿が見えないから小声にしているんだ」

いつも通りにしたら、虚空に向かって話しかけることになる。《帽子》に疎いアヴァロン人には、さぞ不審に映るだろう。

《あなた程度が人目を気にするのは無意味じゃない？》

「じゃあ覚えとくといい。世間知らずの幻燈種さん。私ぐらいになると人目を憚ることがあるんだ」

《つまり、世の中の大半は人目を憚るってことね。とても勉強になったわ。ありがとう》

それで、とポーシャは続ける。

《訊きたいことって？》

「君の減らず口をなくす方法、と云いたいところだけど次の機会にしておくよ。私が倒れたときのことは記録されているかい？」

《もちろん。青白い顔で息も絶え絶え、蟻に好き放題たかられてた》

「あまり想像したくないな……その後は？　彼女が」と私は馭者台へちらりと目をやり――こちらの会話には気づいていないようで、前を見つめ続けている。「私を助けてくれたときのことを、どうして君は覚えていないんだ？」

さあ？　と、ポーシャは投げやりだ。ただ、付け加えた。

《わたし、そこから機能制限されてたみたい》

「彼女に？」

それは、肯定が返ってくることを期待した問いだったかもしれない。私は、ようするに「魔女」に会いたかったのだと思う。

対するポーシャの答えは、再びの「さあ？」だった。

私には、その時点でお手上げだ。ポーシャが挙動不審になるのは今回が初めてではないし、原因を究明するには、あまりにも〈帽子〉や幻燈種に疎い。〈理法〉に関しては皆目見当もつかないという有様だ。

「しばらくは、諦めるしかなさそうだ」

《それって、いつまで？》

「低山地帯でスミス氏に会えば事態は好転する……かもしれない」

《またあの蜥蜴と？》

「向こうも思ってるさ。『またあの口の悪い妖精と？』」

《おまけに売れてもいないのに作家面しているあの男と？》

「この状態を直すより先に、私をおまけにする考え方を改めるところから始めるべきかな。

なに、時間はたっぷりある」

「どうかしましたか？」

レディ・モリガンが、肩越しに振り返っていた。どうやら、遣り取りの声が少し大きくなってしまったらしい。

「いえ。ちょっと、その――」

取り繕おうとして、息を呑んだ。目を見張る。決して、下手な演技で相手の気を逸らそうとしたわけではない。

そこに、緑の隧道《トンネル》があったのだ。

道幅は、出発時と変わらず荷馬車一台分。その道の両端に並んで繁った木々が、頭上をアーチ状に覆っている。重なる葉と枝の隙間から差し込む陽光は清明で、絹の細帯《リボン》を幾本も垂らしたようだ。吹き抜ける悠揚としたそよ風が枝葉をくすぐるたび、柔らかく揺らめく。

その、淡い光の満ちた、輝く緑の空気の中を、相変わらず茫洋とした顔つきの馬に牽かれ、とろとろと進んでいくのだ。

おそらく、我が国でも似たような場所は探せば見つかるだろう。自分の村に、あるいは故郷にもあるよ、と仰る方々は多くいるに違いない。

しかし私が目にしたものは、美しさや幻想的な雰囲気とは、また別の類だった。

異界。

より表現に正確を期すなら、異界と日常を往還する「通廊」をそこに見たのだ。云うまでもなく、前者は先ほどまでのモリガンという婦人の住処《すみか》であり、後者はこれから向かう村だ。

錯覚だろうと笑いたい方は、さすが小説家は想像力が逞《たくま》しい、とでも換言していただきたい。たとえ揶揄《やゆ》でも、それなら私も一緒に笑える。

言葉を失った私は、おそらく口を締まりなく開け、顔の全筋肉から緊張を欠いていたに違いない。馭者台からは珍獣を観察するような視線を感じたものの、笑みを返すことさえできないでいた。別の直感に頭が一杯だった。どこかで、似たような光景を見たことがある。ロンドンではなく、もっと最近のこと――。

記憶の箱を引っかき回すあいだも、ゆっくりと進む荷馬車が、木漏れ日を背後へと流していく。大小さまざまな陽光。

「ああ……」

と、私は声を洩らした気がする。判った。アヴァロンの首府。夜の町。あの、通りに大きく張り出した軒。〈燈火〉によって輝く幾つもの球体硝子。あの光景と似ているのだ。

とすれば、ひょっとすると、この通廊を模したものなのでは？

異界へと繋がっているような雰囲気を醸し出すことで、夜の町の非日常的な感覚を与えているのではないか。あるいは。夜の町が非日常的であるからこそ、通廊に似た形状になったのではないか。

柄にもなく真剣に考察するも、訓練されていない悲しさで深く検討できず、忽《たちま》ちお手上げ状態となる。

そこへさらにポーシャだ。

《いないいない、ばあ！》

「なにがやりたいんだ？」

私はうんざりしつつ、目の前で巫山戯《ふざけ》る幻燈種に冷たい視線を注いで——ちょうど緑の隧道《トンネル》が終わったところだ——思わず身を乗り出した。

「ポーシャ？　どうして急に？」

《制限がなくなったせいじゃない？》

呆れ顔で腰に手を当てている。やっと気づいたのか、ということだろう。

あら、と声をあげたのは振り返ったレディ・モリガンだ。

「可愛らしいお供」

《ありがとう。元は可愛らしかったかもしれない人——》

「すみません。命の恩人に対してこのような。実はちょっと不良ひ……いや、厄介な幻燈種でして」

まだまだ続きそうだったポーシャの言葉を遮って、私は早口で詫びた。逃げ出したいぐらいだったが、荷馬車から飛び降りるわけにもいかない。

「命の恩人、は大仰ですよ」

彼女は小さく笑った。

「それに、わたしはとても妖精らしいと思いますけど」

「妖精らしい？　これが？」

《貴方が作家であるよりは、よほどらしいって意味》

「君にしては謙虚な発言だ」

ポーシャに切り返してから、馭者台へ苦笑してみせる。

「姿が妖精風、というだけです」

「姿は仮のものに過ぎません。元々は征服者によって塗り替えられてしまった神話が、形を変えて残ったりしたものですから。では、その神話は何かと云えば、人間には捉えきれない森羅万象を表現したものがほとんどです。人の意の儘《まま》にならないものに似姿を与え、伝えてきたものの末裔《まつえい》。それが妖精」
私の知る妖精論とは随分違うが、これがアヴァロン人の自然観や神話観ということなのだろう。
ともかく、「意の儘にならないもの」という解釈なら間違いなくポーシャは妖精らしいと云える。
《わたし、アヴァロンは性に合ってるのかも》
「奇遇だな。同じ考えだ。なんなら、旅の終わりに君はこの地に残ってもいい。私は旅の記録さえあれば帰国しても原稿が書けるからね。記録は外部に移すこともできるんだろう？」
《勿論。せっかくだから、ついでに面白おかしく脚色してあげる。そのほうが売れると思うの》
「いやいや、それには及ばないよ。君の手を煩わせたくないんでね」
《知ってる？ 意の儘にならないのが妖精なんだって》
「知ってるとも。君と会ってから今日まで、短期間にもかかわらず嫌と云うほど教えて貰ったからね」
《良かった。世に出ても恥ずかしくない一般教養がやっと身に付いて。ああ、感謝の言葉

はいらないわ。当然のことをしたまでだから》

「感謝の言葉があるという発想からして奇抜だね」

《こう見えても迷ったの。跪《ひざまず》いて足に接吻《キス》のほうが相応しいかな？　って》

さらりと云ってのけたポーシャの言に、レディ・モリガンは声をあげて笑った。それから、感心した様子で首を振る。

「蒸気錬金術が、この階層《ステージ》にまで達しているとは。特別な事例《ケース》なのかどうかも含めて、考えを改める必要がありそう……」

思わず口をついて出た、というような調子だった。

「それは、どういう――」

意味を摑みかねて、私は馭者台のほうへ身を乗り出したが、相変わらずポーシャの切り返しのほうが早かった。

《もちろん、わたしが特別なの。だから彼には使いこなせないってわけ》

また、笑いがあがる。

肩を竦めた私は、もう諦めた、というように荷馬車の後方へそっぽを向き――そのまま大きく目と口を開ける。

ない！

緑の隧道が。

ついさっき通ってきたはずなのに。だらだらとした未舗装の道が続いているだけなのだ。両端は腰ほどの高さに積まれた石垣。それを越えると、なだらかに波打った緑の丘が広がっている。かなり遠くに――それだけ見晴らしが良いということでもある――点々といるのは羊だろう。森の木々の梢、枝先、葉の陰さえ見当たらなかった。

駅者台へ顔を戻す。レディ・モリガンと目が合った(と思う)。「どうかしましたか?」といった平然たる雰囲気に、再び「森の魔女」という言葉が頭をかすめ――。

私は、ただ作り笑いで返すしかなかった。

村での一夜および駅舎での一件

目的の村に着いたのは、すでに陽も傾き、西の空には赤みが加わり始めた頃だった。レディ・モリガンの来訪を予《あらかじ》め知っていたのか、荷馬車を止めた家に、村の人々は集っている。村長の家だということだ。紹介された私は挨拶もそこそこに、ほとんど背中を押されながら招き入れられ、歓待を受けることとなった。

もうすぐ陽が沈む。暗くなる前に着いて良かった。腹は減ってるだろう？　羊肉のシチューを食べなさい。ブラウンブレッドも好きなだけ。コルキャノンは？　ベーコン&キャベッジは？　アップルクランブルも用意してあるけれど、お酒のほうがいいかね？　うちの村の麦酒《エール》は、ちょっとした自慢なんだ。是非味わってくれ。

席に着くなり、前後左右からひっきりなしだ——本当に後ろからも声を掛けられる。私の皿に、これでもかとシチューを注ぎながら。気を遣って英語で話してくれるが、訛りが強めで聞き取りにくい。

そこへもってきて、卓上を我が物顔で歩くポーシャの存在もある。

当意即妙と云えば聞こえはいいが、ようするにいつもの極めて無礼千万な受け答えだ。村の人々が興味本位で笑ってくれるのは初めだけで、そのうち怒り出すのではと冷や汗が止まらない。

不安が募った私は、レディ・モリガンの姿を探した。この場で頼れそうなのは彼女だけなのだが――いない。そもそも村に着いたときから、彼女は別行動だった。病人や怪我人を診察し、薬を与えているという。わざわざ近隣の村からも診てもらいに来る者までいるそうだ。どうりで私の不調もすぐに治ったわけだと納得する。

「ところで」

さりげなく、私は右隣に座った初老の村長氏へ笑みを向けた。

「レディ・モリガンは、まだ診察を？」

問いへ答えが返されるまでは、ほんの一瞬。「いいえ」だ。

「もう、疾《と》っくに帰られましたよ」

「疾っくに？」

「ええ。診察をして、薬を処方して。それが済んだら、牛乳と羊肉を貰って帰る。いつものことでしてね」

村長氏は酔いのせいか少々眠たげな目付きだったが、口調はしっかりしていた。

「しかし……その……そうだ。今から帰るとなると、家に着く頃には夜中になってしまうのでは？」

私の悪足《わるあ》掻《が》き——前にも云ったように、現状認識が苦手だ——に対しても愛想良く「心配はご無用です」と教えてくれる。

「帰りはモリガン様お一人ですからね。移動は一瞬です」

私は、おそらく呆気にとられた顔をしたのだろう。卓を挟んで向かいに座っていた中年の男——紹介されたはずだが名前も職業も失念した。赤ら顔だったことは覚えている。酒に弱かったのかもしれない——が、村長氏へ注意を促すような素振りをした。

「それっぽっちの説明じゃ、〈理法〉を使えないこいつには意味不明だよ」

ということらしい。ああ、と村長氏が合点した。

「つまりその……そう、〈転移門〉。オギルスから来られたのなら、〈転移門〉はご存じですかな？　あれと似たような、大雑把に云えば個人用を使って帰ったと、まあ、そういうわけです」

その〈転移門〉でもって飛ばされて迷いました、とは云えず、私は黙って頷く。先の赤ら顔氏が身を乗り出してきた。

「そういえば、その〈転移門〉、壊れちまったそうですな。門の支柱をへし折った不届き者がいるそうで。はるばる遠国からお越しになったのに、あれを体験してもらえんのはヴァロン人としても残念です」

彼としては話題を提供したつもりだろうが、こちらはぎょっとするばかりだ。どうやら私が跳んだあと、時計塔男は門そのものを破壊したらしい。

「だから俺は常々云ってるんだ」

口を挟んできたのは、赤ら顔氏の隣にいた若い――といっても三十路には達しているようだったが――壮年の男だった。

「鉄と硝子のこのご時世に、木と石なんて時代遅れもいいところだって」

「儂《わし》も常々云ってるぞ。モリガン様の前で同じことが云えるなら、聞く耳も持ってやると」

村長氏のやや硬い口ぶりに、壮年氏は反論できないばかりか少し怯《ひる》んだ様子だった。私を助けてくれた森の隠者で名医で魔女は、思いのほか畏《おそ》れ敬われているらしい。

気を取り直すように――あるいは話を逸らすように、壮年氏が私に笑いかけた。

「ロンドンでは鉄骨と硝子板で建てられた巨大な美しい温室があるそうですね」

「水晶宮のことでしょうか？　それなら確かにありますね。一八五一年の万博で建てられたものですから、もう二十年も前のことですが」

私自身、シデナムの丘へ移築される前のことは詳しく知らない。それに、今では硝子板はくすみ、雨漏りし、鉄骨には錆が浮き、お世辞にも華麗な見た目とは云えない。彼の憧れを壊すのは忍びなかったので伏せておいたが。

「私としては、鮮やかな緑と煤煙のまったくない澄んだ空気も、素晴らしいと思いますよ。お金を払ってでも味わいたい」

「さすがモリガン様のお客人だ。判ってらっしゃる」

村長氏が拍手喝采せんばかりに喜んで、私のジョッキに麦酒《エール》を注ぎ足した。

《特に判ってるのはアヴァロンの水の味。英国一のうるさ型。うるさすぎて鬱陶しいぐらい》

それまで私などそっちのけだったポーシャが、ひょいと会話に加わってきた。まったく行動が読めない。しかも、この飲食の席で尾籠な話に持って行きかねない。私は慌てて
「ところで村長さん」と呼びかけた。

「レディ・モリガンは転移術とでも云うようなもので帰られたと仰いましたよね？　けれど、私が目的地へひとっ飛びに行く〈理法〉はないかと訊ねたとき、彼女は言下に否定したのですが」

「さっき云った通り、あくまで個人的なものです」

「つまり、自分しか運べない、と。でも、荷馬車を置いて？」

「荷台ですか？　そっちは、あの痩せ馬が牽いて帰りました。首につけた鈴が馭者の代わりになってましてね。付け加えると、その個人用転移――儂らは〈跳躍〉と呼んでいますが――それを使えるのは、アヴァロンでも数えるほどしかいません」

村長が、なぜか自慢げに胸を反らした。

「ほう。まるで噂に聞く〈賢者〉のような人なのですね。レディ・モリガンは」

私が大いに感心すると、村長をはじめ、周囲にいた人たちが弾けるように笑い出した。料理を運んでいた誰かの奥方が、あやうく木皿の中身を床にぶちまけそうになったほどだ。

何が彼、彼女らの笑いを誘ったのか。正直なところ見当もつかなかったが、不愉快にさせるよりは良い。

また、この食い違いこそ異文化との接触ではなかろうか。そう思えて、私も大いに満足だった。

「しかし、そうすると〈転移門〉というのは、かなり高度な〈理法〉を使っていることになりますね」

「作ったのは二百年以上前の〈十二賢者会〉ですからな。儂ら一般人には及びもつかない力を持っているのですよ」

村長が、またも誇らしげに胸を反らした。自分のことのようだ。それだけ〈十二賢者会〉の〈賢者〉たちは尊敬されているのだろう。

英国人の私にしてみれば、たった十三人――〈十二賢者会〉と一人の〈大賢者〉――での統治というのは、古くさい封建制を想起させるが、アヴァロンでは上手く機能しているのかもしれない。

「まあ、その賢者様方でも国内に二箇所の門を作るのが精一杯だ、とも云えますがね」

壮年男氏が憎まれ口気味に混ぜっ返す。「お父さん」とパンを容れた籠《かご》を持ってきた十代の娘さんが背後から窘《たしな》めている。村長氏が不機嫌そうに眉をひくつかせた。その貴重な門のひとつが壊された原因に、自分が大いに関係あるとは、酒席の戯《ざ》れ言としても云えそうにない。

《むしろ片方が故障して幸いだったと云えるかも。彼は一直線でも道に迷う達人だから。きっと〈転移門〉を使っても、どこかに飛ばされるのがおち》

この不良品め。私は内心で罵った。顔は青ざめていたかもしれない。

「そうだな。私のような安物幻燈種の主人《オーナー》は、明日も汽車で移動するのが無難だろう」

首根っこを押さえ込んで、口を塞げないのが、これほど悔しいとは。話を、不自然に思われないように逸らすばかりだ。

有り難いことに、この努力はそれなりに功を奏した。私のこれまでの人生では数少ない成功例として長く記憶に留められるに違いない。

「お客人は明日も長旅だ。夜更けまでお付き合いいただくのは失礼になる」

そう云って立ち上がった村長氏により、何度目かの乾杯をしたところで酒宴はお開きとなった。寝室は村長宅に用意してもらっていたが――。

《喋り足りない》

「それを聞いて安心した。満足いくまで話していたら、今頃、村を追い出されていただろうからな」

酔い覚ましという口実で、そそくさと屋外へ退避する。ポーシャと村人を引き離すため、家路へとつく同席した人々への挨拶もそこそこに、物寂しげな路地を選んで角を曲がっていく。

大きな村ではないので、すぐに一人きりになれた。これで、ほとぼりが冷めるまで時間を潰せばいい。話し相手が私だけになったせいか、ポーシャも大人しく傍らで翅翼を動かしながら付いてくる。

村の外れまで来たところで、私は足を止めた。自然に止まった、と云うべきかもしれない。

「星……」

そう呟いたきり、言葉を失った。

荷台で揺られながら何気なく眺めていた、石垣の向こうに広がる牧草地。緑の丘陵だったそれが、宵闇に沈み、音もなく波打つ影となって視界の下部に横たわっている。

残るは、一面、星だった。

銀露のような無数の輝きは、曇天と錬成煤煙のロンドンでは、まずお目にかかれない光景だ。圧倒的とも云える壮麗さだった。押し潰されそうな恐怖さえ抱く。

「これは……」

何か気の利いた表現をしようと考えを巡らせたが、出てきたのはひと言。

「見事《ワンダフル》」

《なんて詩的な表現！》

ポーシャが大仰に感動の涙を拭う仕草をした。

「どれだけ美辞麗句を尽くしても、この景色の前には陳腐にならざるをえないさ」

決して負け惜しみではない。私は諸手を大きく広げ、永遠に煌《きら》めくとも思える夜空を示す。

「旅に出て良かった」

英国人らしからぬ感慨を口にしたのも——普段なら「旅も悪くないね」と云ったに違いない——この星空との巡り合いあってこそだ。

そこへもってきて少しばかり入れていた酒精の勢いもあり、私は少々——いや、かなり開放的な気分になっていた。

平たく云えば、酔っていた。

夜空を独り占めした気になり、広げた諸手で熱烈な抱擁を試みようとした——人目があったとも知らずに。

「あの……」

背後から遠慮がちに声を掛けられ、私は「はう」とも「ほう」ともつかぬ、まるで牛追いのような声をあげて振り向いた。もしかすると数インチほど飛び上がっていたかもしれない。

「ごめんなさい。驚かせて」

透かし見た暗闇の中で、申し訳なさそうに首を竦めていたのは、まだ十代も半ばの村娘だった。

「ああ、いや、ご心配なく。この国に来てから驚かされっぱなしだったからね。もう慣れ

てあげて》

《本当はびっくりしすぎでズボンが濡れちゃってるけど、暗くて気づかないふりをしてあげて》

「この笑えない冗談を云う幻燈種は、存在そのものに気づかないふりをして構わないよ」

《わたしがいないと、相手の目を見て話すこともできないくせに》

「この旅を始めてから、相手の顔をよりしっかり見るようになったよ。君の非礼ぶりに怒り出さないか気が気じゃないからね」

《旅には緊張感があったほうがいいでしょ？》

「寿命を縮めてくれと頼んだ覚えはない」

ふふっ、と私たちの遣り取りを聞いていた村娘さんが笑いをこぼした。

また、だ。

〈賢者の塔〉で会った若い女性や、小型熊氏のときもそうだった。どうも、私とポーシャの会話は傍から聞いていると笑いを誘うものらしい。

安物幻燈種を相手に、いい歳をした男がムキになって反論している姿は、たしかに珍妙で日常見られるものではないだろう（見られたものでもないだろうが）。〈帽子〉を使わないアヴァロンではなおさらだ。

「そんなに面白い？」

私は開き直った。ええ、と村娘さんの即答。

「とても愉しそう」

愉しそう、ときた。とても、だ。もしかするとアヴァロン人のユーモアというのは、私の想像より変わっているのかもしれない。

戸惑っているうちに、村娘さんが続けた。

「わたしも、そんな旅がしてみたい」

《簡単よ。道に迷えばいいだけ》

ポーシャがろくでもないアドバイスをする。混ぜっ返す機会に対しては、鼠を捕らえる猫のように俊敏だ。

私は「相手にしなくていい」と身振りで村娘さんへ語り、それから微笑みかけた。

「いくらでも行けるさ。その気になれば明日からだってね。まだ若いんだし、女性一人の旅も今後は増えてくるだろうし」

村娘さんは何度も大きく頷き、アメリカへ行ってみたいと云った。そういえば他の村人よりも英語が流暢だ。彼女なりに努力しているのかもしれない。方法は判らないが。

「私も最初はアメリカへ行くつもりだったよ」

話を合わせるつもりで深く考えずに答えたが、それに対する問いは当然のものだった。曰く。

「それじゃあ、どうしてアヴァロンへ？」

《船賃不足がバレて途中で下ろされたの》

「金が不足していたら、そもそも旅券が買えないだろう」

なんて雑な嘘だ。私の指摘に、ポーシャが聞こえない様子で明後日の方を見た。空惚《そらとぼ》けた表情が、例によって宵闇にもかかわらず判然《はっきり》と見える。

「アヴァロンを選んだのは――」

改めて説明しようとして、私は言葉に詰まった。船賃不足どころか、旅券を買う金さえなくK・O氏に無心したことを思い出したからだ。もしやポーシャは、私に恥をかかせまいとあんな冗談を？

――いや。違う。それはない。

しかし、村娘さんにはなんと云えば？　原稿との兼ね合い？　仕事の都合？　大人の事情？　言い訳なら豚に食わせるほど思いついた。

が、このときの私は不思議と神妙な、聖者もかくやという澄み切った心持ちだった。無数に降り注ぐ星の光が、心に積もっていたロンドンの錬成煤煙を――一時的にせよ――洗い流してくれたのかもしれない。

　気づけば私は、村娘さんにこれまでの経緯《いきさつ》を語っていた。包み隠さず。赤裸々に、と云って良いほど。

「――そんなわけだから、アヴァロンを選んだのは成り行きなんだ。それがお金になる。救貧院に放り込まれないように。目先の仕事と生活費が欲しいため。深い理由なんてないんだ。一切ね。アヴァロン人の君には失礼な話に聞こえるかもしれないけど」

《浅ましい奴め、って罵ってやるといいわ。涎《よだれ》を垂らすほど喜ぶから》

　どこの変態野郎だと反論しかけたが、前半部分に関しては、そう受け取られても仕方ない。私は苦笑するに留めた。村娘さんの罵りはなかった。

「でも、あなたはアヴァロンに来たことを悔やんでるわけではないでしょう？」

「そう見えるかい？」

「ええ。それに『旅に出て良かった』って云ってたし」

　ああ、と私は少しばかりきまりが悪くなる。そこから見られてましたか。照れ隠しに、意味もなく〈帽子〉をかぶり直した。けれど、強いて否定まではしなかった。偽らざる本心だったのだから。

　村娘さんは笑顔で――夜の帳《とばり》で隠れてはいたが、おそらく笑っていた――礼を云った。

「実は少し不安だったんです。アヴァロンの片田舎に住んでいる小娘には大それた考えなのかなって。でも、そんなこと悩んでいたら、もっと素敵なことを逃しちゃうんだって判りました」
「お役に立てたみたいで安堵してるよ」
《わたしもひと安心。あなたにつっかえ棒以外の使い道があるって判ったから》
「見かけによらず有能だろう？」
《あとは犬の真似ができれば文句なし》
村娘さんは私たちの応酬を見て再び笑うと、去っていった。「素敵な旅行記が書けるように祈ってます」と有り難い言葉を残して。
《ほら急いで。まだ間に合うから》
「何が？」
《素敵なものは書けませんって断るのが。がっかりさせたら可哀想《かわいそう》でしょう？》
「君が蓄えているはずの旅の記録も旅行記が素敵になるかどうかにかかわってるんだぞ？」
《わたしの完璧な記録と、あなたがそれを上手に料理できるかは別の問題》
悔しいが正論だ。また言い込められた。ポーシャなんて名前を付けたのが、そもそもの間違いだったのか。

ともかく、私には馬鹿正直に返す以外の術がなかった。

「記録が完璧なら問題はないさ。私は彼女に包み隠さず事情を話して、それでも『素敵な旅行記を』と云ってくれたんだ。書けませんなんて云ったら、かえって失礼だろう？」

《それもそうね》

ポーシャが珍しく素直に同意した。こういうときには素直でない何かが追加される。

《『なぜ、三文作家のくせにそうまでして書くの？』なんて身も蓋もないことを訊かれなかったんだもの。良かったと云うべきだった。彼女、本当にできた子ね》

読み通りの答え。しかし、このとき私は二つの点で反駁《はんばく》ができなかった。

其の一。

なぜ、そうまでして書く？

その問いに答えることができないと気づいたから。

其の二。

今夜の宿である村長氏宅への帰り道が判らないことに気づいたから。

「できた子」の村娘さんに教えて——あるいは案内して——もらうべきだった。私は暗く静まりかえり、人影どころか足音すら聞こえない村をすっかり酔いが醒めるまで歩き回り、夜もかなり更けてからようやく村長氏宅へ辿り着いた。

其の二の件が解決したので、寝台の上では其の一の件について集中的に考えたのは云うまでもない。

私は、なぜ、書くのか。

答えは出なかった。眠りに落ちたせいだ。昔から、考え事をすると良く眠れる。


出立は、日の出とほぼ同時だった。

つまりは、目覚めた——目覚めさせられたのは、夜も明けきらぬ頃である。正直なところ、私には早すぎる時刻だったが。わざわざ駅まで運んでもらう身なので、不満は云えない。

「都会暮らしの方は早起きが苦手なようですな」

村長氏が、しきりに欠伸をかみ殺す私の様子を面白がった。

ロンドンにも早起きをして仕事をする人は大勢いるし——例えば鉄道員やパン屋——そもそも錬金工場で夜勤をする人だっているのだが、強いて否定するほどでもあるまいと黙っておいた。私も起こされたときに「さすが田舎は朝が早い」と思わず呟いてしまったので、お互い様というものだろう。

荷馬車の手綱を握るのは、その私よりも眠たげな目をしている老人だった。昨日のレディ・モリガンの荷馬車を牽いていた馬と良い勝負だ。ちゃんと駅まで着くのか、些か不安になる。

私の心細さをよそに、村長氏と数人の村人に見送られた荷馬車はのろのろと進み出した。道を東へ。日の出を見たのは、いつ以来だろうか。朝日に浸されながら行く。黙々と。

どうやら老人は無口な性質《たち》らしく、駅者台の付属品のように静かだった。耳も遠いのか、もしくはその顔つきから推察するに、やや頭が茫洋としているのかもしれない。こちらから話しかけても返事が曖昧だったり、嚙み合わなかったり、そもそも気づいてもらえなかったりした。会話は諦めたほうが無難だと悟り、ポーシャを暇つぶしの相手に選ぶ。私にしては、なかなか旅慣れた対応だったと云えよう。

が。その暇つぶしより先に、私を呼ぶ声があった。むろんポーシャではなく。荷台の隅。無造作に転がしてあった麻袋の中からだ。てっきり農具でも入っていると思っていたのだが。

動いた。

もぞもぞと。それから、ひょっこりと現れたのは、まだ十代の娘さんだった。赤みがかった茶色い髪の下に、丸顔。純朴そのものといった瞳が、こちらを見つめている。田舎の村娘コンテストなるものが世にあれば、上位入賞は間違いあるまい。

「おはようございます。ミスター……えーと」

「え?」

《三文文士》

《無一文文士でも可》

ポーシャの下らない助け船は無視して、私は直感のままに訊いた。

「きみは、もしかして昨晩の?」

顔は宵闇のせいで覚えていなかったが、声——というより、この片田舎には珍しい流暢な発音には聞き覚えがあったのだ。

「はい、そうです!」

村娘さんは嬉しそうに頷くが、胴から下は袋に入ったままなことに気づき元々赤い頬をさらに赤らめた。

「昨晩、あなたの話を伺って背中を押されたというか……よいしょっと……いてもたってもいられなくなっちゃって……うんしょ、と」

袋から抜け出し、さらに簡素な日除け《ボンネット》を取り出すと手早く身につけ、最後に大きな革鞄まで引っ張り出した。彼女一人がやっと、という大きさの袋に見えたのだが。これも〈理法〉か。しかし、いまは好奇心を満たすよりも大事なことがあると、私の良心が訴えている。

「アメリカへ渡ろうと考えているなら、もう少し、その……慎重に計画を練ったほうがいいと思うのだけど」

「計画ならずっと前から検討していたんです。けど、うちは親がうるさくて……ほら、来た」

彼女は後方を見つめ、うんざりした様子で溜息まじりに頭を振った。

直後。荷台の端に椋鳥《むくどり》が降り立った。と——見る間に人の姿へと転じる。酒宴の席にいた壮年氏だ。ただし、三インチほどの背丈だったが。茫然と見つめる私をよそに、小人の壮年氏が口を開く。

「アーニャ！」

体のサイズに相応しい、少し甲高《かんだか》い声だった。

「すぐに帰ってくるんだ！　おおかたモリガン様のお客人を見て自分もその気になったんだろうが——」

「失礼。私にも原因があるとすれば、大変申し訳なく思います。駅に着いたら必ず引き返すよう説得しますので」

不躾とは思いつつ話を遮って弁明を試みる。だがミニチュア壮年氏は、こちらなどお構いなしだ。一方的に話しつづける。

「無駄ですよ。これは〈伝言鳥〉だから。こっちの言葉はお父さんに届かないんです」

村娘――アーニャはそう云うと、くどくど説教を続ける玩具めいた父親の頭上へ荷物で膨れた革鞄を落とした。一片の容赦もなく。息を呑んで見守る私の前で鞄が持ち上げられると、最初の椋鳥が、我に返ったように飛び去った。

「村のことを二言目には『ここは田舎だ。古くさい。遅れている』って云うくせに、いざあたしが都会へ出ようとすると、ああやって止めるんです」

「それだけ君のことを心配しているんだよ」

宥《なだ》めつつ、あんたからも何か云ってくれ、という思いで手綱を握る老人へ目をやる。前を向いたままだ。全くの無関心だった。あるいは気づいてすらいないのかもしれない。これは頼りにならない。村娘さんへ改めて向き直る。

「お父さんは、出て行くな、と云ってるわけじゃないと思うんだ。今はまだ早い、と云いたいんじゃないかな？」

「いつか時が来たら。いつか機会が訪れたときに。いつか準備が整ったら。そう繰り返すだけで、いつまで経っても動かないのがお父さんなの。いつか、いつか、いつか。いつかって、いつ？　いつか、なんて無いのよ。あるのは、今」

彼女の言い分に、私はしばし説得の言葉を失った。早口で捲《まく》し立てられ、気圧《けお》されたのもあるが、しかし。

いつか。

そう言い訳して書かなかった作品が幾つある？　途中で放り出した作品が幾つ？　語るだけで書いた気になった作品が幾つだ？

「君の主張は……もっともだ」

私はあっさりと降伏した。とはいえ、彼女の父親を責められない。笑えない。同類だからというだけでなく、親でなくとも心配だった。こんな純朴そうな娘さんでは、ロンドンやアメリカの都会に出たら一日で身ぐるみ剝がれるだろう。

そこで、ふと思いついたまま提案した。いきなりアメリカへ渡るのは、さすがにお勧めしかねる。とりあえず首府まで行ってみるのはどうだろうか、と。

「そこで一つ、私から頼みがあるんだ」

「あたしにできることなら……」

モリガン様のお客人の頼みとあっては断りにくいはずだ、という読みが当たり、彼女は素直に頷いた。

「実は、ご覧の通り荷物を首府の宿に置きっぱなしにしてしまってね。その……レディ・モリガンのご招待が急だったもので」

《本当は押しかけたようなものだったけど。礼儀知らずなの》

ポーシャが口を挟んだおかげで、私の下手な誤魔化しが有耶無耶《うやむや》になる。好機とばかりに話を継ぐ。

「まず、首府に着いたら警察へ行くんだ。知り合いがいるから心配はいらない」

小型熊氏について説明する。彼に紹介状を兼ねた手紙を――というところで、紙もペンもないことに気づいた。

「ああ、それなら」

村娘さんは荷台から少し身を乗り出した。手を伸ばし、道端の木から葉を一枚。小さく呟いて葉の表面を撫でた。緑が明るくなったように見えたのは、私の目の錯覚だったろうか。

「伝言をどうぞ。この葉が覚えます」

そう促され、私は半信半疑のまま小型熊氏への用件を喋った。私の無事、それから置いたままの荷物を低山地方で予定している宿へ送って欲しいこと。もちろん、この伝言を運んでくれた娘さんは信用できる人であること云々。

できれば、彼女がこのままアメリカへ渡ったりしないよう注視して欲しい旨も付け加えたかったが、当人を目の前にしてやるのは逆効果のような予感がして止めた。少なくとも、これで真っ直ぐ警察へ行くのだから、という安心感はある。

「終わりですか？　それじゃ、ちょっと確認してください」

葉を差し出されて戸惑う。確認と云われても、どうすれば——と聞き返すより先に、小さく私と文字が浮かび上がってきた。文字は言い間違えなどが正されたものだった。私の言葉を村娘さんが代筆してくれたようなものだと、ようやく納得する。署名をどうしたものかと思っていたのだが、これなら差出人も一目瞭然だ。

アヴァロン人なら、これも偽造できるのでは？　という不安が一瞬頭をよぎったが、たかだか旅行者一人の荷物。厳密を期すまでもあるまい。問題ないと返した葉を、最後に村娘さんが指で撫でる。浮かんでいた私の姿と文字が消えた。心なしか、輝きがなくなったようにも見えた。「封をした」というところか。

「アヴァロンの人は、みんなそうやって葉っぱで手紙を？」

私の疑問に、村娘さんが「まさか」と軽く噴き出し、それからばつの悪そうな表情をした。

「これは古いやり方。今はちゃんと便箋も封筒もあります。あたしも鞄に入れてるけど…

「……花柄のお気に入りで……」

《その判断は正解。こんな男に使うなんて勿体《もったい》ない》

「ごめんなさい。できれば、自分が最初に使いたくて」

「いやいや、謝ることなんてないさ。お陰でとても興味深いものが目の前で見られたからね」

私は本心から感謝した。その様子に喜んだのか、それとも余りに子供じみた反応に憐れみを催したのか、彼女は葉をさらに一枚取る。先程と同じく表面を撫でた。便箋用の〈理法〉を施し、〈恩寵〉のない私に使えるよう調整したと云う。有り難く受け取ったものの、使う段になったら惜しんでしまいそうだ。

「ほれ、町が見えたぞ」

不意に、手綱を握っていた老人が前方を指さした。一塊の家並み、蛇行した川、さらには港らしき景観が微かに私の目にも見えた。こちらの方が随分と高台だったのだと気づく。

それにしても、この荷馬車の足から推し量るに、まだまだ前途は長そうだ。ここはもう暢気《のんき》に構えるしかあるまい。ちゃんと目的地へ向かっていると判っただけでも、正直なところ安堵していた。

そんな、こちらの心の裡《うち》を知ってか知らずか、老人が振り返って微かな笑みを浮かべる。

私を見て、ポーシャを一瞥し、最後に村娘さんへ目を移して、何事か呟きを洩らした。私にはまったく聞き取れない言葉だ。どうやら、アヴァロン語らしい。彼はそもそも英語は片言だったのだ。どうりで会話にならなかったわけだ。頭が茫洋としている、などと考えたことを反省した。

「彼は何と?」

村娘さんへ確かめると、可笑しそうに顔をほころばせた。

「いつ荷台に乗ったんだ? って」

前言撤回。やはり、多少は茫洋としている可能性が捨てきれない。

《なんて超然とした態度! 鋭さを微塵も感じさせないなんて! 生き別れの双子かもよ?》

「じゃあ、同じく生き別れの召使いがいるか訊いてくれ。それで、もしいるのなら君と交代してくれ。間違いの悲劇だと説明して」

私はぼやくように返し、荷台の木枠にもたれかかった。

荷馬車は超然たる速度を堅守しつつ、町へ向かって進んでいった。

町はずれに着いたのは、正午も随分と回った頃だった。

川の周囲に広がる町並みをいつまでも眺め続け、もしや遠近法を狂わせる〈理法〉が、あの町かこの道かあるいは私自身にかけられているのではないかと疑ったほどだ。

駅までもう少しの辛抱だぞ。自分の腰と尻に叱咤激励をした矢先、荷馬車がとろとろとしたその足を止めた。

駁者台の老人が肩越しに振り返って、凝《じ》っと私を見る。責められているような気配にいたたまれず、「何か？」とぎこちなく微笑んでみた。

「着いたよ」

老人はにこりともせず顎で示す。私は座ったまま周囲へ目を向けたが、駅舎らしきものどころか、汽車の煙すら見当たらない。もしや、何かこの国独特の風習があって、駅には近づけない？

「駅まで行きたいのですが？」

「儂は町までと云われた」

明快な老人の回答に、裏の意味や含みといったものはなさそうだ。私を見つめたまま、黙然と降りるのを待っている。日が暮れても同じ格好をしているに違いない。駅まで連れて行って欲しいと頼むより、自分の足で歩いたほうが絶対に早い。そう確信できた。

一方で村娘さんは私に合わせるつもりらしく、にこにこと邪気のない笑顔で成り行きを見守っている。「レディ・モリガンの招待を受けるほどの旅人は、こんなときどうするのだろう」という期待の眼差しが、痛い。

「初めての土地を自分の足で体験するのも、旅の愉しさだからね」

言い訳がましいどころか言い訳そのものだったが、村娘さんと老人の二重の圧力《プレッシャー》を咄嗟にいなすには、これしかなかったのだとお察しいただきたい。

さて。悠々と引き返していく老人の荷馬車を村娘さんと二人で見送ると、私たちは駅へ歩き出した。

もちろん、ここを初めて訪れた私に、駅の場所などわかろうはずもない。当てずっぽうである。ただし、直感した方向の逆を選んだ。右と思ったら、左へ。直進と思ったら曲がる、といった具合に。何日か前、ポーシャに云われたことを実行してみたのだ。

少しして、村娘さんが不思議そうな顔つきをした。

「アヴァロンには初めていらっしゃったんですよね？」

《もちろん。鼠以上の臆病者で滅多に家の外にも出なかったから》

「たしかに外出が好きなほうではなかったけどね」

私はポーシャに応じつつ、村娘さんの問いも肯定する。

「すごい！　初めての土地で案内もなしに目的地へ迷わず行き着けるなんて！」

感嘆の声をあげて彼女が示した先には、カヌーをひっくり返したような横長の形で、左右の両端に丸屋根を持った――つまり公的な建物という目印だ――ひときわ大きな石造りの存在があった。

駅舎、なのだろうと思った。ロンドンの、例えばユーストン駅のような仰々しさは皆無で、むしろ正反対に質素なほどだったが――それは些細なことにすぎない。そんなことよりも。

なんということだ。

これでは、先日ポーシャの云っていた通りではないか。

私は傍らに浮かぶ幻燈種を横目で窺った。迷わず駅に着いたことに驚いて――対処しきれずに――いるのか、静かにしている。かえって不気味だ。

かたや村娘さんは、羨望の眼差しで私を仰ぎ見ていた。「生まれついての旅人」などと云い出しかねない。よしてくれ。昨晩話したことを忘れたのかい？「旅人」なんておこがましい。ポーシャの言葉を認めるようで業腹だが、私に相応しいのは、やはり「迷子」だろう。それにしてもポーシャのやつ、こういうときに限って、なんだって混ぜっ返さないのか。

手前勝手なことを考えつつ、いたたまれない思いで村娘さんには笑みを返し、もはや私でさえ迷いようもない駅舎へと辿り着いた。

大ぶりな石造りの外観からは想像もできないほど、中は明るかった。記憶に新しい〈燈火〉のせいかと思って天井を見上げたが、どうもそういう単純なものではなさそうだ。なにしろ天井全体から光が降り注いでいる。では、天井そのものが光っているのかといえば、そうではない。明るさは紛れもなく陽の光によるものだった。すると硝子張りか——昨晩、話題にのぼった水晶宮のような——しかし外観と矛盾する……。

首が疲れ、私は床へと目を落とした。石畳に陽光の影が絶え間なく揺らいでいる。既視感があった。以前、それもまだ色あせも古びもしていない過去に、見た覚えがある。

もう一度、確認するように天井を仰ぎ、はたと気づく。過去というほどの大層なものではない。つい、この間。〈転移門〉の前で目にしたのだ。急いで言い訳させてもらえば、あのときは夜で、光源も炎だった。だいぶ状況は違う。

兎も角、光の揺らめきが以前同様の原因ならば、駅舎の天井は水のような材質かもしれない。遠目には切り出された石だが。

「いったい、どうやったらあんな物ができるのかな」

天井を示しながらポーシャへ話しかけ、ひとつ忘れていたことに気づく。

〈転移門〉のときは、彼女の様子がおかしかったではないか——あるいは幻燈種としては正常だったとも云えるが。些か不安になる。今回も、なのだろうか。

《気にする必要はないでしょ？　教えて貰っても、きっと理解できないから》

　どうやら普段通りだ。小憎らしいことに。ならばこちらも。

「調子が狂うよりはましだと思うが」

《なんの話？》

「教えてやってもいいが、きっと理解できないだろうよ」

《自分を責めないで》

「責める？　なんの話だ？」

《説明が酷いって自覚があるのは良い事だと思うの》

「そういうことか。自分の理解力には問題がないと？」

《あなたが一流売れっ子作家なら、その可能性を考えたかも。伝える力も一流だろうから》

「ああ、よく云われるよ。お前の小説は無駄なところにこだわりすぎて判りにくい。だからいつまで経っても三流なんだ、って」

　私はむくれながらも再び天井へ話を戻した。

「いつか崩れそうで落ち着かない」

《あれは安定してる》
「安定？　何が？」
《〈恩寵〉的に。もっと説明が要る？》
「でも理解できないって云いたいんだろう？」
《心が通じ合ってるって素敵》
まったくだ、と私は投げやりに応じつつも、密かに納得するものがあった。ポーシャが妙な反応を見せないのは、まさに「安定しているから」であり、先日の件では「不安定だったから」なのではないか、と。
この駅舎の天井は石造りと見紛うものだが、〈転移門〉の広場で目にしたのはゆっくりと表面が波立ち、蠢き広がる不定形の生き物のようだった。
おそらく両者とも〈理法〉なのだろう。しかし、どうしてそのような差異が生じるのか、疎い私にはさっぱり判らない——ので、それ以上の考えを巡らせるのは止めにした。
それより切符を買わなければならない。
売り場は駅舎中央広場《センターホール》の改札の脇にあった。銀行の勘定台のように木の板壁で仕切られており、あちら側の駅員とこちら側の客が、板の下部にある半円形の小窓から切符や現金を遣り取りする。上部の格子からは駅員たちが忙しく立ち働く姿が透かし見える、というごく一般的なつくりだ。外観は。つまり、内部はまたしても想像を超えた様子だった、ということになる。窓口で目を瞠《みは》って、呆然と立ちつくすほどに。

なにしろ切符が、宙を飛び交っていたのだ——。

——賢明なる読者諸氏よ。「だからどうした」と云わないで欲しい。自分でも軽い絶望を味わっている。こうして書いてみると、驚きの三分の一も伝わらないのは明白。なんたる伝達力の貧弱さ。悔しいがポーシャの評を認めるしかない。

ところで断っておくが、「飛び交う切符」というのは猛烈な忙しさや大混乱の比喩ではない。切符を求める客は多くなかったし、雑然ともしていなかった。

これがロンドンの駅なら、切符を買う列に並ぶ人たちの罵りや付きまとう果物売り、耳障りな蒸気錬金広告屋の声にうんざりしていただろう。

それに引き替えアヴァロンの人々というのは、万事においてあくせくしていない。それは田舎の野暮ったさにも通じるが、人によっては超然としているようにさえ映る。我が国が、ここ半世紀余りですっかり忘れ去ってしまった美質でもあるような気がした。そもそも自然回帰という思潮も、この美質・美徳の——話が逸れた。

飛び交う切符のことだ。

文字通り、切符が窓口の向こうで翼の生えた鳥のように、明らかな意思を持って右へ左へと宙を滑っていた。

こちらが男性駅員へ行き先を告げると――「エンラリックまで」「エンラリックですね。お待ちを」お待ちを！　ロンドンの十倍は丁寧だった！　――数秒後には彼の手元へ切符が自ら飛来するという寸法だ。レディ・モリガンに工面してもらった料金を払い――これで完全に文無しになった。早く村娘さんを首府へ送り出さねば――割印のついた長方形の紙片を受け取って終了。色々と訊きたいこともあったが、後ろがつかえているので窓口を離れる。凝っと切符を見つめた。なんの変哲もない紙片にしか見えない。ついでに云えば、印字されたここの駅名を読んでもらってようやく町の名――サーミル――を知った。

先に支払いを済ませていた村娘さんに、手にした私の切符をひらひらと振ってみせた。

「これに〈理法〉が？」

「一時的に」

村娘さんが頷く横で、ポーシャが私の手元を指さした。

《まだ〈恩寵〉が残ってるかもよ？》

私は馬鹿正直に切符を宙へ放り出す。舞い散る木の葉より呆気なく、石畳へと落ちた。

村娘さんが小さく噴き出して、ようやくポーシャの調戯《からかい》を悟る。

「いやその……着いてすぐに〈恩寵〉の痕跡を探す人を見たりしたのでね。残ってるものなのか、と」

苦しい言い訳をしつつ切符を拾おうと腰を屈めたところで、ふと少し離れたところに佇む人影に気づいた。何気なく目をやり、洩れそうになった声を呑み込む。立ち上がるなり、人影に背を向けた。

時計塔男！

いくらなんでも、これを偶然と思えるほど私もお目出度い人間ではない。追ってきたのだ。どうしてこの町にいることが判ったのだろう。いや、考えるのは後だ。まずは――逃げなくては。

「さあ、歩廊《プラットホーム》へ行こう」

私は、できるだけ平静を装った。村娘さんには半歩先を行ってもらう。もちろん駅構内で迷わないためだ。紳士の振る舞いからはほど遠いが、背に腹は代えられない。私も必死だった。村娘さんの訝しげな視線も、見て見ぬふり。

「あの……。あたしと貴方の汽車は別ですよ」

「逆方向。判っているよ」

堪りかねて指摘する村娘さんに、笑顔で応じる。すでに停車している自分が乗る予定の汽車も目で示す。彼女だけに伝わるように。ここが肝心だ。時計塔男に私が乗る汽車を悟られてはならない。村娘さんと首府行きの汽車——指定の客車に乗り込んだ。一緒に座席を探す——客車内は二人掛けの椅子が向かい合う形で、左右の窓際に前から並んでいた。つまり進行方向を見て座る二人と、背を向けて座る二人が顔を合わせて旅をすることになる。真ん中は一人分ほどの幅のある通路だ。これは、どの車両でも同じだという。一等や二等という等級の区別がない。

「例えば〈賢者〉と呼ばれるような人も、この席に？　他の人と同じように」

「そうですよ。ただ、賢者さまたちなら移動に汽車なんて必要ないでしょうけど」

　そう云いながら、席を見つけた村娘さんが荷物を下ろした。彼女の向かいの席には老婆が、もう百年もそこが定位置であったかのような風情で腰掛けていた。ポーシャを物珍しそうに見つめている。百年目の珍客だったのかもしれない。

《ごめんなさい。お迎えに取り次ぐ機能はないの》

「失礼。お気になさらず」

老婆が目を丸くするよりも早く、私は笑顔で誤魔化す。

《ずいぶん対応が手慣れてきたみたい》

「自分でも予想外だ。この旅で新たな一面の発見だよ」

《旅って偉大》

付き合っている暇はない。村娘さんに早口で礼を述べた。手紙の件を託してから、「ちょっと車内を見物してみるよ」と汽車の前方へ向かって歩き始める。冷静に考えれば可笑しな話なのだ。見物なら自分が乗る予定の汽車でも存分にできるのだから。あるいは村娘さんは気づいたかもしれないが、「旅人の好奇心」とでも解釈したのか、それとも奇人の振る舞いは理解不能と怯んだのか——前者であることを祈るが——引き止められることはなかった。

客車の突き当たりには扉《ドア》がある。鍵は掛かっていない。開けて外へ出ながら、ちらりと視線を背後に走らせると、乗り込んでくる時計塔男の姿が見えた。すぐにこちらを睨んだ。目を合わせないよう頭を巡らし——人と目を合わせずに行動できるのは私の数少ない特技だ——扉を閉じた。外は、腰高の鉄柵で囲まれた大人二人が立ち話できそうな空間になっている。

さて。ここからだ。上手くいくだろうか、と不安を抱きつつも躊躇う猶予はない。鉄柵を乗り越える。連結器を跨《また》ぐ。前方の客車へ身を移す。存外、簡単にできた。荷物を持たないことが、こんなところで幸いするとは。

ひとつ前の客車内へ入ることに成功すると、中央の通路を脇目もふらずに突き進んだ。目指したのは、車両の先頭。扉を開き、再び外へ。鉄柵を乗り越える。連結器を——以下、前に同じ。

《こんな汽車の乗り方があったなんて》

「独創的だろう?」

《誰も真似したくない馬鹿げたことを独創と云うなら、たしかに》

村娘さんと歩いていたとき、汽車を横目に車両を飛び移れそうだと想像していたのだ。咄嗟に思いついたにしては上手い方法ではなかろうかと自画自賛しつつ、客車を渡り歩くこと四両分。時計塔男の気配は常にあったが、追いつかれなかった。そのうちに歩廊に鐘の音が響く。乗降口の扉を閉めて回る駅員の姿は見当たらない。鐘の音は発車の合図と考えて良いのだろうか。ほんの二《ふた》呼吸ほどの逡巡——この短い時間が思いがけず功を奏したのだが——外へと飛び出した。

その直後、私の背後で乗降口が軽い音を立てて閉じた。振り返ったときには施錠の微かで確実な音。

自動扉!

これも〈理法〉なのだろう。驚嘆したが、その一方で幾分か恐怖も覚える。

いちいち駅員が扉を閉めてまわる我が国と違い、運悪く挟まってしまったら? どうなるのだろう。次に扉が開くまで痛いうえに、他の乗客の視線に晒されてしまうのだろうか。

いや、体が車内にある状態で挟まれたのなら、まだいい。逆——つまり体が車外へ出たまま走り出したとしたら、これはもう身震いする以外の何物でもない。風と車輪の轟音を浴びつつ、必死で扉にしがみついておかねばならないのだ。手を離せば一巻の終わり。想像するだけでも内腑が縮む。本当に挟まれなくて良かった。

などと、とりとめなく考えていたところで、つかつかと駅員が歩み寄ってきた。

「外国の方?」

「ええ。イングランドから」

答えながら、私は少し目を丸くしたかもしれない。駅員は女性だった。厳しい目つきだ。

「乗降車は鐘が鳴り終わるまでにして下さい。扉に挟まれると危険ですから」

「申し訳ない。つい先日アヴァロンに来たばかりで——」

発車の笛が私の声を圧した。言い訳無用! と叱責された気がして、思わず口を噤む。

回り始めた車輪の力強くも凶暴な轟きは、我が国の汽車と変わらない。扉に挟まれる想像が蘇り、再び身の竦む思いがした。命の危険さえあるのだから、駅員が神経を尖らせるのも道理というものだ。

歩廊に満ちた汽車の咆哮《ほうこう》で言葉を遮られた私は、汽車が去るのを——扉の向こうでこちらを凝っと睨んで立つ時計塔男を——内心で快哉《かいさい》を叫びつつ——それから窓辺で手を振る村娘さんを――しばし見送った。

引き潮のような轟音の余韻のなか、煙と蒸気がないことに気づく。動力も〈理法〉らしい。先頭まで行って確認すれば良かったと後悔しつつ、女性駅員へ改めて申し訳なさそうな顔をしてみせる。

「扉に挟まれたら、命が幾つあっても足りそうにないですね」

「もちろん、何か挟まれば一旦開けますけどね。いかに危険かお判りいただけたようでなによりです」

《特技は「判ってるふり」なの》

〈帽子〉のつばに腰掛けた――ぷらぷらと揺らす足が視界の左上に見える――ポーシャが淀みなく口を挟んだ。受け答えの例文を何千何万と詰め込まれているのかもしれない。仮にその推測が正しいとすれば、教え込んだのは相当な偏屈屋だろう。

聞き流して下さい。といった素振りと苦笑をきっかけに、そそくさと駅員の前から離れた。

隣の歩廊へと向かう。時計塔男をまんまと――上手い具合に扉が閉まったとはいえ――出し抜いてやったという達成感で、足取りは軽かった。

エンラリックでの事件

汽車は村娘さんが乗ったものと同じように停車しており、中もまた、やはり同じように向かい合わせの座席だった。私の席は進行方向へ背を向けた窓際である。残り三つの席──向かいの二つと隣──は空いていた。これから来るのか。それとも空席のままか。

正直に云えば、周りに人はいないほうが有り難い。ポーシャのことで気疲れせずに済む。

いや、しかし、待て。

この考え方は旅行記を書こうという者として失格、あるまじき姿勢なのでは。いざこざ《トラブル》に巻き込まれてこそ、ではないか。先日までも、それなりに問題《アクシデント》は勃発したが、換言すれば泥棒に暴漢に体調不良だ。よくある話だとも云える。ロンドンに居たって同じ目に遭うのだ。アヴァロンらしいと云えば、〈転移門〉でレディ・モリガンの住む森へ飛ばされたことぐらいだが、これとて考えようによっては乗合馬車《オムニバス》を使ってみたら目的地とは違う場所へ運ばれた、ようなものだろう。

ありきたりだ。

こんな旅行記をK・O氏の元へ持っていったら、原稿は要らないので金を返せと云われてしまう。いや、むろん金は返すつもりでいるが。

私は俄《にわか》に焦りを覚え、車内を見回し、車窓から歩廊へ視線を走らせた。一瞬、時計塔男をまく必要などなかったのでは、とさえ考えたほどだ。

向かいの席に若夫婦のような二人組が座ったのは、そうやって気もそぞろにしばらく過ごしてからだった。

汽車は発車間際。二人組が荷物を片づけ腰を据えてすぐに、ついさっき聞いたのと同じ鐘の音が鳴り始めた。

「やれやれ。なんとか間に合った」

私とさして歳の変わらない男性が、窓際の若い女性へ笑いかける――その様子に、私はおそらく目を丸くしていただろう。不躾ながら二人を交互に見つめた。

間違いなかった。

アヴァロン上陸初日、港から銀行へ案内してくれた男性と、〈賢者の塔〉で出会った女性だ。女性のほうはその翌日も会ったが。夫婦なのだろうか？　少なくとも気心の知れた関係である様子だった。

調子で。

「あら！　あなたは……！」

こちらの視線に気づいた女性が、驚きの声をあげた。幸いなことに、笑顔と嬉しそうな
「なんて偶然。こんなところでお会いするなんて」

「本当に奇遇ですね」

私は注意深く自らを制して顔をほころばせた。落ち着いた、紳士の、静かな微笑、というやつだ。鏡で確認したわけではないが、少なくとも私自身はそのつもりだった。目の前の二人とも妙な顔はしなかったので、おそらく上手くいったのだろう——つまり、誤魔化せた。

好機《チャンス》。

と、内心で叫んだことを、だ。

何か問題が生じれば、と考えはしたものの、まったくの他人相手では正直なところ荷が重い。かといって、すでに親交を持ってしまった人——例えば小型熊氏——では、気が緩くなる。顔見知り、しかしほどよく緊張感の保てる人物なら申し分ないと、我ながら都合の良すぎることを考えていたところだったのだ。

その、まさに適任と云える人が目の前に来てくれるとは。しかも、二人。これまで数々

の好機と厚意を得ながら、それら悉くを食い潰したことに定評のある私としても、ここは逃したくない。

「先日は……その、なんと云っていいか……お世話になりました。ご無事でなによりです。気になっていたのですが、連絡手段を失ってしまいまして」

「ああ！　あの夜のことですね。お気になさらないで下さい。勇敢なあなたがあの暴漢を引きつけてくれたお陰で、わたしは掠り傷ひとつありませんでしたから」

ウィスカ。と名乗った女性の深謝に、こちらはかえって恐縮した。とはいえ、あれほど情けない騎士気取りでも、役に立てたのだから良しとすべきか。

男性のほうは、ソーラス氏である。

「私からもお礼を申し上げます。妹の危ないところを助けていただき本当に有り難うございました」

腰掛けていなければ抱擁をしてくるのではという勢いだ。が、それよりも別の一語に私は目を瞬《しばたた》く。

「妹……？」

似ている部分が見当たらなかったので、若夫婦だろうと思ったのだが。私の反応に目の前の二人が怪訝《けげん》な顔つきをしたので、慌てて作り笑いに戻す。

「それで……どちらへ行かれるのですか？」

「北部で催される儀式の見物ですよ」

「それなら私も同じです。これを見ないわけにはいきません。なにしろ十年ごとの特別な儀式ですからね」

スミス氏と古本屋で購《あがな》った旅行案内書の受け売りを、さも自分の知識であるかのように語る。

「十二年です」

「こ、これは失礼……」

ソーラス氏に早速訂正され、心臓を鷲摑《わしづか》みにされたような感覚に陥った。いけない。見栄を張るんじゃない。

幸い、二人が気分を害したようには見えなかった。にこやかな態度を崩すことなく、ウィスカさんは私の横の辺りを手で示す。

「ところで、あの可愛らしい妖精さんはどこへ？」

問われて、初めて私はポーシャの姿が見えないことに気づいた。〈帽子〉を脱ぎ、錬金槽や極小シリンダーの具合を確かめる。〈結晶〉の錬成率を示す計量器の針が、通常より高い。が、判ったのはそれだけだ。意味することまでは理解できない。仕方なしに肩を竦める。

「なにしろ、安物でして」

《その通り。あなたのおつむに値段を付けたら安物。二束三文もいいところ》

ポーシャの声に、私は勢いよく振り返った。背後に隠れていると思ったのだ——が、いない。兄妹が訝しげにこちらを見つめる。

「いや、ポーシャの……私の幻燈種の声が聞こえたんですよ——」

勢い込んで訴えるが、二人はお互いちらりと視線を交わし、一様に微笑んだ。ぎこちなく。ああ、これは駄目だ。この表情。馴染み深い。私が小説の構想を——これは面白い。絶対に売れると熱っぽく——語ったときに相手が見せるものと同じだ。

まるきり、信じていない顔。

諦念が押し寄せ、次第に冷め、話は尻すぼみとなり、視線は彷徨い、ついに微笑する。同調するように、ぎこちなく。「いつも、こんな下らないことばかり考えているんですよ」と冗談めかすのも忘れない。

このときも、そうして誤魔化すことに——悲しいかな——何ら躊躇いはなかったのだが、どうしても一点、確認しなければならなかった。

「声、聞こえませんでしたか？」と。

「ええ。何も」

半ば予想通りの答えに、私はわざとらしく耳の穴を指で掃除する。それから、戯《おど》けた笑み。どうやら空耳だったようで、と。

その後は、ポーシャのことに触れないよう気をつけた。折角、人が来たというのに今度は問題の「種」がなくなってしまったというわけだ。よって車中について語るべきことは、これ以上ない。こちらの意図した通りに物事が運ばないのは考えてみれば当然であるし、それが異国の地ならば尚更だろう。

汽車は淡々と、力強く走り続けた。北へ。


儀式を見物するには、エンラリックという駅で下車しなくてはならない。

夕刻に着いたこの駅には、〈賢者の塔〉とはまた別の驚きが待っていた。全体が巨大な石塊なのだ。中を刳《く》り抜き、線路を通し、歩廊を整え、切符売り場を拵《こしら》えているのである。それも、恐ろしく滑らかな加工で。硝子の表面のようだった。腕の良い石工の仕事というより、彫刻家の作品といった趣だ。ご丁寧にも、床面には細い溝が無数に走っている。滑り止めと、水はけを良くするためとのことだった。溝の作る模様はまるきり出鱈目《でたらめ》にも見えるが、数歩引いてよくよく観察すると、規則性があるようにも思われる。

「これは、夏至や冬至を意味しているのでは？」

例えば、我が国のソールズベリ平原にある遺跡のような、古代の祭祀にまつわる――。

「いえ。ただの線ですよ。意味なんてありません」

私の推測を、ソーラス氏があっさりと砕く。すかさずポーシャが鼻先に躍り出て大仰に得心顔をした。

「どこだ？」

《ロンドンに戻ったら、真っ先に行くところが決まったみたい》

《目医者》

それで無意味な線に対してまで妄想逞しくすることがなくなるのならば、診察を受けるべきなのかもしれないが。実際はそう上手くいかないので、私の視点は凡庸なままというわけだ。せめて、「自分は他人とは違った視点の持ち主だ」などと自惚《うぬぼ》れずにいようと戒めるばかりである。それを悟っただけでも旅の意義はあったとしたいが、ポーシャの云う「旅って素敵」を認めることにもなりそうだ。まったくもって癪《しゃく》である。

それはそうと、その、ポーシャだ。

汽車を降りたところで、再び姿を現した。何事もなかったかのように。

「どこに隠れていたんだ？」

《女性に対してどこへ行ってたか詮索するなんて不作法だと思わないの？》

「ああ……これは失礼」

思わず納得してしまったが、相手は幻燈種だった。どうも、日毎に感覚が麻痺しているようだ。

結局、消えていた原因は判らず仕舞いだったが、おおかた安物ゆえの不具合だろう。いちいち気にしても仕方ないと思い切ることにする。

それよりも、目的地へ行かねば。

駅を出て、一度振り仰いだ。外観には手を加えていないようだ。断崖絶壁のような灰色の岩肌が聳《そび》えていた。どこかに燕《つばめ》が巣でも作っているかもしれない。

旅行案内書によれば、巨岩は元々この場所になかったという。低山地帯から飛ばされたらしい。儀式に使用される湖に初めはこの岩があり、取り除かれた際にできた窪みへ水が流れ込むことで生まれた――と、まあお伽噺である。ただ、「巨岩を〈理法〉でもって飛ばした」という部分に、ひょっとしたら、という期待めいたものを抱いてしまうのは、アヴァロンならではと云うべきか。

その低山地帯までは、巨岩駅から馬車でもって丸一日の旅程となる。よって、まだ目的地は遠かった。線路を延伸すれば良さそうなものだが、駅舎でも判るとおり岩が多く、また土の層が薄い。森などを切りひらくと、土を保つことができなくなる。それは聖域を荒らすことにも繋がるのだ――と、車中でウィスカさんに教えて貰ったのだが。

では、〈理法〉で土を固定したらどうだろう？　と、外国人の特権めいた無責任な素朴さでもって提案してみたのだが、「〈理法〉は万能というわけではないから……」とやんわりと否定されてしまった。私の思いつきを維持するには、頗《すこぶ》る面倒な「〈恩寵〉的手続き」とやらが発生するらしい。汽車と馬車を乗り継ぐほうが、安上がりなのだ。〈賢者の塔〉や〈転移門〉は例外中の例外。それらとて、のっぴきならぬ状況に追い込まれて造られた。

前者は籠城のため。後者は民衆の避難と軍隊の移送のため。きっかけを作ったのは、我が国だ。その国の人間が〈転移門〉で難を逃れたのだから――少々事故《アクシデント》に見舞われもしたが――皮肉と云うべきか。


下車した駅の、その土地で儀式が催されない以上、私は目的地まで移動しなくてはならなかった。馬車で丸一日であろうが、その旅程を徒歩で行くことになろうが――なにしろ、このときの私ときたら、臨時で出ている乗合馬車を使う金すらなかったのだ。

しかし、それも辿り着きさえすれば万事解決である。荷物と金が届く。読者諸氏の中には能天気と思う向きもあろうが、少なくとも私は手紙を託した村娘さんと、手配してくれるはずの小型熊氏を信じていた。

よって差し当たっての問題は、儀式の地まで食事抜きで保つだろうか、ということだった。

「水ぐらいなら、なんとかなるだろう。なあに、馬車で丸一日程度だから遠くはないさ。凌《しの》げるに違いない」

《なぞなぞ。小川の水を美味しい美味しいとガブ飲みして、気を失うほどお腹を壊した売れない作家はだーれだ?》

「さすがに懲りたよ。二度はない。あと、それはなぞなぞじゃない」

そこへ、失礼、とソーラス氏が目を丸くしながら口を挟んだ。

「聞き耳を立てるつもりではなかったのですが、まさか、徒歩で行かれるつもりで?」

「他に手段もありませんので」

「何を仰るんですか。ありますよ。手段は」

ソーラス氏が自身の胸元を叩いた。

「私たちと一緒に行けばいい」

今日はこの町で一泊し、明朝、馬車で行くという。すでに安い貸馬車を手配してあるそうだ。

「乗合馬車は混み合っていて大変なんですよ」

「なるほど。用意周到ですね」

感心する私の目の前を、折しも満員の乗合馬車が通り過ぎていった。屋根の上にも数人が男女問わずいたが、席はなく、直に腰掛けている。縁から足を垂らしているので、車内にいる客には目障りなのではなかろうかと、いらぬ心配をした。屋根の上の大半が旅行用箱鞄《トランク》であるところを見ると、本来は荷物置き場なのだろう。ロンドンのように、普段から屋根上の座席を用意しておく必要はないのだ。

それにしても、舗装されていない道を行く馬車の屋根では疲れないだろうか——そんなことを思いながらよくよく見ると、客はみな若い。料金も——当然ながら——割安なのだとソーラス氏が教えてくれた。ということは、若者の貧乏旅行としてお馴染みの光景なのかもしれない。女性が足を投げ出して揺られながら周囲の男と談笑する、というロンドンなら物議を醸しそうな光景も。

《屋根が割安料金なら、馬と一緒に牽けばタダになるかも！》

ポーシャが、素晴らしい思いつきであるかのように手を広げた。

「私には、少し荷が重すぎる気がするね」

《一度くらい馬車馬のように働いてみるのも悪くないいんじゃない？　暇な売れない作家業では得難い経験だと思うけど》

「君の忠告にしては傾聴に値するね。でも、馬車馬そのものになる気はない」

《残念。きっと天職だと思ったのに》

たしかに私の貧弱な作家歴は精神的に鞭《むち》で打たれ、手綱は握られっぱなしのようなものだが——などと馬車を見送りながら自虐しかけ、馭者が手綱を握っていないことに気づいた。二頭ともない。それなのに、てんで好き勝手に進んだりせず、ましてや道端で草を食《は》むこともなく、軽快に走り去っていった。

すぐに思い当たったのは、レディ・モリガンのいささか頼りない目つきをした馬だ。レディ・モリガン自身が乗ってもいないのに、ちゃんと森へ帰るということだった。

「あの乗合馬車の馬たちは、目的地まで自ら進むよう〈理法〉で操っているのでは？」

「そうです。より正確には『命じている』ですが」

ソーラス氏が私の推測に頷く。

馬に施された〈理法〉は「命令」であるから、それに背くこともある。突発的な事故に繋がることも考えられた。馭者がいるのは、そういった事態に対処するためだ。

しかし、すると、レディ・モリガンのように無人で放ってしまうのは問題がないのだろうか。「私が会った女性は」と、一応ぼかして訊いてみる。

「田舎だから大丈夫と考えていたのか、よほど高位の——つまり、馬により複雑な条件付けをして帰宅を命じる〈理法〉も児戯に等しい人なのか。どちらかでしょうね」

ソーラス氏の答えに、レディ・モリガンは後者だろう、と私はごく自然に確信した。

「それで、どうしますか？」

決断を促され、話が逸れてしまっていたと慌てる。これだから話が散漫だと友人達から苦言を呈されるのだ。

「ええと……お言葉に甘えても？」

「もちろんですよ。こちらからお誘いしているんですから」

「明朝出発となると、宿のほうも、その、お借りすることに」

「立て替えておきます。都会のような見栄えのする宿ではありませんがね」

まったく躊躇《ちゅうちょ》なく云われては、私としても断る理由がなかった。ウィスカさんが終始無言だったのは、少しばかり気になったが。

「なんとお礼を申し上げればいいいか——」

《明日はしっかり稼きます。でしょ》

他に何があるのだ、という口ぶりに私はうんざりとした息をつき、その様子をソーラス氏が笑う。それでも、ウィスカさんの表情は硬いままだった。

宿の部屋は二階で、寝台、書き物用の小机と椅子、上着掛け、そしてランプ――〈理法〉の使えない私のために、オイルランプをわざわざ用意してくれた――と、必要最低限のものは揃っていた。〈帽子〉置きだけはないが、こればかりは仕方ない。

硝子窓を開けると――それにしてもアヴァロンは硝子の使用頻度が高いように思える。レディ・モリガンの住む森の一軒家ですら硝子が入っていた――夕日で紅く染まった岩の頭頂部が、屋根の向こうに覗いていた。岩肌が燃えているようで、まるで火のついた巨大な石炭だ。駅舎と判っていても奇異な光景だった。

この町に着いたときの、「これぞアヴァロン」という感覚を再び、より強く、抱く。儀式ともなれば、益々、その想いは増すに違いない。

その感情を旅行記に活かせるよう、できるかぎり素早く正確に記録しておくには、紙とペンでは追いつかない気がした。ポーシャは――あてにならない。他には、そうだ。スミス氏がいる。彼は写真家だった。後日、写真を借りることはできないだろうか。視覚的な助けがあれば、より鮮明に思い出せるのではなかろうか。

後とは云わず、できることなら、いまこの窓から見える光景を撮って欲しい。必要なら私が彩色を施しても良い。それぐらい微細に覚えていられる気がする。色合いだけではない。屋根の傾斜具合から街路を行き交う人々の表情までつぶさに――。

私は、慌てて頭を引っ込めた。

覚えておきたくもない外套姿の長身。なんたることか！　時計塔男だ。

小路に入る陰になったところで、壁に寄りかかっている。小休止しているようには到底見えない。なぜ私が、この町の、この宿にいると判ったのだろう。小さな町とはいえ、宿屋は一軒きりというわけではないのだ。儀式に合わせて臨時に営業をしている宿まであるという。いや、そんなことより、私はどうすれば？　選択の余地なんぞない。逃げの一手だ。荷物をまとめて準備を、いや待て。まとめる荷物などなかった。これは幸運と捉えるべきだろう。上着の袖に手を通し、〈帽子〉をかぶれば済む。ついでに云えば、驚いたことに〈帽子〉を放り出すことは念頭になかったらしい。こんなに面倒な事態だというのに。

しかし、逃げるのは決定としても、どこへ？　どうやって？　そもそもサーミル駅で完全にまいたと確信していたのに。こうもあっさりと見つかるとは。猟犬に狩られる野兎の気持ちが少しばかり理解できた気がする。そんな奴を相手に右も左も判らぬ土地を逃げるのは、あまりにも分が悪い。ここは動かずにいるほうが賢明なのではないか。他にも人がいるほうが、襲いにくくなるだろうし、騒ぎになったときに安全では……。いや！　待て。

待て待て。駄目だ。どうしても独りになる瞬間というものは生まれる。最初に襲われたときも用を足そうとしたときだった。あのときは時計塔男ではなく、別の、銀貨三十枚男だったが。まあ似たようなものだ。ともかく、それではソーラス氏やウィスカさんに迷惑が。宿代を借りたり、馬車に同乗させて貰うといった類の比ではない。危害が及ぶ。やはり独りで動かなくては。考えろ。そうだ。この町にだって警察はあるだろう。保護を求めるか、もしくは時計塔男を拘束して貰えないだろうか。一時的な足止めでも構わない。その間に、あの男の視界から行方を晦《くら》ませれば良い——しまった。私が、私としたことが、こんな肝心なことを失念するとは。

「金がない」

《どうしたの？　急に挨拶なんてしして》

「お金がない、と云ったんだ」

《だから、あなたの挨拶でしょ。こんにちは。さようなら。お金がない。お金を貸して》

「私に友人が少ない理由の一端が、これで判ったよ」

上着を身につけ、〈帽子〉を手にする。仕方ない。いまは迷っている時間も惜しいのだ。

準備が整ったところで、敲戸《ノック》があった。私はぎくりと全身を硬くした。まるで待ち構えていたかのようではないか。もう一度、窓の外を覗き見る。時計塔男は最初に見た位置から動いていなかった。しかし、仲間なり手下なりが押し入ってこないともかぎらない。

「どちらさまで？」

私の声音は、警戒心の塊だったろう。「ソーラスです」という返答があってなお、すぐにはドアを開けなかった。考えてもみて欲しい。ここアヴァロンは〈使い手〉の国なのだ。声をそっくり真似する〈理法〉があっても不思議ではない――もっとも、それを云うなら姿形も丸写しする〈理法〉の可能性もあるわけで――似たようなものは〈賢者の塔〉に案内してくれた少年が見せてくれた――つまるところ異国人の私には無駄な用心ということにもなるのだが。

私は、そっと細くドアを開けた。廊下にはソーラス氏とウィスカさんが並んで立っていた。

「少し散歩して、それから夕食でもご一緒にいかがですか？」

地方の料理を味わうのも旅行記の材料になるのでは、という実に有り難い心遣いだった。しかも、私のほうは今まさに出掛けようかという装いである。一も二もなく誘いを受けると思っていたらしい廊下の二人は、部屋へと招き入れる私の行動に訝りつつ応じた。

「実は――」

隠していても埒があかない。時計塔男の件を二人に説明する。

「このままですとお二人にも迷惑が……いえ、ウィスカさんにはもうすでに一度、恐ろしい思いをさせてしまっています」

「その話なら」

ソーラス氏がウィスカさんをちらりと見やり、深刻な表情で頷いた。窓辺に寄ると、枠の陰から外を窺う。

「てっきり追いはぎ、強盗の類だとばかり。なぜ、そこまで執拗に貴方を追うのでしょう?」

「それが私には思い当たるところがありません。さっぱりです」

半ば訴えるように首を振った。困惑しかない、と。

「確かに、図体の大きな男がいますね」

ソーラス氏がウィスカさんを手招きした。見覚えはあるかと確認する。彼女が頷いたのは云うまでもない。

「判りました。警察に事情を話してきましょう。田舎なのであまり大きな期待はできませんが。追っ払うぐらいならできるでしょう」

ソーラス氏にも危険が、と不安がよぎったものの「なぁに、警察へ行くだけです。任せて下さい」と力強い足取りで、さっさと部屋を後にした。なんと頼もしいのだろう。そして親切だ。レディ・モリガンや村娘さん、村の人々、その前の小型熊氏、いや、最初に両替に入った銀行の職員にしてから、だ。

世界で唯一、〈理法〉を使う人々が住む国として、孤立や孤高といった印象を抱いているのは私だけではないだろう。そこには、外国人に対する警戒心やよそよそしさを露《あら》わにする閉鎖的な人々、という含みもあるはずだ。

しかしながら、それは間違いだと私はここで断言しておきたい。

むしろ、彼らは〈恩寵〉という力を持つがゆえに余裕と大らかさを育んでいるように見受けられた。ゆえに短絡的な拒絶や排斥といった発想が生まれにくいのかもしれない。

ただ、その明朗さは、ときとして一種の緊張状態をも作り出すことがある。

端的に云えば、ウィスカさんという魅力ある妙齢の女性と二人きり、ということだ。

私が非紳士的な振る舞いに及ぶことはあるまい、という有り難い信頼と、もし私が疚《やま》しい考えに取り憑《つ》かれたとしても、〈理法〉で一捻りに片が付く、という余裕だろうと推察できた。願わくは、前者が主な理由であって欲しいが。

ともかく、どう対応すればいいのか、私は甚だ困惑した。彼女を退屈させないよう、夜会の主催《ホスト》よろしく気の利いた話でもするべきか。それとも、彼女の存在などないかのように無言を貫くべきか。

《どうしたの？　急にぼんやりして》
　ポーシャが訝ったぐらいなので、意外と長時間逡巡していたのかもしれない。
「いや、ちょっと考え事を――」
《ああ、ごめんなさい。だったら声を掛けなければよかった》
　殊勝な言葉。くどいようだが、こういうときには裏がある。
《せっかく、ホガースのジン横丁に描かれた酔っぱらい以上の間抜け面が楽しめたのに》
「君があの絵を知ってることに驚いたよ」
《わたしも驚いた。いまの話が通じるほど、あなたが物を識《し》ってるとは思ってもみなかったから》
「認識が改まって良かったよ」
　言い返す、その視界の片隅にウィスカさんがいた。心なしか呆れているようにも見えた。
「すみません。椅子を用意することさえせずに。あ。それとも一度、部屋へ戻られますか？」
　あたふたと椅子を手にした私へ、彼女が苦笑めいた表情を浮かべて首を振った。立ったままで良く、部屋に戻るつもりはないらしい。椅子は一つしかないので、もし彼女が腰掛ければ必然的に私が立つことになる。それは、かえって居心地が悪いのかもしれない。

むろん、女性を差し置いて「では私が座ります」というわけにもいかず、椅子の背もたれを無意味に弄《いじ》りながら話の糸口を懸命に探った。

そんな私の狼狽《うろた》えぶりに同情心でも湧いたのか、ウィスカさんのほうから会話を始めてくれた。

「ソーラス……兄は、あのように云いましたが、もういっそ領事館に保護を求めては？」

「なるほど！」

予想外の提案に、私は思わず感嘆の声を洩らした。が、予想外だったのはむしろウィスカさんのほうだったらしい。

「今まで気づかなかったのですかっ？」

驚きというより、非難めいた口調だった。

「なにぶん、旅慣れていないもので」

《頭を使うことも慣れてないの》

辛うじて言い訳する私に重ねて、ポーシャがいつもの調子で混ぜっ返す。

ところが。そのポーシャに対してまで、ウィスカさんは真剣な眼差しを向けた。

「あなたの役目は契約者の支援《アシスト》じゃないの？」

と。領事館に助けを求める、という解決策の一つを提示すべきだったのではないか。説教ではない。まだ学習の足りない幻燈種に覚え込ませるような口ぶりだった。

　そういった態度をとられるのは、ポーシャにとって初めての経験だ。とっさに対応できなかったのだろう。しばし無表情で、ウィスカさんを見つめるのみだった。何度か目にした機能停止とは違う。人間ならば「きょとんとしている」ようなものか。私が云うのも情けないが、滅多に見られる光景じゃない。いいぞ。もっと云ってやれ。

「それとも、本当の契約者が別にいるのかしら？」

　皮肉にしては面白味に欠ける。が、アヴァロン人としては定番、という可能性もある。喜怒哀楽の感覚や表現は、お国柄、土地柄によって変わるものだ。特に「笑い」というやつは扱いが難しい。まずもって自分を基準にしてはいけない――らしい。聞きかじりだが。とはいえ、正直なところ声を立てて笑えるものでもなく、私は辛うじて微笑む程度だった。しかし――

《はははは！　なんてケッサク！　おかしすぎて錬成率が狂いそう！》

　ロンドン一の拙悪《ハム》な役者でも、これほどの一本調子では語れまい。よもや、安物幻燈種らしさを、こんな形で体験するとは。いや、故意に棒読みしているのだから、むしろ高度なのか？――考えている場合ではない。そんな些事はどうでもいいのだ。今の問題は、ポーシャのしたことが露骨な挑発ということだった。これを言い逃れするのは相当の難事業だ。

そんな私の狼狽《ろうばい》など眼中にない様子で、ウィスカさんはポーシャを見つめている。強く。一方のポーシャも、まったく目を逸らさなかった。幻燈種としてのごく一般的な機能なのかもしれないが、ことポーシャに関しては「目を合わせることなく会話する」と驚かれたこともある。真っ向から視線を受け止めるのは、この幻燈種にかぎれば珍しいことだった。もっとも、その表情はどことなく涼しげにも見え、かえって挑戦的な雰囲気を漂わせている。

これはもう、睨み合いと云っても良い状態だった。そして、非は完全にこちらにある。幻燈種が人間に盾突くなど許されない。皮肉と雑言を吐きまくるポーシャでさえ、これまでなかったことだ。それなのに。ウィスカさんに対してだけ、どうしたことか。

この場をどう取り繕えば良いものか。妙案どころか一時凌ぎすら思いつかない。焦りばかりが募るうちに、再び敲戸《ノック》の音がした。「ソーラスです」という声に、すぐさまドアに取り付いた。大海原を漂流中に救助船を見つけたような勢いだった。警戒心も皆無だ。偽者じゃなく本当に良かったと思う。

ソーラス氏を迎え入れてから、随分と早く事が運んだものだと気づいたが、「追っ払って貰いましたよ」と窓の外を示す彼の姿は、まさに意気揚々といった体だった。言われた通りに外を窺うと、確かに時計塔男の影すら見当たらない。私にしてみれば、それだけでも充分だ。早い遅いなど些末な事に過ぎない。ソーラス氏へ、心から感謝を述べた。

「では、改めて夕食をご一緒にいかがですか？」

「ええ。喜んで」

《無一文だけど》

淀みなく混ぜっ返された。英語圏以外の人なら、そういう定型句があるのだと勘違いしそうだ。

しかも、ポーシャに指摘されるまで――毎度の事ながら実に業腹だ――立て替えて貰わねばならないことを失念していた。己の立場を思い出し、不作法にも二つ返事で応じたことを恥じ入り、引き攣《つ》り気味の苦笑を浮かべるしかなかった。

「お気になさらず。お祭りですからね。楽しみましょう」

ソーラス氏が快活に、私の無礼に目を瞑ってくれた。なんと寛大なのだろう。一方で、ウィスカさんは相変わらずポーシャに冷たい――凍えるような――視線を注いでいた。

私はソーラス氏の笑顔に同じく笑みで返し、ウィスカさんの静かな剣幕には気づかないふりをした。「なぜ、そこまで？」と強いて理由を訊ねたところで、私にはどうする術もなかったろう。

もちろん、ポーシャに対しても為す術無しだったのは、今更云うまでもない。

ソーラス氏の背に心持ち隠れるようにして、宿を出た。警官が追い払ったとはいえ、時計塔男の執拗さは人並み外れている。

しかし、考えようによっては——根気強さとか、ひとつのことをやり抜く力、打ち込む才能と換言するならば——羨ましくもあった。私には、それらが見事に欠けている。

具体例を出そう。食堂で腰を落ち着けたときには、すでに時計塔男への不安など霧消していた。

食堂は、町の人々が日頃利用する良心的な値段の店らしい。気取った感じがない。実に落ち着く。なにより高い料金を吹っ掛けられそうにない。という安心感がある。

旅に出る前——と云うより「旅に出る」と決めてまず手を付けたのが、幾つかの紀行文や旅行記に目を通すことだった（いつもそうやって付け焼き刃だから売れないのだ、というご批判は、ひとまず胸にしまっていただきたい）。

それらの本には、たいてい現地人に高値を要求されるという話があった。外国人料金とでも云うような割り増しから、警察沙汰《ざた》になるような法外な金額まで様々だ。

ところが、アヴァロンでは一度もない。この時点でも、この後も。先述の、親切さとも相通ずるものがあった。

　初めての国外旅行にこれほど適した国はないだろう。もっとも、私はこのアヴァロン一国しか知らないのだが。

　話が逸れた。食堂だ。私たちが腰を落ち着けたところで、ちょうど店内は満席となった。なかなかの賑《にぎ》わい。儀式が近いせいか、それとも元々人気のある店なのか判らない。

　卓は二十もなかったように思う。詳しくは覚えていない――ポーシャも、だ。

　理由は――いや、それよりも経緯《いきさつ》を話そう。

　私たち――三人と幻燈種一体――は、早速、料理を注文した。ほどなくして運ばれてきたのは、羊肉のシチューとベーコンとキャベツの煮込みとマッシュポテトの付け合わせにブラウンブレッド。リークという葱《ねぎ》のスープもあったか。先日一泊した村の宴席で食べた物と似たり寄ったりだ。立て替えてくれるソーラス氏のおまかせなので、えり好みなどできない。感謝して頂戴する。

　酒もあった。スコッチに良く似ており、おそらく作り方も同じようなものだろう。〈理法〉の民の国なのだから、〈理法〉的な味を――更には酩酊《めいてい》感を――期待するむきもいるだろうが、私にしてみれば「それは思い違いをしている」と云わざるをえない。

〈理法〉とは、彼らアヴァロン人にとって「道具」に過ぎないのだ。だから、酒を詰めた重い樽を運ぶときは、軽くしたり、あるいは勝手に転がるような〈理法〉を使う。料理をするときは〈理法〉で炭火を熾《おこ》す。暗くなれば灯りをともす。しかし、〈理法〉で味付けはしない。可能だとしても。アヴァロン人に、それは有意義な〈理法〉の使い道ではないのだ。

なぜお前は、それほど自信たっぷりに断言できる？　旅行そのものが初めてではないか。アヴァロンに着いてからも、まだ日が浅いではないか。読者諸賢よ。今の私にはそんなあなた方の声が聞こえてくる。

お答えしよう。〈理法〉が道具であるという事実を、これまで以上にはっきりと目にしたからである。百聞は一見に如《し》かず。

それは、ちょうど一通りの食事を終えた頃だった。

「外国の方かね？」

不意に、男が話しかけてきた。中年ぐらいの、肩幅の広い、がっちりした体軀《たいく》をしていた。卓についた手も分厚い。近郊の農夫といったなりをしていたが、鍬《くわ》や鋤《すき》を手にするより、そのまま握り込んで人をぶん殴る拳闘家のほうが向いている気がした。

「そうです。英国から」

私は内心で大いに怯みながらも、精一杯、友好的な物腰で応じた。

「アヴァロンは初めてかね？」

拳闘家氏の探るような目つきに、益々怯んだ。

「ええ。外国旅行そのものが初めてなのです」

笑みの強張《こわば》りを自覚する。「アヴァロンは実に良い所ですね。最初がこの国で大正解でしたよ」などと調子の良いことを――むろん、それが本心であるのは嘘偽りのないことなのだが――付け加えようとしたが、拳闘家氏に先を越された。

「そいつは好都合」

大きく頷く。少し気が急いているように見えた。何が「好都合」なのか、訊ねる前にやはり拳闘家氏に先を越された。

「一杯奢ってくれ」

「は？」

私はぶしつけな反応をしてしまった。しかしながら、それを責められるのは心外と云わせてもらいたい。

アヴァロンを訪れるのが初めて。

と、
一杯奢る。

の、どこに繋がりがあるのか。脈絡の無さに困惑する。

「おお。済まない」

こちらの様子に、拳闘家氏も言葉が足りなかったと察してくれた。さっきの言葉はひとまず脇に置いてくれとでも云うように、両手を横へ払う。

「簡単に説明するとだな……俺の息子が、明日結婚する」

「……それは、ええと、おめでとうございます」

やはり話が摑めなかったものの、ひとまず合いの手を入れる。無闇に問いを発して怒らせたくなかったのだ。私の対応に気を良くしたらしい拳闘家氏は、少し落ち着きめいたものを取り戻した。

「ありがとよ。俺に似て頭のデキは自慢できないが、良く働く男なんだ。それでな、この国の風習で、遠方から来た者に何か貰うと幸運が訪れるという言い伝えがあってな。まあ結婚するのは息子だが……」

「ようするに縁起担ぎのようなものですね」

「そう！　そういうことだ」

判ってるじゃないか。という満足そうな顔つきで、拳闘家氏が笑みを浮かべた。こちらも彼の意図が理解できて一安心である。

それに、一杯奢る程度なら、むしろ私の方からお願いしたいぐらいだった。些か平凡な方法ではあるが、それで交流が深まるのならば旅人として拒否する理由など何処にもない。

しかし、給仕を呼ぼうとしてはたと気づいた。

奢ろうにも、金がない。

まったく、なんだって、狙い澄ましたように金が必要になるのか。

私はおそらく、四半世紀以上の生涯で最も申し訳なさそうな表情をしていただろう。

「本当に申し訳ないのですが……」

「実は、お恥ずかしい話ですが今は一文無しでして――」

ポーシャが混ぜっ返すのではないかと、目の端で様子を窺う。彼女は卓の中央近くで、ただ漫然と立ち尽くしていた。視線は、何もない宙の一点に据えられている。

凶《わる》い兆しだ。

こういった状態のときは、ポーシャが奇妙な言動を示すか、私が奇妙ないざこざに巻き込まれるか、その両方か、という三択である。速やかにこの場から退散しなければならない。

私の考えが概《おおむ》ね正しいことは、これまでの経緯を知る読者諸賢に納得していただけると信じている。

　が、初対面である拳闘家氏には通用するはずもなく、しかも「一文無し」だと断られた直後に、まるで逃げ出したいかのごとくそわそわし始めたのだから――それが誤解であったとしても――気分を害するのは当然と云えた。

「つまり、だ」と拳闘家氏が、ぐっと背筋を伸ばす。私を見下ろす姿は、睥睨《へいげい》と云って良かった。全身がひと回り膨らんでいるようだ。まさしく拳闘家が、対戦相手を前に己の胸板の厚さを誇示するかのように。

「俺に奢りたくない、と？」

「いえ！　いえいえいえいえ！　そうではなく！」

　傍目には命乞いをしているように映ったかもしれない。それほど必死に弁明した。

「本当に、真実、お金がないのです。ちょっとした手違いで首府の宿に置きっぱなしになっていまして――」

「そうかい。じゃあ、そういうことにしておこう」

　露骨に棘《とげ》のある口ぶりに、小心者の私もさすがに苛立ちを覚えたが、それをそのまま拳闘家氏へぶつけるほどの度胸はなく、卓を挟んで向かいに座るソーラス氏へ軽く肩を竦めて見せるしかなかった。

「私で良ければ一杯いかがです？」

ソーラス氏が穏やかに微笑みながら、拳闘家氏の不満を宥めようと試みた。

「こちらの紳士ほど遠くはありませんが、それでも首府から来ましたよ」

「いらねえよ。吝嗇《りんしょく》紳士様の代理じゃ、かえって縁起が悪いじゃねえか」

「そうですか。こちらも無理強いする気はありません――」

ですが、とソーラス氏は一瞬口を噤み、微笑を消した。

「彼は大事な私の友人です。『吝嗇紳士』というのは取り消していただきたい」

「取り消さなかったら？」

ソーラス氏の険を含んだ口調に、拳闘家氏が嘲《あざけ》りの顔つきをした。挑発だ。子供でも判る。仄めかしなどという小細工など彼の人生には無用だったに違いない。

ソーラス氏の表情は動かない。

「取り消して貰うために、少し強引な手を使うかもしれませんね」

「ああ、その、ソーラスさん？」

私はおずおずと呼びかけた。この際、吝嗇紳士でも構わない。「様」も付いていた。それより揉《も》め事――特に荒事に発展するのは御免蒙《こうむ》りたい。

ウィスカさんへ救援を求める目を向けたが、彼女は冷ややかに事の成り行きを見守っているだけだ。恐怖や怯えではなく、無関心というほうが近いかもしれない。剣呑な気配には不釣り合いな態度だった。

「強引な手、か。指人形でも見せてくれるのか？」

もはや私やウィスカさんなど眼中にない拳闘家氏が、嘲弄《ちょうろう》を続ける。

周囲の卓にいた無関係な客たちが、ちらちらとこちらの様子を窺い始めているのが判った。

私こそ、もっと強引な手を使ってでも諍《いさか》いを止めたほうが良いのでは？　原因が自分にあると考えるのは少しばかり不木意だが、この流れの端緒にあるのは間違いない。もう一度、ウィスカさんを見る。割って入る気がないのは明らかだった。心配ではないのだろうか。取っ組み合い、殴り合いの喧嘩が始まる寸前だというのに。いや待て。これは、もしかすると信頼の表れでは？　ソーラス氏は私同様に若く、そして私以上にしっかりした体格をしている。よくよく見れば、二の腕だって逞しい。日頃、筆《ペン》か安物麦酒《エール》の杯しか持たず、ひょろひょろとしている私とは大違いだ。一方、拳闘家氏も一見すると拳闘家に相応しいから拳闘家かどうかも判らないのに拳闘家氏などと呼んでいるわけだが、しかし正確には「元」拳闘家「風」とでもするべきで、もう中年であり、万が一、本当に拳闘家としての経験があったとしても現役を退いて久しいはずだし、拳闘家としての技術もさすがに衰え、錆《さ》び付き、若いソーラス氏のほうが拳闘家らしい動きが可能なのではなかろうかと期待する。いや違った。期待してはいけなかった。私はあくまで二人を止めるべきだ。どうやって？　ソーラス氏と拳闘家氏の間へ割って入るか？　しかし、二、三発殴られるのは覚悟するとして、それで止まるだろうか。ひっくり返った私を弾き出し、喧嘩はより本格的になるのでは。口を挟むことで火に油を注ぐ結果になるのでは――いや、違う。違う。私の悪い癖だ。失敗ばかりを先ず考える。やらなかった自分を正当化するために、失敗する理由を幾つも探す。そんなことをしたいがために旅に出たのではない。近所の煙草屋《たばこ》ではなく、アヴァロンを――旅を選んだのはどうしてだ。金のため。生活のため。それは否定できない。一番大きな理由だから。しかし――。

などと考えたかどうか、正直なところ細部は定かではないのだが、胸裡《きょうり》に湧き連なり駆け巡ったのは概ねこのようなものだったと思う。

決然たるものがあった、とは断言できる。

私は椅子を蹴るようにして立ち上がった――つもりだったが、ソーラス氏と拳闘家氏、それにウィスカさんの三人とも目もくれなかったので、そう錯覚しているだけかもしれない。何事も、理想と現実には大きな隔たりがあるものだ。ここは、立ち上がった自分自身を最大限に尊重したい。

とはいえ、こちらに気づいてもらわねば諍いは止められない。私は、声を張り上げるか、二人の間に割り込むか、どちらを選択すべきか迷った。この期に及んで！　ほんの一瞬とはいえ、どこにその必要があったのか。我ながら理解に苦しむ。自分の決断に対する自信がなさすぎることにも呆れる。声を上げようが、割って入ろうが、どちらでも良いではないか。いっそ、二ついっぺんにやっても問題はなかった。

私は――おそらく――どちらかを選択した筈だった。が、その機先を制するように、卓上からの声が動きを封じた。

《警告。脅威が検出されました。直ちにこの場を離れて下さい》

これは聞いたことがある。忘れもしない。〈転移門〉での一件と同じだ。

私は卓上のポーシャを見た。虚ろな視線でこちらを見つめている。焦燥に駆られた。今度は何が起こる？　いや、まず逃げ――いやいや。それよりも避難を呼びかけなくては。ソーラス氏やウィスカさんはもとより、他にも店の人たちやお客がいる。拳闘家氏も。

手を広げた。

「皆さん！　すぐに逃げ――」

卓が、跳ね上がった。

見えざる手が、出し抜けにひっくり返したようだった。喫驚《びっくり》して言葉を失っている目の前を木皿やフォークなどの食器と、それから〈帽子〉が、無造作に宙へ放り出されていく。

自然と手を伸ばしていた。

〈賢者の塔〉ですっ飛ばしたときは無事だったが、今回も壊れないとはかぎらない。冷静に考えれば、動かなくなったからといって酷く困ることはないのだ。せいぜい無駄に頭が重くなる程度である。むしろ、ポーシャの野放図な言動に悩まされなくて済む。旅の記録？　そんなものは、どうとでもなる。〈帽子〉を——幻燈種をわざわざ購う気などなかったのだから、当初の計画通りになったと思えば良い。

にもかかわらず。

私は自分でも信じ難い俊敏さでもって、床へ叩き付けられる寸前の〈帽子〉を掴み、我が身を呈して守った。他のものは、まったく眼中になかった。

〈帽子〉を抱きかかえたまま倒れ込んだ先にあったのは、隣の卓だ。背中から、肩も腰も頭も庇《かば》うことができずにぶつかった。私たちの卓と同様に、食器と中身が盛大に四散した——というのは後から気づいたことで、床に転がった私は、先ず〈帽子〉の無事を確かめることだけに気を取られていた。

ひと通り見たところ、破損や歪みはなさそうだった。錬成槽などの振動が手に伝わってくるほどだが、これは以前と同じく「脅威」とやらに対抗するための備えだろう。正常に機能している証拠だ。運が良い。もっともそれは、私のことではなくポーシャなのかもしれないが。

　安堵して立ち上がった途端、背中を強く突き飛ばされた。つんのめって数歩よろめき、また別の卓にぶつかって止まる。振り向くと、青年が私に摑みかからんばかりの勢いで詰め寄って来る。早口で怒鳴っているが、何を云っているのかさっぱり判らない。アヴァロン語だ。剣幕にたじろぎながらも、怒りの理由は推測できた。青年の体には、べったりとシチューの汁がついている。十中八九、私が卓にぶつかった拍子にぶちまけられたものだろう。不運な事故だ、というこちらの主張は言い訳にしか聞こえないはずで、私に残された策《て》といえば、誠心誠意謝るしかない。

「大変申し訳ありません。判っていただきたいのですが、決して意図的にしたことではなく——」

《合計六箇所の脅《合計七箇所の脅威が検出《合計八箇所の脅威が検出されました》
　抱きかかえたままの〈帽子〉の上で、ポーシャがまたしても私を遮った。しかも、今度はポーシャ自身も自らを遮っている。まるで何体ものポーシャがいるようで、それ自体が新手の悪夢じみていた。

「とにかく！　逃げて下さい！　説明はあとでしますから——できれば、ですが」

　私は青年へ必死に訴えた。が、後からよくよく考えてみれば、これでは言い逃れしているようにしか受け取れない。肝心なところで、いつも言葉の選択を間違えるのだ。三文作家の境遇から抜け出せないのは、こういう理由もあるのだろう。

後悔する隙もなく、左頬を激しい衝撃が襲った。何が起きたのかも判らず、ただただ床へ倒れ伏す。抱えた〈帽子〉を守るだけで精一杯だった。追い打ちをかけてきた理不尽とも云える痛みに呻きつつ、顔を上げる。少し離れたところで、先ほど詰め寄ってきた青年が睨んでいる。

彼に殴られた？――いや、そんな素振りは見せなかった。反対側に気配。振り返った。身を竦める。

男女十人はいただろう。私を見下ろしているではないか。彼らの脇や足元には、ひっくり返った卓、中身をぶちまけた木皿が散乱している。青年に突き飛ばされたときにぶつかった卓の客たちだろう。しかし、そんなに強くぶつかっただろうか？　と、ちらと思ったりもしたが、とても、そんな疑問を質す雰囲気ではない。ついでに云うと、私を取り囲む人たちは皆、それはそれは怒りに充ち満ちた形相だった。殺気立っていた。そこまで怒らずとも。と、宥めたくなるほどに。文化の違いと云ってしまえばそれまでだが、まるで舞台役者のごとき大仰さだった。

私は二足歩行を始めた亀さながらの格好で、のろのろと立ち上がった。殺気――もはや殺意と云ったほうが正しいか——の砲火を浴びながら。いかに鈍い私でも、これはさすがに身の危険を感じずにはおれなかった。他人に「逃げて下さい」などと勧めている場合ではない。

周囲に向かって愛想笑いを見せ——悲しいかな、この状況でも笑う以外に能がない——次の瞬間、身を翻した。〈帽子〉を小脇に抱え、ラグビー選手めいた姿で。ソーラス氏と拳闘家氏の諍いはどうなったのか。ウィスカさんはどうしてるのか。それらが頭の片隅をよぎったけれども、足を止めて確かめる余裕は皆無だった。

誰も手を触れていない卓が出し抜けに倒れ、行く手を阻む。横へ逃れようとすると、椅子が幾つも滑り寄ってきて足元を脅かす。一つ躱《かわ》し、次を押し蹴り、その次の座面に足をかけて乗り越える。ほんの僅か宙を渡る、その、翼なき身を嘲笑するシチュー入りの木皿が狙い澄まして顔面へぶち当たる。〈飛行術〉の実験に失敗したというイカロスよりもあえなく落下。ひっくり返ったところへ、無数のフォークが降り注ぐ。無我夢中で転がり——〈帽子〉を抱えながらの体勢でどうやったのか、いまだに思い出せないのだが——すんでのところで串刺しを免れ、床に突き立ったフォークの束を横目に跳ね起きる。出入り口はどっちだ？　見失った。こんな狭い酒場で迷子とは！　子供のように泣き出したい気分になる。

《支援《サポート》を開始《スタート》します》

不意に、ポーシャの抑揚に欠けた声が聞こえた。姿を探すが見つからない。レディ・モリガンの森の家のときと同じ状況なのか、それともまた別の反応なのか。まごつく間に、両手で抱きかかえていた〈帽子〉が熱を帯びていることに気づいた。錬成槽や極小シリンダーに触れている袖を通して伝わってくる——と云うより、これは。

火傷してしまう！

私は慌てて〈帽子〉を本来の場所、つまり頭の上に載せた。今度は熱さより、低い唸りと振動が間断なく感じられる。

《誘導《ガイド》に従って行動して下さい》

再び、姿なきポーシャの声。おそらく、私にしか聞こえていない声。

誘導《ガイド》？

訝しむのと、行く手を指し示しているらしい印《マーク》——人差し指を伸ばした手の形だ——が目前に浮かんだのは、ほぼ同時だった。

藁《わら》にも縋《すが》るとはこのことで、私は微塵の躊躇いもなくポーシャを信じた。周囲の様子を窺う余裕はない。ひたすら、指さす方へ動く。どこへ向かっているのかさえ判らなかった。右、左、と目まぐるしく向きを変え、卓と卓の間を縫い、何度か後戻りをし、あまつさえ鶏のように往復を繰り返したりもした。

驚いたことに、指示に従ってから物がぶつけられることも、行く手を阻まれることもなくなった。足を止めれば、その目前を皿が掠め、右へ曲がれば、その背後でスープが注ぎ落ちるといった具合だ。

無知な私でも、それがポーシャによる事前予測能力の結果だということは判る。しかしそれは、場末の〈帽子〉屋で摑まされた幻燈種にしては過ぎた性能に思えた。

周囲で同時発生する〈理法〉の種類・効果・範囲を凡て判別し、回避の指示を出すなど、よほどの高級品でも――。

《直進して下さい》

これまで黙々と進路を示していた〈帽子〉が、再び早口でポーシャの声を発した。人差し指を伸ばした手首が、滑るように前方へ移動するのを何度も繰り返す。

――走れ。

という意味だと直感し、兎を追う猟犬さながらに――あくまで私の主観だ。実際は亀のようだったとしても――示された先へと最後の力を振り絞った。窓さえない木の板へ向かって。不思議と疑問の欠片すら抱かなかった。

「わあああああああああ！」

自然と口をついて出た叫びを上げながら、壁へ体当たりを敢行する——寸前。行く手が熱気に包まれ、私が飛びかかると同時に壁は木片となって消し飛んだ。蹴破らんばかりの勢いだった私は、不意に障害物が失われ、つんのめるようにして店から出た。

ついに、出られたのだ。

どれほどの時間が経ったのか知りようもなかったが、外はすでに濃い闇だった。左右を素早く見渡す。似たような街路が夜の向こうへと続いている。

「や……宿は……」

どっちだ？ まごつき、絶望する。私はいったい、何度迷えば気が済むのだろうか。

ポーシャは沈黙していた。

〈帽子〉の唸りと振動が鎮まりつつあるようだった。疲れ切ったかのように。どうやら、宿までの道は教えてくれそうになかった。かといって、店の中へ引き返してソーラス氏とウィスカさんを探す勇気は——臆病者と罵ってくれたまえ——もはや逆立ちしても出てこなかった。

したがって、私に残された手段はひとつである。

店から遠ざかる、だ。それも、速やかに。

後ろも見ずに走り出した。一直線に。通りの反対側へ。店から追ってくるような気配はなかった。不思議と――いや、不気味なほど静かだったように思うが、逃げ出すことに必死だったので記憶違いかもしれない。

私が覚えていることで――なにしろ記録係のポーシャはまったくの無反応だった――明確《はっきり》としているのは、通りを渡りきって目の前の路地へと考えもなしに駆け込んだときのことだ。

突如、行く手に影が立ち塞がった。大きい。その輪郭だけで、私の足は竦んだ。よりによって、こんなときに。

時計塔男だ。

私もつくづく運のない人間だと思った。入った路地は一本道。引き返せば再び酒場の前。退くも進むも地獄。というわけだった。足は固まったまま。紙一枚でさえ入る余地を与えてなるものか、と地面にしがみついている。

「いったい、私が何をしたと云うんだ！」

時計塔男へ食ってかかった。哀訴した、と表現すべきかもしれないが。いずれにせよ、まともに動くのは口しかなかったのだ。膝の力はそこで完全に抜け、尻餅をつくようにへたり込んでしまった。結果的に逃げも隠れもできない状態になったせいか、絶望感に支配されるのを通り越し、自暴自棄めいた度胸が湧いてきた。身ぐるみ剝ぐなり気の済むまで痛めつけるなり好きにしろ、である。ポーシャの表現を借りるなら、文無し三流作家だ。失う物など何もありはしない。

　時計塔男の反応は、しかし、私の予想と覚悟を覆すものだった。

　歩み寄り、黙って私の腕をとって立ち上がらせ、さらに肩まで貸してくれたのだ。戸惑いながらもなすがままでいるしかない私に、彼はぼそりと云った。

「今夜のうちに、この町を出るんだ」

　返答に窮した。これは脅迫か？　この状況を踏まえると間違った解釈に思える。では、命令――いや、忠告？　彼――時計塔男は、私を助けようとしている？

　結論は、私を困惑、混乱させるだけだった。俄《にわか》に信じることなどできない。

「しかし……ソーラス氏やウィスカさんが心配しているかもしれないし、私も彼らが心配だ。一人だけで……その……逃げ出してきてしまったから」

　云いながら、次第に自分がとんでもない人でなしのような気がしてきた。親切な二人を見捨ててきたのだ。異国人を、この一文無しを快く助けてくれたというのに！　嘆き、項《うな》垂《だ》れかけたところで、はたと思い至る。

　そう。私は一文無しだった。

「それに、町を出て行こうにも手元不如意だ」

遠回しに断ったつもりだった。直截《ちょくせつ》に「断る」と云えなかったのは、察していただきたい。

私を半ば引きずるように歩いていた時計塔男が、懐から革袋を取り出した。そのまま、私の鳩尾《みぞおち》へ押しつける。硬貨の鳴る音がした。

「これで足りるだろう」

時計塔男が云う通りの感触があった。足りるどころではない。豪遊できるだろう。忠告を断る理由――あるいは屁理屈《へりくつ》――が、なくなってしまった。夜ではあるが、割増料金を払えば馬車を出してくれる店ぐらい探せるはずだし、ひょっとすると〈理法〉を使った移動手段も利用可能かもしれない。この思いつきには、我ながらかなり興味をそそられた。どうして、今まで気づかなかったのか。内心で首を捻ったが、なんのことはない、金がなかったからだと納得した。読者諸賢よ。旅に不慣れな私から、ひとつだけ助言しよう。初めての旅行には、お金をできるだけ持って行き給え。貧乏旅行は慣れてからのほうがいい。

黙り込んだ私の様子に、時計塔男が小さく息をついた。笑ったのかもしれなかった。

「芸術家というのは誰も彼も金の浪費が得意だと聞いているが、あいにく俺でもパンと紅茶は必要でね」

どうやら、私が金額に不服だと勘違いしているらしい。

「三つほど誤解があるようだ」

私は力の入らない歩みを続けながら自嘲した。

「第一に芸術家じゃない。作ってるのは、その対極にあるようなものだ。第二に浪費できるほどの金を持ったことがない。ゆえに得意でもない。第三に――」

手にした革袋を持ち上げる。

「このお金に不満はない。むしろ、十分すぎて怖じ気づいている」

ポーシャが聞いたら、嬉々として混ぜっ返してきそうだ。しかし、〈帽子〉は相変わらず辛うじて作動しているという程度で、ポーシャの囁き声すらしない。まさか、無意識に期待していたのだろうか？　囁きだろうが身振り手振りだろうが、ろくな言動をしないのは想像に難くないのだが。きっと次々と襲う状況に混乱しきっていたに違いない。

「あとで取り立てに来るとでも？　そういえば浪費と同じくらい借金を増やすのも得意だと聞いたな」

「それは概ね正解だ。だから、不安になっている」

「借用書は作ってない」

「言いがかりなら、幾らでもできるだろう？」

「信用がないな」

「信用ってのは、一朝一夕に得られるものじゃない。ましてや、これまでのこともある」

返しながら、私自身の胸が痛む。ポーシャなら、「大丈夫。聖書にも『自分の眼中にある梁は見えない』ものだって書いてある……うろ覚えだけど」などと皮肉のひとつも放ったに違いない。

「これまでのこと？」

時計塔男がわずかに訝り、それから小さく何度か頷く。腑に落ちた、という様子にも見えた。

「それじゃ、納得してもらうためにアントニーのように一席やろうか？」

「ブルータスの間違いでは？」

「……判ったよ」

時計塔男は、そこで完全に諦めてくれたようだった。

「宿へ送ろう」

そう云うと、私へ手を差し出す。財布を返せ、ということだ。むろん躊躇なく――誓って云うが、惜しいとは微塵も思わず――従った。

「その代わり、宿はいつでも発てるようにしておく」

時計塔男の口調は何気なかったが、こちらに拒否を許さぬ含みがあった。

私は「余計なお世話だ」などと突っぱねることもできず、「なぜ、そこまでして」と下手に訊くしかなかった。

時計塔男は黙々と歩き続けた。答えるつもりはないようだった。もとより、そんな義務もない。私も追及する気は湧かず、かといって、わざわざ別の話題を供する仲でもないので口を噤んだ。

「奢りだと思ってくれ」

時計塔男がそう云ったのは、夜風に小さく揺れる宿の看板が見えたときだった。先の問いへの答えだとすぐに気づかず、私は間の抜けた沈黙で続く言葉を待つしかなかった。

揺れる看板からきいきいと軋《きし》む音が聞こえる。素朴な作りの玄関扉を照らすのは、もはや見慣れた感のある〈理法〉の灯りだ。

私の沈黙を、時計塔男がどう受け取ったのか判らない。ただ、続いた言葉には、厳《いか》つい風貌らしからぬ冗談めかした響きがあった。

「一読者からの奢りだと、な」

またしても黙るしかなかった。声を呑んだ、と云うべきか。

まさか――彼が私の後を尾行《つけ》まわしているのは、それが理由か？　熱烈な読者の行き過ぎた行動というのは、何度か耳にしたことがあった。熱烈どころか普通の読者の存在すら疑わしい私には、迂遠な自慢話にしか聞こえなかったが。なるほど。これは、些か迷惑な話だ。

時計塔男の真意を量りかねているうちに、宿の前に辿り着いていた。路上からちらりと見上げたソーラス氏とウィスカさんの部屋は、暗いままだ。まだあの食堂にいるのだろうかと想像し、後悔の念が胸を衝く。

そうしている間にも、時計塔男は先ほどの言葉通り宿の支払いを済ませ、私に一瞥もくれずに去っていった。礼を伝えていないことに気づき、すぐに外まで追いかけたが、あの長軀の影すら見つけられなかった。

その日は、とにかく次から次へと災難が降りかかってくる日だった。

逃げ込むようにして部屋へ戻り、一向に反応を示さないポーシャに一抹の不安を覚えつつも、寝台《ベッド》へ身を投げ出さずにはおれなかった。

気づけば眠りに落ちていた――いや、むろん、気づいたのは寝入ったときではなく、再び目が覚めたときだが。（こういうもってまわった表現が、「無駄な文章で水増ししている」と批判される由縁なのかもしれない――そして、こうやって書き連ねてしまうことも

該当するのかもしれない――が、決してその意図がないことを念のためお断りしておく）

疲労で体は若干重かったが、頭は確然《はっきり》としていた。外は暗い。どれほど眠っていたのか。正確な時間は知る由もなかったが、夜明けはまだ遠いと直感していた――驚くなかれ。これは後で正しかったと判明する。道を選ぶこと以外には、私の五感もそこそこまともに機能するのだ。

小さな机に置いた〈帽子〉へ目をやるが、ポーシャの姿はなかった。試しに呼びかけてもみたが、やはり静かなままだ。

もう一度眠るには熟睡しすぎたようで、寝台を降りた。喉が、ひどく渇いていた。水を、と小机の硝子コップを手にする。並べて置かれている陶器の蓋を開けると、硝子製のような玉が十個ほど。これは見たことがある。二度目だ。玉を一つ摘み、硝子コップへ落とす。ぴしりと罅が入り、たちまち澄んだ水が七分目ほどまで現れた。些細なこととはいえ、こういった〈理法〉的小道具を使いこなせると、ちょっとしたアヴァロン通の気分である。

「君、気をつけたまえよ。それは飴玉じゃあないぜ。食べないほうがいい。口の中が洪水になって、溺れたくなければね」

そんな忠告をする自分を仄暗い部屋で演じつつ、水を飲む。危うく死にかけるほど飲んだ清流にも負けない味だ。そのうえ私のような〈理法〉の素養のない者でも使えるのだから、これほど便利な物もない。今のままでは脆《もろ》すぎるが、もう少し改良すれば輸出品として十分に成り立つのではなかろうか。いっそ、自分で輸入する手もある。ロンドンで「理法水」屋を開業するのも手か。どう考えても今の作家業より儲かる気がして複雑な気分になるが。

ともあれ、〈水玉〉に限らず、〈理法付加品〉は商品として売れるものが多いな、などと考えながら、何気なく上着のポケットに手を入れた。指先に硬い感触。握ると、四角い小箱だ。小型熊氏から貰っていたことを思い出す。人を目がけて投げると、紐に変じて足に絡み付く代物。これを使えば、あの食堂の騒ぎからも、もう少し早く逃げ出せたのだろうか。

思いがとりとめなく巡る。窓辺に立つと、左方――つまり隣の部屋から灯りが漏れていることに気づいた。ソーラス氏、ウィスカさんが帰ってきているらしい。今更ながら、月も陽も昇っていないのに部屋の中が薄ぼんやりと見渡せる理由《わけ》が判明した。隣からの灯りのせいだったのだ。

私は少しばかり逡巡したのち、〈帽子〉をかぶった。訪問に相応しい時刻なのか判らなかったが、食堂の騒ぎについて弁解というかお詫びというか、ともかく一言なりとも伝えておかねばと思ったのである。

そっと部屋を出て——くどいようだが時刻が判らなかったからだ。そもそも戸の開け閉《た》てで激しく音を立てるほど不作法なつもりもないが——隣へ行き、敲戸《ノック》をしようとした寸前、内からの声に手を止めた。声がしたこと自体は不思議ではないが、どうやら言い争いをしている。

どうする？　あえてこちらの存在を知らせれば、おそらく中の二人は一時休戦となるだろう。もしかすると、そのまま冷静になって諍いは終わるかもしれない。

しかし、逆に火に油を注ぐような事態になったら？　言い争いが先刻の食堂のことで、先に一人逃げ出した私が原因だったら？　いや、それなら尚のこと最初の考え通りにお詫びも兼ねて話に入っていくべきだろう。「誠実さ」というのは、そういうことだ。判っている。ただ私は——読者諸賢の軽蔑は甘んじて受けよう——臆病者でもあった。敲戸を躊躇った。聞こえてきた内容が、どう考えても自分のことを指していると判ったうえで、乗り込む勇気はなかった。

「——だから、さっきの茶番で判然《はっきり》としたでしょう？　それとも、〈賢者の塔〉の件も付け加えたほうがいい？　わざわざお金で男の子を雇った件を」

ウィスカさんの声——だが、私は話が奇妙な方向へ逸れていくことに訝った。「さっき」というのは食堂の件だろうが、しかし茶番というのは？　それに男の子？　私に

「〈賢者の塔〉で石版に触るなと忠告した」少年のことか？　雇った？　そういえば別れ際の彼は一寸《ちょっと》ばかり首を傾げるような言動をした。

「あの男は作家――ただの作家――ただの自称作家にすぎない」

ウィスカさんの苛立った声は続く。なにも、二度も言い直さなくとも。確かに一流どころか、やっと本を出した経験があるという程度の「ただの」作家だし、碌《ろく》に作品を発表できないので「自称」と大差ないが。

「たぶんそうだろう。だから『さっさとあの蒸気錬金式幻燈機を奪ってしまえ』という君の意見も理解はできる」

ややうんざりした口調のソーラス氏。奪う？　蒸気錬金式幻燈機――この〈帽子〉、つまりはポーシャを？

「まだ理解してないようね。わたしは奪えなんて云ってない。破壊しようと云ってるの」

声をあげそうになった。慌てて両手で自分の口を塞ぐ。何かの聞き間違いではないかと思った。しかし――。

「破壊は許可されていない。もちろん奪うことも。命令は、できるだけ性能を暴いて記録せよ、だ。いい加減にしてくれよ。昨日今日この仕事に就いた新人じゃあるまい？」

「新人じゃないから云ってるの。わたしたちなら柔軟に対応できる。その権限も与えられている」

「ああ。確かに権限は与えられている。だが、行使する条件を満たしてるとは思えない」

「十分満たしているでしょう？　あれを放置するのが、アヴァロンの国益に反しないとでも？」

「放置しているのであれば、君の云うことが正しいだろう。でも、俺たちは放置しているわけじゃない。監視しているし――いいか、ここが重要だ――この状態こそ、上からの命令だ」

「上？　元はあなたの発案と聞いたけど？　『泳がせておけば工作に関連する情報をより多く引き出せる』と。〈帽子〉の性能云々はおまけだって」

「情報は可能な限り引き出す。教え込まれた諜報の基本に従ったまでだ。忠実にね。だから上も――一番上も、納得して正式に命令した」

　きっぱりとしたソーラス氏に、ウィスカさんの反論はない。

「それを無視して、自分たちの権限を行使するほど緊急性は感じないね」

　これで話は終わりだとばかりの調子で、ソーラス氏。

「無視したら昇進に響く。と聞こえるけど？」

　ウィスカさんの冷ややかな口ぶりには、すぐさま短い笑いが答えた。

「下手な挑発だね。乗る気も起きない。むしろ、似つかわしくない真似までして強行しようとする君の意図を勘繰りたくなる」

「お好きにどうぞ。それとも、『あの自称作家を始末してでも破壊したい』って付け加えておいたほうがいいかしら？」

「……聞かなかったことにしておくよ」

ソーラス氏の軽口めいた声。そうすることで、この遣り取りがこれ以上深刻になるのを避けるためだろう。

しかし、私にとって冗談では済まない。「始末してでも」だ。あの優しげなウィスカさんの言葉とは信じたくなかったが。

私は、敲戸しかけたまま宙に凍りついていた手を、そっと下ろした。中途半端な姿勢で固まっていたせいか、肩の辺りが少し強張っていた。忍び足でドアから離れ、そのまま一階へ通じている階段へと向かった。部屋には、戻らなかった。

親愛なるT・S氏へ

この手紙を貴方が読んでいる頃、私はすでに異国の土となっているかもしれません。大変な、しかし不可解極まりない事態に巻き込まれてしまいました。孤立無援です。

おまけに金も荷物もなく、辛うじて、偶々貰っていた便箋で、この手紙をしたためています。〈理法〉便箋なのですが、それゆえに、どれほど書けるのか判りません。訊いておけば良かったな。あっ。こんな呟きまで。ああっ。また。ええと、つまりその、正確には書いているのではなく喋っているのですが。なかなか難しいな。本来ならどういう経緯でこの手紙を遺すに至ったのか詳しくお伝えしたいのですが、便箋の扱いに不慣れなのと、余裕がありません。命を狙われています。どうして。どうして、こんなことになったのか。くそっ。あ、しまった。失礼。兎に角、どうしたらいいのか。三文作家の私が紀行文を書こうなどという計画は無謀だったのでしょうか。いや、そもそも、作家でいようと足掻くこと自体が間違いだったのか。判らなくなりました。すみません。手紙の体をなしていませんが、このへんで。どうかお元気で。益々のご健筆を遠くの空からお祈りしております。さようなら。

祝宴

葉の便箋を深緑色の差出箱《ポスト》――と思われる路傍の円筒物――に投函した後は、歩くことしか、私には残されていなかった。

それしかないので歩いたのであり、決して確固たる強靱な意志で成し遂げようとしたわけではない。むしろ、ずっと項垂れていた。ゆえに、このときの記憶は暗い夜明け前の地面ばかりである。何もないところで幾度も蹴躓いた。

そして、道に迷った。

なにしろ、スミス氏から渡された駅から村までの地図はポーシャが現れないかぎり見ることができない。そもそも地図があれば迷わなかったのか？　という問題もあるが。

まあ、いつものことさ。と、乾いた自嘲が洩れた――いや、ここで気取っても無意味だろう。嘆息だったと正直に告白しておく。ついでに本音を云ってしまえば、私だって迷いたくはない。迷わず目的地へ辿り着ける人が羨ましい。近道を見つけてしまうような人は、もっと羨ましい。正しいと思って進んだら、いつも見当違いの所に着いて、「これも経験だ」などと知ったふうな言い訳をしないと心の平静を保てない自分が情けない。けれども、どうしようもないではないか。そんな人間だって歩いていかねばならないし、自分で道を選びたいのだ。

気づけば、自分の前に影が伸びていた。夜明け——ということは、西へ向かっているらしい。道に迷ってはいたが、方角だけは正しかったということになる。珍《ひ》しいな。と、他人事《とごと》のように思った。

影は頼りなく弱々しい動きで、しかし常に前を歩き続ける。その姿が次第に目障りになり、無性に腹立たしくなった。踏みつけてやろうと——まったくもって馬鹿な話なのだが、このときは少々おかしくなっていたのだ——しばらく大股で影を追った。道が正しいかどうかなど二の次で、自暴自棄めいた勢いのまま突き進んでいた。一歩ごと足を不必要に上げ、ばたんばたんと土埃を立てている姿は、傍目には奇妙に映ったことだろう。私なら見て見ぬふりをする。

であるから、通りすがりがわざわざ声を掛けてきたのは好奇心だったのか、単にその人物がお人好しであるのか、判然《はっきり》としない。

私は、足を止めなかった。何を云われているのか、聞き取れなかったせいだ。アヴァロン語だったと思う。一瞥し――荷馬車に乗った青年だった――それから、初めてしっかり前を見た。

道は、ほぼ真っ直ぐに延びていた。それまで気にも留めなかったが、低山地帯らしい一見して判る傾斜だ。路面は踏み固められてはいるものの、轍《わだち》や窪みの凸凹がところどころにある。先はさらに高い丘へと続き、登り切った向こうへと消えていた。丘の涯《はて》からはひっきりなしに刷毛《はけ》ではいたような雲が流れ出てきて、これがロンドンなら錬成工場でも隠れているのではと思うところだ。道の左右には麦穂が広がり、漣《さざなみ》を作っている。

呆然と周囲を眺めていると、再び声があった。荷馬車の青年だが、やはり何を云っているのか判らない。ただ、いつの間にか自分が足を止め、佇んでいることには気づいた。

「申し訳ない。アヴァロンの言葉は知らないんだ」

「英語《イングリッシュ》？」

そう訊いた青年は、しばし宙を睨んでから私へと向き直った。

「こんにちは。んなとこで何してる？　――通じてる？　おいらの言葉。××（筆者注・聞き取れず）を使うの久しぶりだから自信ないんだ」

「ええ。通じてます。良かった。英語の話せる人で。助かります」

私の言葉に青年は怪訝な表情を浮かべた気もしたが、構わず話を続けた。

「何をしているか――旅行中です。ロンドンから来ました。ええと……今は西へ向かってます。儀式を見物するために。いや、この道が間違っているのは判っています。なんというか、その、慣れているので」

「ああ、うん」と青年が理解したようなしていないような曖昧な顔で頷く。早口では聞き取りづらかったのかもしれない。

「道に迷ってると判ってんなら、正しい道に戻りゃいいだけだ。地図を見るなり、人に訊くなりして。明日までは儀式は逃げも隠れもしねえ」

それからにっと歯を剝《む》くように笑って見せた。

「なんなら、儀式だって必ず見なくちゃならねえってわけでもない。だろ？　儀式を見られなかったからって、あんたの旅が失敗ってわけじゃあるめえ？　アヴァロンにゃ他にも見るもの一杯あるぜ」

青年の語りに、私はおそらく道化のような間抜け面をしていただろう。脳裏に蘇る。突風のように。アヴァロンに着いてからのことが。

赤い髪。丸い屋根。幻燈種のいない道。突如現れる〈賢者の塔〉。少年の作った幻。水の玉。汚穢を吸い込む石。硝子の中の灯光。澄んだ小川。燕麦粥《ポリッジ》。緑の隧道《トンネル》。羊肉のシチュー。アップルクランブル。村ご自慢の麦酒《エール》。夜空を埋め尽くす星。おそろしくのんびり進む荷馬車。話の通じない老人。旅に憧れる村娘。飛び交う切符。自ら閉じる汽車の扉《ドア》——。


「どした？」

青年の、やや不安げな表情に愛想笑いをして、再び立ち尽くしていた道の先へ目をやる。

私は、この道を進んで行っても構わないのか？

こう見えても、ちゃんと〈更新〉されていたのか？

ちらりと希望めいた思いを抱くが、それには問題があることに気づいた。少なくとも、今回は、このまま迷っていてはいけない。

「約束があるんです。儀式のある町で、知人と落ち合うことになっている」

「そうか。約束は大事だな」

青年は大きく頷いた。

「約束を守るのはもちろんだが、約束を交わせる相手がいるのは幸せなことだからな」

そこまで大仰に考えたことのなかった私は、虚を衝かれた。しかし、確かに互いに信用していなければ約束などしない。せいぜい、反故《ほご》にされても支障がない程度の事柄にするか、さもなくば担保をとる。肉十ポンドだ。

「貴方の仰る通りだ。ひょっとして、どこかで哲学でも？」

「これが哲学なら、うちの村は哲学者の村になっちまうな」

　青年はそう云って大笑した。

「それで、この哲学者様に教えを乞うかい？　ちなみに、一番得意なのは道案内だ」

「是非」と私は冗談めかして、彼に促されるまま荷台へと乗り込んだ。腰を落ち着けてから、一抹の不安を覚える。

「ああ、その、申し訳ないけど……事情があって今は一文無しで……」

なんらお礼ができないことを、前もって伝えておくのは重要だと思った。また痛い目に遭いたくない。私とて多少の学習はするのだ。

「遠くからアヴァロンまで来てくれたことに免じて、授業料は只《ただ》にしておくよ」

　青年はどこまでも心が広い。

「荷物は盗まれたのかい？」

「いや……不注意で前の宿に置き忘れただけです。盗まれるなんて。ここはロンドンに比べたら平和そのものだ」

「そりゃあ、大都会の人の目には平和に映るかもしれんが、ここだって悪さをする奴はいるぜ」

　私を振り返った青年は、あの、歯を剝き出すような笑みを浮かべた。

「俺の祖父《じい》さんが云ってたよ。昔、天然……自然？　ナントカ派とかいう人たちが〈円環〉について学びたいと沢山やって来たけど、みんな俺たちのことを聖人君主みたいに扱うと。『立ち小便しても、何か深い意味があるんじゃないかと議論してた』そうだ。祖父さんが茶目っ気というか意地が悪いというか、そういう奴を調戯《からか》うことに熱心な性質《たち》でな。食事のときに皿の中を凝っと見つめて『太陽……月……星々……』なんて呟いたり、夜空を見上げて『大地の鏡よ！』とため息をついてみたり。その度《たんび》に勝手に理屈をこじつけて有り難がってたとさ。こいつは大事な教訓を孕《はら》んでる。迂闊に年寄りを信じるな？　違う違う。答えは、自分の願望で他人を見るな、だ。自然ナントカ派の連中が祖父さんの下らねえ芝居にコロッと騙《だま》されたのは、『こうあって欲しい』という手前勝手な目で見たからなんだよ。判るかね？　貧乏学生君」

長広舌に圧倒されながらも私は大きく頷いた。彼の言葉には「哲学を学んだのか」と訊ねた私のことも含まれる。

「ちょいと驕《おご》っちゃいないかね？」

と、やんわり諭された気がした。いや、こう捉えることも、もしかすると尊大なのかもしれない。

「興味深い話です。とても、その……考えさせられる」

「そうかい？　やっぱり授業料を貰ったほうがいいかな。いや、実はちょっとばかし手伝って欲しいことがあるんだ」

「私にできることなら」

「できるさ。簡単だ。結婚式に出るだけだから」

　気軽に言い放った青年の言葉に、私が身を強張らせたのは云うまでもない。


　荷馬車でうつらうつらしているうちに、丘を越えていた。見晴らしの良い瘤《こぶ》のような山間を行くと、小さな村が手品のように現れた。ささやかながらもお祝い事に相応しい明るさが、村の人々の顔に輝いている。

　青年が村の人々と談笑しながら――内容は判らない。アヴァロン語だ――私のほうを手で示した。そのたびに全身全霊を傾けて人畜無害な笑みで応じつつ、どうか昨晩のような羽目に陥ったりしませんように、と心の裡《うち》で念じ祈る。もちろん、くどいほど青年には繰り返し伝えた。「私は一文無しで、酒を奢る金もない」と。しかしながら、彼は「判った判った」ととろくに耳も貸さずに受け流すばかりだ。

　一軒の慎ましやかな藁葺き屋根の家に招き入れられた。玄関をくぐってすぐ、中に集まった人々の視線が一斉に私へ向けられたときの恐怖ときたら！　無数の銃口を突きつけられたようだった。生きた心地がしない。どうやって、この場を穏便に立ち去るか。そればかりを考え続けた。しかし妙案は欠片も浮かばず、むしろ心が千々に乱れては水蒸気のように漂う。残るは命乞いめいた愛想笑いのみである。

「良いところに来なすった」

白く長い顎鬚《あごひげ》の、いかにも村の知恵者然とした老爺《ろうや》が私の前に立った。風貌のためか随分と高齢のように思えたが、眼光は鋭く、ただ目を合わせるだけでもこちらを萎縮させる迫力があった。実は十二人いるという「賢者」の一人で、世を忍ぶ仮の姿だったのではないかと、これを書いている今でも疑っている。

「さあさあ。どうぞこちらへ」と、村の賢者氏はおもむろに私の腕をとった。隙あらば逃げ出そうという考えを、たちまち粉砕してしまう握力に戦慄《おのの》く。絶望の嘆息が、幸か不幸か「ははは」という笑い声に似た音になった。泣きたかった。

踏み固められた土の床へ直に色鮮やかな絨毯《じゅうたん》が敷かれ、そこで車座になっていた村人たちが、わざわざ私のために場所を空けてくれた。断頭台に跪《ひざまず》く心境で腰をおろす。丁度、真正面に着飾った若い男女がいた。外国人の私でも、彼らが新郎新婦なのは一目で判る。気の利いたお祝いの言葉でも贈ることができれば良いのだが、呻吟《しんぎん》の挙げ句に駄文を連ねる三文作家には難しかった。

「このようなお目出度い席にお招きいただき、その……ありがとうございます」

面白味のない礼を述べつつ、一座の左右に視線を走らせる。幸い、昨夜の拳闘家氏のように屈強な人は見当たらない。喧嘩を吹っ掛けられないよう細心の注意を払い、この苦境をやり過ごそうと神経を張りつめる。

その、警戒心の塊となった私の前に、硝子の杯が置かれた。

来た——と、全身が緊張で硬直する。さあ、どうやって皆を怒らせずに事情を説明するか。時間稼ぎは得策ではない。端的に。弁舌爽やかに——そんな芸当ができるのなら、ここで悩んだりしない。

〈帽子〉は淡々と微かな錬成を続けており、ポーシャが現れる気配はなかった。助けは期待できない。

隙を衝いて走り出す？　いっそ車座の中央に身を投げ出し、奇声をあげながら服を脱ぐのは？　呆気にとられているところで脱出するのだ。大英帝国の品位を貶《おとし》める振る舞いだと、お怒りの読者もおられよう。だが、ここは想像を逞しくしていただきたい。追いつめられた状況で、この私に、他にどのような策《て》を打てたかと。それでも憤る御仁には、この一言しか返す術がない——クソ食らえ。

失敬。汚い罵りが口を衝くほどに、二進《にっち》も三進《さっち》もいかなかったのだ。もはやこれまで。

意を決して真ん中へ身を投げようとした。

「さ。どんどん飲《や》ってくれ」

青年が、私の決死の覚悟を遮った。陶製の瓶《フラスコ》を目の前に持ってくる。理解できずに戸惑っている私の顔を覗き込む。

「もしかして、酒は呑めないのか？」

「いえ。呑めないわけでは……弱いですが」

「無理することはない。外からの客人へ、祝宴に並んでいるものを振る舞うことができればいいんだから」

「振る舞う？　私に？　私が、あなた方に振る舞うのではなく？」

「なんで、余所者《よそもの》のあんたが俺らに振る舞わなけりゃいけないんだ？」

青年が心底、不思議そうにした。何事か口中で呟き、さらに訝る。「俺の言葉、通じてるよな？」と再確認してきた。続く「ちゃんと訳されてるはずだが……」という呟きは、やや意味不明だったが意思疎通に問題はない。

「勿論！　勿論、通じていますよ」

私は慌てて何度も頷いて見せた。それから昨晩の一件――結婚のお祝いに酒を奢るよう求められたが無一文なので応じることが出来ず怒りを買ってしまった――を手短に説明した。

わず一行余りの顚末《てんまつ》を話す間に、村人たちは互いに顔を見合わせ始めた。私の英語は判るようだが、二言三言囁くように交わす言葉はアヴァロン語だ。

「そんな仕来り、聞いたことがないな」

青年が皆を代表する形で私へ告げた。

「お前さん、詐欺にでも遭ったんじゃ？」

そうなのだろうか？　しかし、詐欺だとすればソーラス氏やウィスカさんが気づいたのではなかろうか――まさか、気づいていたのに黙っていた？　いや、それも妙だ。詐欺に加担する理由が判らない。

呆然と無言でいると、青年が私の前に置かれた硝子の杯をわざわざ手渡してくれた。

「ま、アヴァロンも狭そうに見えて広いからな。方言もあれば、風習の違いもある。怒り出した奴は、こっちの地方の生まれじゃないのかもしれないな」

「なるほど。そうかもしれません」と、私は自らを強引に納得させた。そうでもしなければ疑心暗鬼がとめどなく続きそうだった。

「そういうわけだから、改めて」

青年は、私の手にある杯に茶色っぽい液体を注いで云う。

「好きなだけ飲み食いしてくれ」

私は目の前の青年、それから一座の村人たちを見た。皆、微笑を浮かべてこちらを見つめ返してくる。期待の眼差しだ。若い新郎新婦は緊張すらしているようだった。そうだろう。私が機嫌良く飲み食いすることで、二人の聖なる婚姻はより祝福される——らしい——のだから。これはこれで責任重大ではないか。

「ありがとう。若いお二人の新しい生活と、この村の未来を祝福して」

覚悟を決めた私は酒を一気に呷《あお》った。林檎酒？　しかし、やたらと濃い。雑味も多い。首府の酒場で味わったものに比べると、かなりのくせがある。しかし、異国の酒でありながらどこか郷愁を誘う味でもあった。腰を据えて飲むには丁度良い。なるほどこういう宴席には向いている。

安心したのも影響したのか、よせば良いのに間をおかず再度満たされた杯も二口余りで干してしまった。新郎が喜んで三杯目もすぐに注いでくれる。大皿に載った羊肉やパン、ジャガイモなどが座の中央に所狭しと並べ置かれていく。しかも置く前に必ず「食べなさい。取りなさい」と勧めてくるので、皿で埋め尽くされたときには早くも満腹に近い。皆に促されて新婦が立ち上がった。ちらりと若き夫を見て少しはにかんだ笑みを浮かべると、その唇から優しく高い声が舞うように零《こぼ》れ出る。歌だ。例によってアヴァロン語のため、残念ながら意味は判らない。歌が終わると、再び酒が振る舞われた。四杯目。村の賢者氏が何事か云い、座が笑いに包まれた。また酒が注がれた。五杯目。老婦人が抑揚の効いた一節《ひとふし》を披露すると、皆が神妙な顔つきで頷いた。おそらく、格言なり箴言《しんげん》なりを引いたのではなかろうか。また杯が満たされた。六杯目。新郎と歳が近そうな若者がお道化《どけ》た調子で短く語る。再び座に笑い。今度は笑いすぎて涙を拭うご婦人もいた。相当に面白く可笑しい冗談だったに違いない。相変わらず微塵も理解できないのは勿体なく思えたが、それでも皆の明るい笑顔を眺めているだけでも幸せな心地になる。それから、酒。七杯目。続いて新婦と同じ年頃の娘さんが、布製と思しき物を贈っていた。前掛けのようにも見えたが、よく判らない。感激した新婦が娘さんと抱き合い、その様子を微笑ましげに皆が見つめた。またしても、酒。八杯目。新郎新婦が私のところまで膝を詰めた。交互に礼を述べ——これは英語だ。少々訛りが強めだったが——握手を求められた。最初の挨拶同様、生《あい》憎《にく》と独り身な上に人生の成功とはほど遠い私には助言の一つも浮かばない。「君たちが羨ましいよ」と、正直という美徳を発揮するのみだ。優しい新婦からは慰めとも励ましともつかぬ言葉を賜った。曰く、貴方も良い伴侶に恵まれますように。酒。二人からの分で二杯。計十杯目。この辺りから記憶が怪しい。

兎に角、座の誰かが何かをする度、酒が回され注がれ干された。さほど眠っていないうえに夜明け前から歩き続けていた疲労、加えて緊張からの解放が、猛烈な睡魔の手引きをした。調子よく語っていた、あるいは調子外れの歌を披露していた——もしくはその両方——というのが、沈没前の最後の記憶だった。

儀式の地で

目覚めたのは寝台《ベッド》の上だった。

天井の梁を呆《ほう》けたように見つめること暫《しば》し。自分が酔い潰れてしまったことに気がついた。部屋には陽が差し込んでいる。今は何時か——いや何日か。森で倒れたことを思い出し、飛び起きた。まさか儀式を見逃してしまったのでは。と、焦燥に駆られたところで思わず両手で頭を抱える。痛い！　二日酔いだ。吐き気もした。脇卓へ手を伸ばす。小箱を開け、硝子コップへ〈水玉〉を落とし割る。ひと息で飲み干した。頭痛が酷かったとはいえ、一連の動作を自然にやってのけた私は、意外とアヴァロンに馴染んでいたのかもしれない。

もう一杯用意したところで、〈水玉〉入れの横に、小さな包みがあることに気づいた。摘み上げて、それが大きな葉を畳んだものであると知る。手触りから、中には小さな物が入っているようだった。

「なんだこれ？」

《薬。二日酔い用》

「へえ。そいつは有り難い」

早速、包みを開こうとして頭痛を忘れるほど驚く。

振り向くと、ポーシャがいた。

寝台の反対側からひょっこり顔を覗かせて、両手で頬杖をついている。

「ポーシャ？」

《そう見えるなら、貴方の目と頭は正常。天変地異の前触れかも》

「間違いなくポーシャだ」

大いに頷いたが、続く言葉が出てこない。今まで何をしていた。何処へ行っていた。と訊くのは愚問だし、何より頭痛が考えを邪魔する。ひとまず薬だ。木の葉の包みを開く。

「よう！」

小さな青年が掌の上に現れる。驚いて落としかけた。村娘さんも使った〈理法〉の手紙の応用だろう。

「目が覚めたか？　結婚式に参加してくれてありがとよ。みんな喜んでた。あんたの旅が良いものになることを祈ってるよ」

一方的に——当たり前だが——喋ると、出現と同様の唐突さで消えた。包みの葉に残ったのは黒い丸薬が三粒。顔をしかめてしまうほどの臭いが立ち上ってくる。飲むのは、かなりの勇気を試される。

《どうしたの？　兎の糞だった？》

いつの間にか、私の肩越しにポーシャが覗き込んでいた。アヴァロンへ向かう船中を思い出す。あのときは船酔いだったが、これ以上、尾籠な話に繋げないよう無視して進路を変える。

「さっきの青年は何処へ？」

《貴方をこの宿に放り込んで帰ったけど》

つまり、私が酔い潰れた後でポーシャは再錬成したらしい。「そうか」と頷きかけて首を傾げる。

「宿？　ここは宿屋なのか？」

《三文作家の貴方には馬小屋のほうが相応しいのにね》

完全に平常を取り戻したポーシャに反論したいが、とにかく頭が痛い。コップを手にし、一息に丸薬を飲み下す。鼻から抜けた臭いが包みを開いたときよりも強烈で、気が遠くなりかけた。比喩ではない。何十種もの薬草をそれぞれ聖ポール大聖堂の大鐘一杯に集め、蒸気錬成した結晶ではないかと本気で思った。

吐き気を堪えつつ、新鮮な空気で体を換気するために窓辺へと立つ。硝子戸を開けて広がる下界――二階だった――の光景に、しばし呆然とした。

人が行き交っていた。地面が見えなくなるほどの、人が。

色とりどりの一張羅と思しき服、あるいは染めた頭髪が、ゆったりと波打ちながら川のように流れていく。荷車を牽く馬でさえ、たてがみや尾に鮮やかな紐飾りを結び、橙や黄色を基調にして刺繡を施した旗のような布を胴に巻いている。

窓から少し身を乗り出し、通りの左右も見渡してみた。煉瓦壁、二、三階の建物が並んでいる。左手は、やや登っているようだ。緩やかに曲がり、視界は通り沿いの建物に阻まれるが、屋根の向こうには緑の塊が覗いていた。なだらかな山の斜面に町並みがあることを教えてくれる。

はて。結婚式に飛び入り参加した村に、これほど多くの家があっただろうか？　訝り、根本的な勘違いをしていることに気づく。

「ここは、何処だ？」

《聞いてびっくり。なんと、宿屋》

「それは、さっき聞いた」

《良かった》とポーシャがすかさず切り返す。
《記憶力だけは、まだ微かに望みがあるみたい》
「それじゃあ、その望みがありそうな頭に蓄えておくから教えてくれ。ここは何処、何処の宿屋だ？」
《何処の？　それはもちろんアヴァロンの——まだ最後まで云ってないからね》
茶化すのは無しだ。と、釘を刺そうとした途端に先回りして制された。私が露わにした苛立ちの表情を読み取ったかのようだった。
《アヴァロンの、北部の——ここからが佳境》
ひょっとすると本当に表情を読み取っているのでは——いや、まさか。いくら私が疎いとはいえ、そんな幻燈種など聞いたことがない。
《低山地帯の——アレート村》
「本当に？」
《ここまで貴方を運んでくれた人と、蜥蜴に飲まされた地図が間違ってなければね》
後者はアヴァロンに入国直後、スミス氏から貰ったものだ。
「荷物！　私の鞄！」
すべて把握した途端、届けてくれるよう頼んでおいたことを思い出し、部屋の隅々まで視線を走らせる。ない。まだ届けられていないのか？　村娘さんは首府の小型熊氏に会えなかったのか？　まさか、村娘さんに何かあったのでは？

「いや、落ち着け落ち着け。まず、鞄だ」

より大切なのは中に入っているはずの旅費だが。いずれにせよ、鞄の所在を確然《はっきり》とさせれば、小型熊氏の動向や村娘さんの安否の手掛かりぐらいは摑めるだろう。

「部屋になくても帳場《フロント》で預かっているかもしれない。それに……そうだ。スミス氏は？どの部屋か訊けばいいじゃないか」

《ここで？　鞄はないし、蜥蜴の飼い主の部屋も判りっこない》

「なんで、そう断言できる」

《だって、教えて貰ったのとは別の宿だもん》

あっさりと返されて私は言葉もない。青年に、儀式を見物するためにアレート村へ行くとは言ったが宿の予定までは伝えていない。

《そもそも、スミス氏と同じ宿に泊まれるとでも？》

呆れ果てたとばかりに追い打ちが来る。

《今夜は儀式。アヴァロン中から人が集まる日。どこの宿も人で一杯。部屋が確保できただけでも奇跡》

わざわざ脚韻を揃えてきた。真面目なふりをして調戯《からか》っているのかもしれない。

「判ったよ。それじゃあ、スミス氏の宿まで行こう。ここの位置と地図があれば私を連れて行けるはずだろう？」

上着の袖に手を通した私は、〈帽子〉を取ってはたと気づく。痛くない。頭が。嘘のように頭痛が消え失せている。レディ・モリガンなどの「森の賢者」だから薬が作れるのだと思っていたが、それに匹敵する物が一介の農夫にもできるとは。

大量に作ってロンドンで売れば大儲けだろう。しかし、そういった商売気を抱かないところがアヴァロンらしさなのかもしれない。

《任せといて。他のこと全部忘れても、それだけは忘れずに連れて行ってあげる》

「君の本来の役目は、私が紀行文を書くための記録補助じゃなかったか？」

《記録係と道案内、三文作家の貴方にとってどっちが有意義？》

後者だ。咄嗟に反論できない。迷ったときに迷った場所で迷った状況を楽しむ余裕など、私にはない。ましてや、それを魅力的な紀行文に仕立てるなど。「迷ったからこそ今の自分があるのです」と云えそうな将来の展望も皆無だ。

実際的にも、比喩としても、道に迷って人生の滋味なんぞを噛みしめるにはほど遠い身分なのである。

「鞄の中には紙とペンがあるんだ。せめて、それが戻ってくるまでは道案内以外も覚えておいてくれ」

消極的な提案をしつつ、私は部屋の扉を開けた。

「おっと」

声があがった。お道化たように一歩下がったのは、誰あろうスミス氏だった。私が目を丸くしていると、提げている草臥《くたび》れた鞄を笑顔と共に差し出してきた。

スミス氏に会う。

届けられているであろう鞄を受け取る。

二つの目的を、一度に、部屋を出ることもなく達成したというわけだった。

「貴方を運んできた人は、初め、私の泊まる宿へ来たんですよ」

しかし空室がなく、スミス氏はほうぼう宿を探してくれたらしい——こう書いてみて氏の言葉とポーシャの説明が若干矛盾していることに気づいたが、このときは恐縮しきりでそれどころではなかった。

「この儀式のことを旅行記に書かれるのでしょう？　なによりお勧めしたのは私ですからね」

スミス氏は気取った身振りで胸を叩いてみせた。

「なので、お気になさらず。それよりも無事に到着されて良かった」

「いや……無事と云って良いものかどうか……」

私は思わず苦笑を浮かべた。スミス氏と港で別れてからのおよそ一週間を話しあぐねる。信じてもらえないのでは。という躊躇いもあった。私が――三文作家とはいえ――物語を創っているので尚更だ。誇張していると受け取られることがある。

結局、ひたすら苦笑のままで――ポーシャ曰く《薄気味悪い顔大会があれば優勝できたのに》――スミス氏の反応を待つことになった。

非常に察しの良いこの写真家は、このときもいかんなくその才を発揮した。

「儀式にはまだ時間が十分にありますし、少し見物でもしませんか?」

私は、その建設的な提案にすぐさま賛同した。流石《さすが》に旅慣れている人だ。考え方に余裕がある。見習いたいものだと感心しつつ、私のほうにも少しばかり儀式以外のことを気にする余裕ができた。

「ひとつ、行きたいところがあるのですが……」

旅のあいだ、ずっと気に掛かっていることがあった。これまでも、できないことはなかったろうが、何故か騒動に巻き込まれ、後回しになってばかりだったのだ。

「湯を浴びたいのです」

私は、スミス氏に半ば懇請した。

スミス氏は、私を頭のてっぺんから爪先まで目を走らせ、次いで上着のポケットから時計を取り出して確認し、ひとつ頷きながら云った。

「綺麗好きなんですね」

そんなことはない。人並みだ。ぜんたい、どこからそんな言葉が導き出されたのか。

「私が？」と軽くお道化てみせるしかない。しかし、スミス氏はにこりともしない。

「とても身綺麗になさっているので」

そんなことはない。なにしろ〈転移門〉をくぐってからというもの、ここに至るまで着の身着のままだ。イーストエンドの住民にも劣らぬ不潔さだったろう。諸手を広げ、我が身を見下ろす。「いやいや、埃と垢《あか》まみれですよ」という意味を込めて。それから、訝った。

「そんなことは……ない？」

呟く。スミス氏が同意の表情をする。

私は、不思議と汚れていなかった。塵一つない。と云っては大仰だが、少なくとも薄汚れてさえいない。

いったい何時から？

思い当たるのは、レディ・モリガンに会ってからだ。森の隠れ家で服を洗濯してもらって以降、汚れていないと考えるのが妥当だった。

あの女性についてスミス氏に説明するのは難しかった。どういう人物なのか私自身が良く判らなかったし、知り合った経緯も複雑だ。

なにより、〈転移門〉に触れないわけにはいかない。スミス氏のことだ。門が壊されたという事件は把握しているだろう。詳細を端折ったとしても、私が関係していると気づくに違いない――いや、気づかれても良いのだ。この件に関して、私は巻き込まれただけである。一切の破壊行為も犯していない。疚しいところは微塵もない。ないが――。

「私をここまで運んでくれた人が、村で綺麗にしてくれたのかもしれません」

誤魔化した。弱き者、汝の名は三文作家。

「大変お恥ずかしい話ですが、ご存じの通り私は泥酔していたので何一つ覚えていないのです……」

スミス氏の表情は、到底納得した様子ではない。「そんなことより、さあ早く行きましょう」と促すものの、氏はこちらの言葉など耳に入らなかったように私の肩を示した。

「貴方の幻燈種《ファントム》ならどうです？　何か記録しているのでは？」

　ポーシャのことだと咄嗟に理解できず、また、随分とこだわることに内心閉口して返答にまごついた。

《記録？　そうね……ええと》

　間隙を縫うように――あるいは絶好の機会に飛びつくように――ポーシャが嬉々と語りはじめる。

《泥酔中泥酔中泥酔中息が臭い泥酔中泥酔中泥酔中》

　生真面目な報告口調の横で、私はスミス氏が怒り出さないかとはらはらする。「ふむ」と氏は無表情に納得しただけだった。それから打って変わったように、あの人好きのする笑顔になる。

「行きましょう。私の話していた温泉のことを覚えていてくれて嬉しいです」

　先に立って歩き出す。さっきまでの、やや執拗とも思える追及は消え失せていた。誰にでも「気になって仕方ない」という物事はあるものだ。私も執筆中には部屋の埃や散らかり具合が目に付く。

　慌てて追いついた私に、スミス氏は話し続けた。

「儀式の行われる場所を、そこから見下ろすことができるのですよ」

「自然の桟敷《さじき》席というわけですか。それは洒落てますね」

「儀式が始まるまで、その場に居られるのならそうなりますが」

「ああ……湯に浸かりっぱなしでは、のぼせてしまいますからね」

「いえ、そうではなく……もしかして、ご存じではないのですか？　儀式中は一帯が立ち入り禁止になるのですよ」

初耳だった。このときようやく、儀式そのものは限られた人のみで行われると知ったのである。後でよくよく旅行案内書を読み返してみると、確かに記載してあった。

正直、落胆した。ここに辿り着くまでの、あの苦労は一体何だったのか。

「温泉に浸かって妙案が浮かべばいいが」

《浮かんだとしても、珍妙な案が関の山》

「心配なら代案を示してくれてもいいぞ。名案ならぬ迷案だろうがね」

《『豚に真珠』って言葉知ってる？》

「相変わらずご覧の通りですよ」

「ずっとこの調子ですか。なるほど」

肩を竦めた私に、スミス氏は笑みを崩すことなく何やら独り納得している。幻燈種に詳しい彼なりに、理解できることがあるのだろう。説明してもらうことも考えたが、私の頭が追いつくか甚だ怪しい。黙って、導かれるまま街路を歩くことにした。

先刻、宿の窓から見下ろした光景は、その中に混じると尚のこと鮮やかな世界だった。目の前を横切り、左右を行き交う人々が色彩の流れを生み出しては塗り重ねていく。幻燈種や蒸気錬金による広告で溢れるロンドンの色遣いとは、まったくの別物だ。野に咲く花と鉢植えのような違い。と云えようか。

もっとも、「儀式」を前にしたアヴァロンの非日常とロンドンの日常を比較するのは、不適当かもしれない。

ただ、その双方における私の在り方は不思議と酷似していた。

埋没。無用の徒。積極的に排除されるまでには至らないが、その境界を越えるまであと一歩。紙一重。といった感覚。

無論、それらは私の単なる思い込みだ。私が道行く人々を一々個別に意識しないように、相手も私のことを格別に捉えたりしないだろう。このアヴァロンでは私のことを「外国人だ」とは思うはずだが、それだけのことに過ぎない。判っている。考えすぎだと。むしろ私に何かを見出したり、大きな関心を抱かれては薄気味悪いとさえ思う。

だが、私には私の創り出す物がある。埋没することなく、露出し、必要とされ、見出され、関心を抱かれなければ意味を成さない物だ。そのことが、誰の気にも留められず街中を歩くとき、否応なく突きつけられる。自分の創り出した物――物語たち――の孤独な過酷さを。周囲が賑やかで華やかであるほど、鋭利な穂先となって刺さってくる。

念を押すが、判っている。

手前勝手な仮託、こじつけに過ぎないと。自己憐憫《れんびん》で現状から目を逸らしていると批判されれば、反論の余地もない。この旅も、「生活に逼迫した作家が執筆を続けるための窮余の策として」という理由だが、実際は逃げ出して問題を先送りしているだけではないのか。「作品のために旅行中です」と吹聴し、作家でございと振る舞うことで満足しているだけではないのか。その気になっているだけではないのか。それは作品を創っていると云えないのではないか。

私は、本当は――。

《おい。稀代の三文作家》

ポーシャの声で我に返った。

「何か用か？　貴重な安物幻燈種」

《用がないなら呼ばない。用があっても呼びたくないのに》

「そうかい。なら、遠慮はいらない。このままずっと黙っていていいぞ。沈黙は金と云うし、慎み深い君には相応しいだろ」

《金なんて選んだら却って慎みの欠片もない。だから雄弁《ぎん》にしておく》
「だったら、より慎み深く鉛にしておいたらどうだ？」
《残念ながら、それはポーシャお嬢様には選べませんのよ。ご存じ？》
「それなら金も銀も選べないだろう」
《確かに貴方の云う通り。選ぶなんてよしておくわ。わたしの好きに呼びかけさせていただきます――つべこべ云わずに話を聞け。永遠の三文作家》
「判ったよ。一体何だ？」
《さて問題です。蜥蜴の飼い主はどこでしょう？》
火蜥蜴《サラマンダー》の幻燈種を持つスミス氏のことだ。彼なら、ほら其処《そこ》に――と、人混みの半歩前に目をやって、私はポーシャに肩を竦めてみせた。
いない。
はぐれてしまった。あるいは別の人をスミス氏と見誤って、そのまま付いてきてしまったか。いずれにせよ、まるで子供だ。同道して案内してくれる人にすら付いていけないとは。まさに迷子だった。
《首輪と紐が必要だった？》
「せめて、手を引いて貰うべきだった、ぐらいにしてくれ」

反駁《はんばく》しつつ、私は周囲を見回した。人は、些《いささ》か多すぎるぐらい歩いている。三歩毎に道を訊くこともできるだろう。しかし、アヴァロン人とはいえ大半は私と同様の観光客に違いない。道を知っているとはかぎらなかった。なるべく、その土地に住んでいる人に当たるのは、道を尋ねるときの基本だ。私だって、そのぐらいの学習はする。

通りの両側に立ち並び、売り声も賑々しい店先へ目を向ける。彼らならば。と、人の流れに乗りつつ、さりげなく店の様子を窺った。繁盛しているところはやり過ごす。私の相手をしている暇はないだろう。

《探しもの？》

「そんなところだね」

《今晩、盗みに入る店を？》

「人聞きの悪いことを、人混みで、人に聞こえるように云わないでくれ」

《わたしは正直なだけ。貴方が人聞きの良いことをすればいいの》

「明快な助言に感謝するよ」

早々に言い争いを打ち切った。目星い店——と書くと本当に非合法行為に及ぶかのようだが——を見つけたのだ。

通りの店が観光客相手の土産物屋を開いているなかで、我関せずとばかりに、軒先に所狭しと鉢植えが並べられている。花屋かと思ったが、その割に、花をつけているものはほとんどない。緑ばかり。鬱蒼とした、しかし、どこか人の手が入った森のようだった。真っ先に連想したのが、あの、レディ・モリガンの住む森だったのは云うまでもない。

まるで入るのを拒むように吊られた鉢植えをくぐって中へ入った。「こんにちは」と正面の帳場に座った老婆に挨拶する。じろりと気難しそうな視線だけが返ってきた。レディ・モリガンとは大違いだ。しまった。これは選択を誤ったかと後悔したが、いまさら踵《きびす》を返すのも不自然だ。左右の棚に、お世辞にも整理されているとは言い難い状態で並べられた鉢植えを見回しつつ、店の奥へ進む。

「あー、私、英国から旅行で来た者で――」

できるかぎり友好的な笑顔を拵えて話しかけるが、老婆はこちらを凝視するばかり。ひょっとすると英語が通じていないのではないか。これまでの短い経験上、年配の人はその可能性が高い気がした。

「あー。わたし、外国、から、来ました。アヴァロンを、旅行、中です」

こちらもアヴァロン語は操れないので、無意味に片言の英語で「人畜無害です」という身振りをする他ない。

相変わらず老婆は黙ったまま――と云うより、微動だにしない。初めに睨まれたのも、こちらの錯覚だったのではと疑うほどだ。不安を通り越して恐ろしくさえある。

「ええと……。私、出て行きますね。お邪魔なようですから」

「別に邪魔じゃないよ」

唐突に横から返事があって、私は文字通り飛び上がって驚いた。見れば、老婆がいる。帳場にいる老婆とそっくりだ。交互に二人を確かめる。

「双子じゃあないよ」

老婆が冷ややかに云う。あっさり心の裡を読まれてしまった。

《だって三つ子だから》

「なぞなぞでもないよ」

再び、冷ややかな口ぶり。

《「お金くれないと笑わない」ってさ》

「黙っててくれ」

命じると、ポーシャは何度も口を開きかけては止め、喋り出そうとしては口を噤み、といった素振りを繰り返す。どうして人を調戯う能力ばかり高いのか。

こちらの下らない遣り取りなど関心のない様子で、老婆はつかつかと帳場へと来た。微塵の躊躇もなく、瓜二つの老婆の顔を鷲摑みにする。ぎょっとする間もなく、くしゃりと顔が潰れ、さらに下へ押し畳まれていく。

「紙っ？」

私は頓狂な声を上げてしまった。それまで人と見えていたにもかかわらず、形を失っていく端から色も生気も抜け落ち、変哲もない白い紙と化していく——いや、この場合「戻っていく」とするほうが正しいか。驚き、食い入るように見つめていると、老婆が面倒臭そうに息をついた。

「店番だよ」

ぶっきらぼうな説明に対し詳しく訊きたい衝動に駆られたが、今は急いでいる。スミス氏が待っているだろう。あるいは探し回っているかもしれない。私は道に迷ったことを伝えた。温泉へ行きたい、とも。

「できれば地図も」

《豚に真珠だけど》

「初めての土地なので、若干、戸惑うことがあるだけです」

余計な口を挟むポーシャを手で追い払いながら、老婆へ笑顔を見せる。

「地図も道順も何も」

老婆は分身——私が勝手にそう名付けただけである——を丸めて帳場へ投げ出した。気になって仕方ない。老婆のほうは「そこの」と店先を示す。

「通りをずっと真っ直ぐ行って、途中で右に折れるだけだよ。案内板も出てるはずだけどね」

《真っ直ぐ歩くですって？　ねえ、どうしましょう！　しかも右に折れる！　右よ！　途中で！　なんてこと！　気が遠くなりそうっ！》

ポーシャが貧血で卒倒するご婦人さながらに、膝からがっくりと頽《くずお》れる。これは無視してくれ。と、手で伝えながら改めてお願いした。

「さっき丸めた紙の切れ端でも構いませんので」

老婆が、ははあ。という顔つきをした。

「さっきのはただの紙だよ。あんたが使っても」

すっかりお見通しだ。「それは判っているんですが……」と肩を落とした私の様子に、老婆が小さく息をついたように見えた。丸めて放り出したままの紙を取り、隅のほうだけ皺を伸ばして地図を描き始める。存外に良い人なのかもしれないと思った。

手持ち無沙汰になり、改めて店内を観察した。先述したように、鉢植えと乾燥させた草木が紐で吊されている。帳場の後ろには、長い棚。大小様々な瓶が並んでいた。粗く切られた植物と、おそらくそれらを臼で挽いた粉末などが詰められている。

「ええと、この店は香草《ハーブ》とか香辛料《スパイス》を扱っているんでしょうか？」

「薬屋だよ。あんたたち蒸気錬金《スチルケミー》の国から来た人には古めかしく見えるだろうがね」

ほれ。と、地図を千切って差し出された。

「何か買っていくかい？」

言外に「まさか手ぶらで出て行くつもりじゃあるまいな」と詰め寄ってくる。地図を頂戴し、大きく頷いた。

「ええ！　是非！　薬が欲しいなと思ってたところでしてね。いやあ、丁度良かった」

《できれば三種類》

ポーシャの口調は生真面目だが油断はできない。

《まず胃薬。水が合わなくてお腹を下したことがあるの。それと宿酔《ふつか》いの薬。昼前から正体をなくすほど呑んで、荷馬車で運ばれるほどだから》

付け加えたいことは多々あるが、思いのほかまともなので黙って聞く。

《最後は大きな声じゃ云えないのだけど、馬鹿につける薬》

「ああ。なるほど」

私は思わず唸った。そうきたか、と。納得してしまったのだ。まったく次から次へとよく出てくるものだ。

「三つ目の薬はないね」

老婆が口角の片端を持ち上げた。笑ったのかもしれない。帳場の後ろに並んでいた瓶の一つを手に取った。次いで、小さな空き瓶も一つ。

「宿酔いの薬もいらないだろう？　もう服《の》んでる」

「そうです。どうしてお判りに？」

「そりゃあ、あたしも長いこと薬屋をやってるからね。客が服んでる薬ぐらい視《み》えるさ」

事も無げに云う様子は、決してはったりでも長年の勘といった不確かなものでもなく、言葉通りに「視える」のだと理解できた。いったいどういう風に視えるのか。それは生来のものなのか。訓練で体得するものなのか。後者だとすればアヴァロン人以外――勿論、私――でも使えるようになるのか。好奇心と興奮にまかせて矢継ぎ早に質問したせいか、返ってきた答えは最後のものに対してだけだった。曰く。

「外国人に使えたって話は聞かないね」

《身の程知らずめ》

「ど忘れしていた」

嬉々としているポーシャへ投げやりに返す。自分の実力以上の物語を構想して取りかかったものの、結局形にできなかったときなどに良く思い出すのだが。

私たちの遣り取りをよそに、老婆は小さな瓶を大きな瓶の口に寄せた。途端に、するするると自ら中身の液体が小瓶へと流れ込む。最後にコルク栓で封じられた。暗緑色。「見るからに苦そうですね」と印象を口にすると、「目が覚めるほどね」と老婆が頷いた。アヴァロン人の大半は、この薬を呪っているそうだ。それだけの人に、長年使われているということでもある。鎮痛効果もあると説明され、その万能ぶりに驚いた。旅行中につかわなかったとしても、ロンドンに持ち帰って保管できそうなところも気に入った。

十エリン――約五ペンス！　ロンドンでまともな胃腸薬なら小さいものでも十ペンス近くするというのに！――支払って、店を出た。軒先で地図の皺を伸ばし、まず右に向かう。背後から老婆の声がした。

「逆だよ」

左を指さしている。私は笑って誤魔化しながら、回れ右をした。目礼したときに見た老婆が、初めて不安そうな表情をしていた。

《奇蹟《ミラクル》！》

ポーシャが叫ぶ。なんと、迷わずに温泉へと通じる道に辿り着いた。進むにつれ、それまでの喧噪が嘘のように遠ざかり、家並みの終わりがそのまま森への始まりとなっていた。

レディ・モリガンの森を思い出し、やや不安を覚えて振り返る。幸い、道は消えていなかった。

人も歩いていた。

ただし、一人残らず私とは逆方向に向かっている。

温泉へ行こうとしているのは、私だけだった。すれ違う人の私を見る目に、訝しむ色があるような気もする。外国人旅行者が物珍しい。という様子ではない。自信を失い、引き返すという選択も頭をよぎったが、結局はそのまま歩き続けた。スミス氏が待ってくれているかもしれないし、人と正反対の選択も慣れている。それが往々にして間違いの元だということも含めて。

すれ違う人は次第に減り、やがて道を行くのは私たちだけとなった。

《さあ、いよいよいつも通りの状況》

ポーシャが手庇を作って周囲を見回す仕草をする。

「いつも通りなら、どうってことない」

《流石、専門家。頼もしいお言葉》

ポーシャの皮肉を聞き流し、さらに進んだ。道には傾斜がつき始めていた。遠目には丘という程度の印象だったが、低山地帯と云うだけあってそれなりの高さがあるようだ。歩みが少しばかり遅くなった。
「専門家というのはな、その知識で有形無形問わず個人や組織や社会に何らかの貢献ができる人だよ。私は貢献なぞできないし――」
《誰も求めない》
そういうことだ。私は頷く。
《専門家じゃないとすれば、なに？　愛好家？》
「好きこのんで迷っているとでも？」
《嫌いなら、わざわざ何度もしない。それが人ってものでしょ？》
「何度も何度も同じ過ちを繰り返す。それが人ってものなんだよ」
《随分な大言壮語》
「それほどの大口を叩いたつもりはないけどね」
《でも、今の言い種だと『自分は人並みだ』と》
「自惚れが強くてね」
猿並み鶏並みとでも云いたいのだろうが、開き直って続きを封じる。
坂道を登り切ると、木々は疎《まば》らになり、岩が目につくようになってきた。一つ一つが大きく聳《そび》えている。むしろ、隙間のあった木々よりも見通しが悪くなった気がした。とはいえ、道は一本なので前へ行くしかない。次第に、緩やかな下りに入る。巨人が無造作に投げ出した積み木のように重なる岩の隙間から、時折、景色が見渡せた。どうやらボウル状になっている地形の、淵のところから斜面を横切るように下り始めているらしかった。ボウルの底にあたる場所には、明らかに人工的に切り出された巨石が見える。ソールズベリ平原にある、有名な遺跡に似ていた。こちらのほうが、より神秘的かもしれない。なにしろ水に半ば浸っている状態なのだ。石の舞台。石の門。石の列柱。すべて湖水の面から生えていた。「儀式」を行うのに、これほど相応しい場もあるまい。もっと近くで見ることはできないだろうか。温泉に入ろうとしていたこと——スミス氏のことも含めて——を忘れ、足を速めた。

横から、突如、腕を摑まれたのは、それから十歩も行かないときだ。文字通り飛び上がって驚いたのだが、幸いにして、情けない悲鳴を上げる前に相手がスミス氏であることに気づいた。

「驚かさないで下さいよ」

責めるような口調になったのは、許されて良いと思う。だが、それはむしろスミス氏の台詞だったのかもしれない。

「心配しました。急に姿が見えなくなってしまったので」

ひとまず温泉のほうへ行き、そこで待ってみて、それでも来ないようなら引き返そうと考えていたらしい。私は、あまりの人混みに見失ってしまったと言い訳がましく詫びた。懲りずに案内してくれる寛容な氏の後に付き、再び歩いた。重なる岩と岩の隙間を縫うような一本道で、流石の私でも迷いようがない。茶化す必要もないせいかポーシャも静かだった。

私は、この山道へ踏み込んでから少々危惧していたことを問うた。

「ひょっとして、温泉というのは天然自然のものなのですか？」

スミス氏は、わざわざ足を止めて目を瞬かせた。すぐに「ああ！」と合点がいった様子で頷く。

「我が国の、バースのような湯治の『施設』を想像なさっていたんですね。違いますよ」

そうでしょうね。と、私は相槌を打つ。周囲に宿泊できそうな建物の類は影も形も見当たらない。

「堰《せ》き止められた岩場にお湯の湧泉が溜まっただけ。周囲に覆いもなければ、浴布もない。飲み水を運んでくれる給仕もおりません――止めておきますか？」

「まさか！」

私は笑い飛ばした。強がりではない。ここで体験せずして、何の旅だろう。人前で裸になるなど些末なことだ。むしろ、こういう状況を待っていたとも云える。

「望むところですよ」

自分の胸を叩いてみせた。

ポーシャは、相変わらず静かだった。


さて、全裸である。

岩に囲まれた浴場は、脱衣所といった空間もなく、めいめいに自分の責任において脱いだ服を保管する形であった。

先客がいるかと思ったが、湯気が水面を掃くように風で揺れるばかり。浴場は広々。馬を二十頭ばかり放り込んでも余裕があるだろう。縁の数箇所から湯が注ぎ込まれている。管理調節されている様子もない。ただ流れ込むに任せ、溢れた湯は流れ出るに任せ、という状態らしい。ということは、大雨が降ったらどうなるのだろう。温《ぬる》くなってしまうのでは。何日間か使用できないのだろうか。などと他愛もないことを考えつつ湯へ足を浸した。熱い。両足は入れたものの、体を沈められない。アヴァロンの人たちは、これが普通なのだろうか。もしや、雨が降って温くなったときに入るのが正式なのではないか。

スミス氏を振り返った。すでに胸元まで浸かっている。滑らかな岩へ、鷹揚に寄りかかっていた。旅慣れているだけでなく、温泉にも慣れているようだ。

「ここは以前にも利用を？」

私の問いに、スミス氏はちょっと空を仰ぐように考えてから、お道化たように笑みを浮かべた。

「ええ。何度も。下見を兼ねて」

咄嗟に撮影できるものではないので、やはり入念な下準備が必要なのだろう。ましてや儀式は氏も初めてだと聞いている。事前の調査も抜かりあるまい。そう考えると旅慣れているのも当然だ。まったく今更ながら納得した。

立ったままでいたせいか、さすがに肌寒い。目の前を全裸の男にうろうろされてはスミス氏も迷惑であろう。私は意を決して湯の中へ腰を下ろした。やはり熱い。が、入ってしまえば我慢できなくはない。

落ち着くと、見渡す景色も改めて楽しめた。岩が屹立《きつりつ》しているのはここも同様だが、隙間が多い。ボウル状の地形の底まで見通せる。空の色を濃縮して映す湖面に、石の遺跡。さっきは気づかなかったが、平らな岩を敷き詰めた円形広場めいた場所もある。そこへ一本の道が――むろん、これも成形された岩だ――湖岸から繋がっていた。なんら予備知識のない私でも、儀式の中心がそこだろうと推察できる。

「ここからなら、一部始終が見られますね」

もっとも、何をしているのか判らないほど遠い。そのうえ、こちらは裸という極めて行儀の悪い姿だ。

「私には、少しばかり遠すぎますな」

スミス氏の言葉に振り向くと、湯から出て体を拭いている。そういえば前もって教えてくれていたではないか。給仕はもとより浴布などもない、と。入ることばかりに気を取られ、出た後のことまでまったく考えていなかった。なんたる浅慮。こうして物事を一面しか見ないから作品も単調に――などと陰鬱な気分に陥りかけたが、続くスミス氏の行動がそれを拭い去った。なんと彼は、私の服を着ようとしているのだ。思わず笑ってしまった。服を取り違えていると伝えたのは云うまでもない。ところが、彼の手は止まらない。もちろん判っていますとも。という顔つきをしただけである。私が訝るうちに、上着までしっかり身につけ、例の人の好い笑みをこちらへ向けた。

「背格好が似た人を選んだのは、やはり正解でしたよ」

確かに、そう云ったと記憶している。私は意味を摑みかね、ただ狼狽《うろた》えるだけだった。

昔から、こうしてぐずぐず逡巡しているうちに、いつも事態は悪化する。

着替えを終えたスミス氏は――流石に靴までは合わなかったようで、自分の物を履いていたが――〈帽子〉までも手にした。私の、〈帽子〉である。

ポーシャは大人しくつばの部分に腰掛けていた。妙だ。大人しすぎる――と、ここでようやく気づいた。これまでも度々起きていた症状だ。

「ポーシャ！」

大きな声を出したが、虚しく周囲の岩に吸い込まれていく。ポーシャは宙の一点を見つめたまま微動だにしない。

スミス氏は、むしろ、その様子に満足しているようだった。地面の、写真機が入っている鞄を開け、幻燈種――火蜥蜴――を呼び出し、何事か聞き取れない言葉で命じていた。おそらく蒸気錬金術士の使う言葉だろう。

火蜥蜴は後ろ肢で立ち上がった。空を仰ぎ見る格好で口を大きく開ける。垂らした前肢の間が奇妙に膨らみ、上へと迫り上がっていく。裂けんばかりの口許に赤い光が漏れ始め、「がっ」とも「ぐわっ」ともつかぬ唸りと共に炎の玉が飛び出した。ぷかりぷかりと燃えながら昇る。その先に待つのは、ポーシャの差し伸べていた白い手だ。掌にすっぽりと収まる。アヴァロンの波止場で見たように割れて紅茶のカップになることもなく、五指の間から紅い揺らめきを零しながら燃えた。実体を伴わぬ幻と知りつつも、尚、手が焼けるのではと不安になる。だが、息を呑む光景はさらに先があった。

ポーシャが、炎の玉を食べてしまったのだ。
無造作に口へ運ぶなり、そのまま押し込んでしまった。咀嚼《そしゃく》すらせず、水のように。
《錬成深部階層の第二開門鍵を確認しました。第一開門鍵と照合中……》
第一の鍵？　そんなものを手に入れる暇があっただろうか？　訝るうちに、ポーシャが続ける。
《認証されました。解錠しますか？》
「イエス」と、スミス氏が躊躇いなく答える。
《解錠しました。深部階層機能の常時利用が可能となります》
《開門鍵の起動を確認》
ポーシャの言葉を引き取るように火蜥蜴が続ける。
《十秒後に、本幻燈種の完全消去を実行します。この命令を停止することはできません》
淡々と告げ、一、二、三と読み上げが始まる。こちらがまごつくうちに、スミス氏は写真機用鞄の中へ彼の服を投げ入れた。
火蜥蜴の声が十に達し——眠るように瞼を閉じ——鮮明だった姿がみるみる輪郭を失い、粗くなり、欠落が生じ、次第に広がり、侵食し——すべて消え去った。スミス氏の幻燈種がこの世界から消滅したことは、詳しくない私にも理解できた。

更に。先程スミス氏が服を投げ込んだ写真機用鞄から細く煙が上がり始め、たちまち火の手が上がり、大きくなっていった。湯の中を全裸で阿呆のように立ち尽くしていた私の位置からでは確認できなかったが、おそらく彼の〈帽子〉が燃えているのだろう。粗悪品の〈第五元素結晶〉による発火騒ぎは珍しくない。上級品でも臨界を超えて錬成させれば燃えるのはご存じの通りだ。「完全消去」と云っていたのは、こういうことだろう。

「一体、どうして……」

私は後退った。スミス氏の手には拳銃。銃口は真っ直ぐこちらに。悪い冗談だと笑い飛ばしたかったが、戦慄くばかりで言葉が出せなかった。

何より恐ろしかったのはスミス氏が相変わらず、あの、人の好い笑みを浮かべていることだ。まともな呼吸さえ怪しい私の有様を愉しげに眺めつつ、彼は奇妙なことを云った。

「ここまで運んでいただき感謝します。お陰で攪乱だけでなく、造反派の最終準備までできました」

さようなら。スミスさん、いい、いい――と。

銃声。あれほど動かなかった体だが、瞼だけは瞬時に固く閉じられた。

最初に訪れるのは衝撃か。痛みか。恐怖に意識が遠のく。ロンドンでの貧しい生活や、零細な印刷所だった生家のことまで出鱈目に思い出す。ところが、なかなか体に異変を感じない。もしや、もう死んでいるのでは？　恐る恐る目を開けた。

視界が揺らめいている。陽の光が乱れ散っていた。嗚呼、そうか。こうして光に包まれ、私の魂は天に召されるのだ。神よ。と、呆けたように虚脱しかけ——スミス氏の「くそっ！」という清浄な一場に不釣り合いな汚い言葉で我に返った。

改めて正面を見る。視界の揺らめきは、そこが水で覆われていたからだ。水の壁である。私は全裸で温泉に立ち尽くしたままだった。死ぬどころか、掠り傷ひとつ負っていない。弾丸は、目の前の水壁に阻まれていた。丁度、私の眉間の位置で止まっている。狙いは正確極まりなかったということだ——が、これは「今にして思えば」であって、その場ではただただ膝から頽れそうになるほど安堵していた。

水壁には微かに覚えがある。しかし、何処で見たか。記憶を探るより先に、水は動いた。アルヴィオンの断崖に打ちつける波濤のように、飛沫《しぶき》を上げつつうねり、スミス氏へと突進していく。意思を持った動きだった。次第に形を整え、浴場の縁へ到達する僅かな間に、獣の姿へと変じていた。翼を持つ獅子。牙を剝き、鋭い爪を振り上げ、スミス氏へと襲いかかる。

「危ない！」

撃たれたことも忘れ、私は思わず叫んでいた。その恐怖と危惧をよそに、スミス氏は素晴らしく軽やかだった。横へ跳び、有翼獅子の一撃を難なく躱《かわ》す。しかも銃口は再び私へと向き、またも発砲――今度は、幸いにして弾は逸れていったらしい。当たらなかったので、そういうことだと判断した。

私は、やっとのことで我が身を凍らせていた呪縛から解き放たれた。背を向け、湯に足を取られながら、ともかく遠ざかろうと走った。さぞ間の抜けた光景だったろうという自覚は大いにあるが、私にしては機転の利いたほうだ。つまり、服を着てしまったスミス氏は湯に入ってまで追うことができず、比較的容易に距離を稼ぐことができたのである。彼の射撃の腕前は判らなかったが、二ヤードも離れてしまえば、かなり命中率が下がることを雑学として知っていた。まして、水の獣がスミス氏に襲いかかっている。狙いはまったく定まらない。

「時間が迫っている。後始末を!」

スミス氏が、唐突に声を張り上げた。相手が私でないことだけは判る。こちらをひと睨みし、小走りに去っていく。水の幻獣は四つ足を踏ん張り、翼を広げ、スミス氏の去った方向とは逆の一角を見据えたままだ。

「早く逃げなさい!　長くは保たないっ」

今度は女性の声だった。周囲の岩に反響して、出所は判然《はっきり》しない。

「これは、どういうことなんだっ？」

私は便宜上、正面の幻獣へと叫んだ。返答は一言のみ。

「早く！」

切迫感が増していた。尻を蹴飛ばされるように湯からあがる。

さて。賢明なる読者諸氏はすでに察しがついているであろうが、困ったことに服がない。水の獣のおかげか、鞄の火は消えていたが中身はあらかた燃えてしまっていた。辛うじて生き残っていたのは靴だ。履いた。スミス氏が体を拭いていた布も見つけた。腰に巻く。膝にも届かぬ丈だったが、前を隠すにはこれしかない。

靴を履いているぶん、人類最初の男よりましだ。と、自分を慰めた。一度だけ振り返ると、水の獣は滝のように湯へ戻っていた。逃げ出しながら、ようやく思い出す。〈転移門〉だ。夜の門で頭上を覆った水の膜は、最初、有翼獅子ではなかったか？

記憶の連なりは、さらにポーシャが妙な挙動になっていたことも思い出させた。警告を発し、退避しろと促した。しかし先程のポーシャは、有翼獅子に対してまったくの無反応だった。〈帽子〉のつばに腰掛け、虚ろな視線で前を見つめていた。これは一体どういうことだろうか。さっぱり判らなかった。

判らなかったが、しかし――。

私は、スミス氏を追う。という決断を下した。

危険は承知の上だ。ただし、冷静に状況を見極めたというわけではない。むしろ、やはり私は現状認識であるとか、事態を把握する能力が決定的に欠けているのかもしれなかった。あるいは、より単純に現実逃避しがちと云ったほうが的確か。自分に都合の良い空想をし、そうに違いないと思い込む。「少しぐらい夢見がちなほうが作家らしい」と云う人も、すぐに愛想を尽かして離れていったほどだ——話が逸れた。つまり、スミス氏を追った私は、こう考えたのである。

ポーシャを救い出さねばならぬ。と。

よい歳の大人が単なる〈帽子〉を——幻燈種を、ご大層に「救い出す」と表現するなど度し難いと思われた読者諸賢よ。私も同じだ。それでも、このときはスミス氏を追った。

ポーシャは、危うく死にかけた私を助けてくれたのだ。

今度は、私が助ける番ではないか？

至極単純。このさい服は進呈しよう。ただ、〈帽子〉だけは。という一心だった。取り戻さなければ旅の記録を失ってしまうという理由も、勿論ある。

ボウル型地形の底部へと続く坂道を、私は足音も消魂《けたたま》しく下っていった。腰の布はすぐに外れそうになり、片手で常に結び目を握りしめていなければならなかった。瞬く間に息は切れ、歩くのと変わらぬ速度になっていく。そのうち、背後で空気が震えた。振り向くと、岩陰から炎が水平に噴きつけ、その火勢に蹴り飛ばされるようにして水の幻獣が四散していた。水であるから凄惨《せいさん》さはない。ただ、かえって呆気なさが際立ち、絶望感が雪崩をうって身に迫る。次は私の番だ。爆炎に消し飛ばされる！

もはや、形振《なりふ》り構っている場面ではなかった。私は腰に巻いていた布を剝ぎ、手に握りしめた。読者諸賢——特に淑女の方々——どうか眉を顰めないでいただきたい。緊急事態である。「隠す」などという些末な事に気を配る余裕はなかったのだ。

坂を下った。脇目もふらず。ただひたすら。駆け下りることだけに専念した。もちろん道など判らない。目指すは一箇所。儀式の中心。スミス氏はそこへ向かっていると信じていた。彼は「時間が迫っている」と云ったのだ。当てはまるのは儀式しか思い浮かばなかった——冷静沈着な判断に聞こえようが、その根拠は「写真家スミス氏は儀式を撮影するためにアヴァロンを訪れた」というものだった。ようするに私は、この期に及んで尚、彼が写真撮影のために行動していると考えていたのである。拳銃一丁、私の服と〈帽子〉で、肝心の写真機も持っていないのを、この目で見届けているというのに。こう記しながらも、やはり己の度し難さにうんざりする。

私に残されていたのは、走ることだけだった。

——失礼。良く云い過ぎた。他に上手い策《て》が思いつかなかっただけだ。裸で坂道を全力で駆け下りるなどという経験は、おそらく一生に一度のものだろう。二度とやりたくもないが。『衣服を着けずに運動を行うことによる精神的影響に就いて』とか何とか、小論の一つでもでっち上げられるかもしれない。少なくとも、改めて学んだことがあった。

世の中は意外と、やればできる。


どこをどう走ったのか。どれほど走ったのか。正確なところは、まるで覚えていない。私にしては奇跡的に、迷うことなく目的地に辿り着いていた。ボウルの底である。遠目には湖に見えていたが、その場に立つと巨大な水盆とでも呼ぶほうが相応しいと知った。緑がかって見えていた水面は、密生した丈の短い水草であり、その揺らめきが漣といった具合だ。勢い余って数歩、水の中へ踏み込んでしまっていたが、膝にも届かぬ深さだった。水草が脛《すね》をくすぐった。

猛烈な喉の渇きを覚えていたが、さすがに顔を浸ける愚は犯さない。なけなしの唾液を何度も飲み込み、膝が折れそうになるのを辛うじて堪える。前を見ようとしたが、余りに自分の息づかいが荒く、視界は激しく上下する。それでも遠浅の先に中洲のような陸を確かめる。湯に入りながら見た円形広場もどきだ。草木は皆無。定規で引いたように平らな石の陸は、人工的なものだと察せられた――が、そんなことは正直なところどうでも良かった。

私にとって重要なのは、そこに居る人。

スミス氏！　私の服と〈帽子〉を身につけた男。

もう一人。スミス氏から離れたところに、静かに佇んでいる。服装からして年嵩の女性のようだったが、どうも詳しく覚えていない。〈帽子〉をスミス氏から返してもらう。それだけが頭を占めていたせいか。

円形広場へ行くには、ぐるりと遠回りしなければならないようだった。道に迷わなかったと思っていたが、肝心なところで詰めが甘い。まごついていると、スミス氏の背後に一人増えた。ソーラス氏だ。言葉を交わしている。旧知の間柄のようだった。ウィスカさんの姿は見当たらない。先日の、夜の宿で耳にした会話の件を問い質すのは彼でも構わないだろう。私は水の中へと進み始めた。遠浅なので迂回するより早いとふんだ。裸なので体が濡れることに躊躇はなかった。何より、回り道をすることで迷うのではという恐怖があった。自分が信用ならない。

水面を乱し始めて間もなく、スミス、ソーラス両氏の許に、さらに一人加わった。なんと、時計塔男である。先の二人と頷き合っている。気心知れた様子だ。私に理解できる状況ではなかった。身を翻して逃げなかったのは、すでに半ばまで進んでしまっていたからだった。ここで話を付けてやる。という、私にしては強気な意思もあったが、こちらのほうは一歩進む毎に萎んでいった。心身共に足を重くさせる。絡む水、疲労が枷《かせ》となる。やはり回り込むべきだったか？　ちらりと考えがよぎり、苦々しさに呻く。

いつもこうだ。

よく吟味もせず、己の力も弁《わきま》えず、選択を誤る。気づいたときには引き返すこともできず、進めば報われるのだと根拠のない夢想に縋り、辿り着いたときには世間は遥《はる》か先へと進んでいる。追いつけず。何も把握できず。もっと上手くできたのでは？　もっと他にやりようがあったのでは？　そんな後悔ばかり抱く。

「君の小説は時代性ってものが皆無だね」という言葉が、またも耳の奥で蘇る。一番最後に、やっと舞台の端へ出た私に、反論の余地はなかった。

辿り着き水から上がった私のことは、誰も気に留めていないようだった。

だが、私のほうとしては彼ら――特にスミス氏――に用がある。勇を鼓した。腰に、しっかりと布を巻き直す。問い質すのだ。毅然と。

「ええと、お話中失礼しますが——」

口を開いた途端、腰砕けになってしまうのは我ながら情けなかったが、幸か不幸かさらに言葉を続けることはできなかった。

炎の塊が私を目掛け、牙を向くようにして襲ってきたのだ。

何が起きたのか把握できぬ間に炎は肉迫し、直後、衝撃で後ろへ吹き飛ばされた。水へと逆戻りである。ただ、先刻の温泉のときと同じものに助けられたことだけは気づいた。水の膜が、炎に包まれる寸前、立ちはだかったのだ。炎と接触して身代わりのごとく四散し、その爆風に飛ばされたという訳だった。

水が膝にも満たない深さとはいえ、いきなり放り込まれれば混乱もする。私はしたたかに水を飲み、半狂乱でもがきつつ、必死に円形広場の縁へ這い上がった。もう水はたくさんだ。

最初に視界へ入ったのは、またも場に加わった新しい人物——ウィスカさんの姿だった。慌てて前を隠したのは——もはや布で押さえるだけだったが——云うまでもない。

「どういうことっ？」

彼女の語気は鋭かった。私は内股気味に前を隠し、全身から水を滴らせつつ狼狽えた。

「この格好には色々と理由が——」

「答えてっ。ソーラス！」

私に訊いたわけではなかった。おそらく、目に入ってすらいなかった。眉を顰められるよりは良かったかもしれない。

ウィスカさんに、ソーラス氏は背を向けたままだった。彼女に相対したのは、あの、時計塔男だ。常に纏っていた暑苦しい外套は脱ぎ捨てられていた。

右腕から噴き出すのは、〈帽子〉の比ではない蒸気。鉄枠で頑強に保護された錬成槽。隙間からは赤熱を示す輝き。発火寸前の陽炎で揺らめく拳。

蒸気錬金化されていた。

印度等で負傷した兵士の義手、義足としてのそれは見聞きしたこともあったが、これは明らかに「武装」である。

時計塔男は無造作に、ウィスカさんへ向かって拳を突き出した。届く距離ではない。が、炎の弾が襲った。さらに、その後を追うようにして時計塔男自身も動く。その大柄な体格に見合わぬ——というより、獣じみた速さだった。右足から蒸気が一筋伸びている。拳が燃えている。そのまま殴りかかる。炎の初弾を避けたウィスカさんを狙いすますように。

恐怖に言葉を失った。当たれば、死だ——が。

拳は空を切った。

一瞬前までウィスカさんの居た場所に叩き付けられた爆炎が、熱風を巻き上げ、石の地面に亀裂を入れる。

私は、またしても言葉を失った。時計塔男の破壊力もさることながら、ウィスカさんの身のこなしに驚嘆したのだ。

立て続けに宙を疾《はし》る火炎の弾も、熱塊と化した拳も、悉《ことごと》く躱していく。「舞い踊るように」と表現したいところだが、凡百の三文作家と雖《いえど》も、その形容が相応しくないことぐらいは判断できる。

彼女の動きは、人間離れしたものだった。

かといって、時計塔男のような獣じみた粗暴さというわけでもない。まったく別の常識で成り立っている——それはまさに〈使い手《ムーヴァ》〉の動きだった。

宙を蹴る。天地逆さまに立ち止まる。横へ跳んだ体が元の位置まで引き戻される。何もない空間を縦横無尽に駆けていた。時計塔男を完全に翻弄している。

彼女の靴が、宙を踏むたびに小さく飛沫を上げていた。目を凝らすと、どうやら小さな水のタイルを足場としているのが見て取れた。運足に合わせて次々と生まれていく。

さらに。彼女の手には透き通った玉が握られていた。水だ。これがまた、変幻自在の動きだった。円盤状になると盾として火炎弾から身を護り、広がり迫る炎には膜となって体を包み抜け出す時間稼ぎをする。熱で蒸発し、形を失っても、ウィスカさんの手中にある水の玉が小さくなることさえない。なにしろ、四周には無尽蔵と云えるほど材料があるのだ。干上がることはない。即ち——。

「もう限界？」

中空で足を止めたウィスカさんが、文字通り高みから薄く冷笑する。大きく肩で息をする時計塔男の右腕、右足からは盛んに排熱の蒸気が噴き出していた。素人の私でも判る。明らかな過錬成だ。

「それで——」

ウィスカさんが時計塔男から視線を移した。

「どういうことか説明してもらえる？」

見据えた先は再びソーラス氏だ。背を向けたまま、何も答えようとはしなかった。無言のまま両腕を振りかぶり、対峙し続ける年嵩の女性へと突き出す。瞬間、ざあ、と水面が騒いだ。何事かと目を向けた途端、水柱が立ち上がる。さらにそれを砕いて中から姿を現したのは、巨大な蛇、あるいは竜の首のごとき生き物——いや。違う。生きてはいなかった。牛をも丸飲みにしかねない顎、牙、頭、首、すべてが植物。水中にある水草が寄り集まったものだった。しかも水柱はさらに二本巻き上がり、同じように深緑のうねりが最初の首に寄り添い、揃って女性を睥睨《へいげい》。ゆらりと鎌首をもたげ——と、見えたのも一瞬で、無防備な女性目掛けて殺到した。

女性は、しかし、微笑んでいた。おそらく。やはり表情を思い出せない。動転するばかりだったからだろう。ぼんやりと雰囲気だけを覚えている。

唾液のごとく水を滴らせた緑の牙が突き立つ寸前、三つ首は揃って宙で静止した。ソーラス氏が止めたわけではないことは、彼の驚愕の表情で判る。

女性が、小さく嘆息した。

「残念ね。本当に残念」

声と雰囲気に最も近いのは、森の隠者めいたレディ・モリガンだろうか。しかし、その言葉に込められたものは格段に冷厳だった。ゆらりと手を挙げ、煙を払うように振る。たったそれだけの所作で、彼女の前で固まっていた緑の獣が悉く消し飛んだ。

ソーラス氏がよろめいた。あくまで〈理法〉に関して素人である私の推測にすぎないが、圧倒的な力に絶望を植え付けられたのではないか。自尊心も打ち砕かれただろう。大きすぎる実力差を前に惨めな気持ちになるのは、私にも幾度となく経験があるので大いに理解できる。

ただし、ソーラス氏の場合は立ち尽くすだけでは済まなかった。緑獣を塵芥《ちりあくた》のごとくあしらった〈理法〉の〈風〉は緩むことなく、むしろ威力を増して生みの親たるソーラス氏へと襲いかかった。「ひっ」という悲鳴の欠片が聞こえた直後、彼は為す術もなく真後ろへ巻き上げられていく。二、三度宙で踊らされ、地面へ横たわった。指先一つ動かさない。ほんの僅か、沈黙が訪れた。ソーラス氏が死んだのでは。と、少なくとも私は疑ったし、他の誰もが思ったのだろう。

「ちゃんと手加減しましたよ。これでも大賢者ですからね」

口調の冷厳さには些かの揺るぎもなかったが、どことなく言い訳めいていた。

さらにスミス氏とポーシャへ向けて何事か話していた——朧気《おぼろげ》な記憶では、一緒に吹き払うつもりだったのに打ち消されるとは思わなかった云々。少なからず驚いていた——が、私の意識は別に向けられていた。

大賢者！

あの女性が、アヴァロンの頂点に立つ人物。

一介の外国人旅行者にとって、これはとてつもない好機のはずだった。にもかかわらず、この有様である。ウィスカさんは槍状にした水を手に宙を駆け、時計塔男は蒸気を撒き散らしながら炎を放ち、スミス氏は〈帽子〉を操作しつつポーシャに何事か命じ、大賢者はその様を冷ややかに睨む。

私は――ただの傍観者だった。部外者とするほうが的確か。思わず、ここに記すのも憚られる汚い言葉を吐いた。

ロンドンでは、いつだってそうだ。まともに同業者の中へ入れた試しがない。実力がない。実績がない。自信がない。そのくせ内情に疎い人へ対しては、さも自分が詳しいかのように振る舞ってみせる。「ああ、彼の事かい？　そうだね。才能はあるが、まだ半分も活かし切れてないというところかな」などと。臆面もなく。夜、暗い天井を見つめて自分を嘲笑うだけと知りながら。

けれども儀式の場に立って、私は開き直っていた。

これは、私の旅だ。

私の旅を完結させるのは、私だ。それでこそ〈更新〉だろう。たとえ情けない姿であっても。

「スミスさん！」

前を隠しながら呼びかけた途端、言葉を継ぐ間もなく、胸元を突き飛ばされるような衝撃で後ろに転がった。

《錬成防壁を構築。〈場〉の制圧まで五秒、四、三、二……制圧完了。準備整いました》

冷然たるポーシャの声――つまり、おかしくなっている。こちらに背を向けた状態だが、これまで同様に無表情だと想像がつく。

私は憤然と立ち上がった。どういう仕組みなのか判らないが、ポーシャを操っているのがスミス氏であることは理解できる。他人の〈帽子〉を持ち去った挙げ句、好き勝手にやりたい放題だ。どう見ても、彼のほうが十二分にポーシャの性能を活かしているのが、また腹立たしい。

つい先刻、銃口を向けられたことなどすっかり忘れて歩み寄った。スミス氏の肩に手を掛けようとした途端、またしても私を衝撃が見舞い、気づけば文字通り地面を舐めていた。腹に巨大な球《ボール》がぶつかったような力だ。体を折り、呻きが洩れ、舌が出る。胃の中身をぶちまけなかっただけ幸運だった。涙で視界が滲んだ。息を整える。

立ち上がった——我ながら阿呆だと思う。

ウィスカさんのような身のこなしはできないし、時計塔男のように体を改変しているわけでもない。スミス氏並みに蒸気錬金機器を操れもしなければ、大賢者のごとく片手一本で人を人事不省にしてしまう力もない。

その場において、私は無能と云って差し支えなかった。

それなのに、立ち上がったのだ。あまつさえ、不用意に動く。スミス氏へ向かって、再び歩み寄ろうとしたのである。気を失って静かにしているソーラス氏のほうがましだったかもしれない。

やや早足だったのと、伸ばした手が素早かったのは、多少なりとも考えた証だ。結果としては、全身に衝撃を食らって、もんどり打って倒れ伏したのだが。吹き飛ばされる寸前、指先がスミス氏の——元は私の——上着の衣嚢《ポケット》に掛かった。一張羅だが、安物だ。あっさりと破れた。

その、ささやかな成果を見て、スミス氏は嘲笑交じりに呆れた。

「懲りない人だ。何度やっても同じですよ」

「そうかもしれません。でも、突き返されるのは慣れてるんですよ」

私は立ち上がった。実に不作法だが、このとき前を隠していたかどうか。もはや記憶がない。巨人の手で打ち払われたように、今度は真横に弾き飛ばされ、三度石の床を舐めることとなったので尚更だ。

さすがに堪えた。上体を起こそうとしたが、腕に力が入らない。顔をぶつけたらしく、鼻血が滴った。

「分を弁えては？」

また、スミス氏の嘲弄めいた声がした。

「それが賢い選択というものですよ」

「なら、愚か者で結構」

賢明な判断。合理的な選択。理性ある振る舞い。それができるなら、疾《と》っくの昔にやっている。金を借りて旅に出たりせず、好みに設《しつら》えた書斎で執筆に勤《いそ》しんでいただろう。

「はっ」と、これは間違いなく嘲りの笑いをスミス氏は放った。

「愚か者なら尚のこと。この幻燈種は扱えませんね。貴方にバサーニオ役は無理というわけだ」

「端からそのつもりは――」

ない。どちらかといえば、やり込められるシャイロックか。いや、しかし、彼には失う物があった。金と娘と尊厳だ。それに引き替え、貧乏、独り身、三文作家の自分には失う物など何もない。小説の原稿？　それすら泡沫《うたかた》よろしく消えてしまうことが日常だった。「うちで求めている物語ではない」とか「いま君の原稿を読む必要性がない」などとあしらわれて。確実なものなど、一つも持っていない。たとえ〈帽子〉を取り返して、ロンドンに戻って旅行記を書き上げたとしても、出版される保証など微塵もないのだ。

なにしろ、私の作品には時代性がない。社会性にも欠ける。問題提起も昔ながらの教訓もない。困ったことに娯楽性さえ乏しい。惨めな自己顕示欲と笑われても仕方ない。

それでも――。

それなのに――私は身を起こそうと足掻いた。自分を衝き動かしていた力が何だったのか、確然《はっきり》としない。ただ、「何がしたかったのか？」と問われれば、すぐに答えられる。

スミス氏を追うと決めたときから変わっていない。

どうしても書きたかった。

硬貨《コイン》の裏表のようなものだ。だから、救い出さねばならぬ。

「〈帽子〉を……ポーシャを、返せ」

呻くように云った途端、手の甲に激痛が走った。我が目を疑う。なんということか。鉄串が刺さっているではないか。声が出なかった。痛みもさることながら、鉄串が手を貫通しているという状況は、かなりの恐怖である。衝撃で息もままならない。頭が痺れてきた。音が遠のく。視界が狭くなる。白く滲む。

おそらく、私はほんの僅かながら気を失ったと思われる。視界に輪郭が戻り、耳が音を拾い、頭に違和感がなくなったとき、自分が何処に居るのか判らずに混乱した。強烈な異臭を嗅ぎ取り、やっと我に返った。

臭いの源はすぐ傍に転がっていた硝子瓶だ。ここへ来る前に、薬屋で買った品。どうやらスミス氏は、私の上着のポケットまでは確認しなかったらしい。私がポケットを引き破ったときに、中に入れていた瓶が落ちたのだろう。その衝撃でひび割れ、染み出した中身の臭いが漂ってきた、というわけだ。

目を上げると、ポーシャがこちらを振り返っていた。私に気づいてくれるのでは？　正気にもどるのでは？　馬鹿な私は、この期に及んでまだ都合の良い夢想をする。その悪癖を切り捨てるように、ポーシャはふいと顔を正面に戻した。

《脅威の無力化を確認。目標への攻性錬成を強化します》

突風――としか三文作家の私には適切な喩えが浮かばない「力」――が、巻き起こった。濃密なうねりとなって大賢者へ殺到する。一方で、大賢者のほうも片手の掌を前へと出した。ソーラス氏を吹き飛ばしたときと同様、何気ない動きだった。

風が見えない壁に阻まれ、さらに押し返されていく。やがて双方の、ほぼ中間点で釣り合いが取れたように止まった。気流が垂直の渦を生み、周囲の砂粒を八方へ流し、その風圧は水面まで届いて漣を作る。

「あらあら。攻撃的な錬成を抑える〈楔《くさび》〉を打っておいたはずだけど……」

「ああ……なるほど。服が汚れていないのは、偽装ですか」

スミス氏が上着――私の――に、目を落とす。

「ですが、無駄な努力でしたね。まだ、こんなことも出来ますし」

手にした〈帽子〉を細かく操作していく。弄ることのできるつまみや弁がそんなに沢山あっただろうか？　と訝るほどあちらこちらを触っている。ぶつかる風の壁がじりじりと大賢者側へと動き始めた。ポーシャ側の出力が、さらに高まったのだろう。

「驚いた。もう一段、底があるなんて」

大賢者の口調には、まだ余裕がある。押し切られてしまうかと思えたが、再び盛り返した。だが、些か頼りない。素人目にも逆転は難しいように見えた。それは、当事者であるスミス氏にはより明白だったのだろう。

「流石は大賢者。と、云っておきましょうか。ついでに、差し出がましいようですが早めに助けを呼んだほうが良いですよ。と、忠告しておきます。できれば、の話ですが」

「貴方たちと仲の良い賢者の一部が計画した悪戯の片付けで手一杯なのよ。わたし一人で対処するしかないわね。〈円環〉の原理を解さずに〈恩寵〉は利用できないと、あれほど説明していたのに」

「そうですか？　しかし多少の『成果』は出ていますよ？」

「……その子、〈恩寵〉を組み込んだのね」

「存分に味わって下さい。どこまで保つか見届けて差し上げますよ」

スミス氏が、明らかに勝ち誇っていた。優勢だが、それはポーシャの能力ではなかろうか。と、内心、首を傾げる。もっとも、私ではこれほどの能力を発揮させることなど無理だったろう。そういう意味では、スミス氏の態度も当然なのかもしれない。

「〈恩寵〉は有限。それが〈使い手〉の欠点である。と？」

大賢者の声音は嘲笑めいていた。手が塞がっていなければ挑発的な拍手をもしかねない口調だ。

「ご名答。だから、帰って貴方の上司――陸軍と内務省、それと首相に――説明なさい。『アヴァロン人など役に立ちません。恐れる必要もありません。国益にならないし、反しもしない。放っておきましょう』とね。ああ、ついでにドリナにも伝えて。女王と女帝の称号以外に、大賢者まで欲しがるなんて欲張りが過ぎるって」

スミス氏は無言だった。〈帽子〉を操作する。再び風の圧力が、大賢者へにじり寄るように動き始めた。

◆

（というのが、私の覚えている限りの会話と状況である。が、私にとっては正直なところどうでも良かった。彼らの会話の半分も理解できなかったのだから。長々と書き連ねているのは、K・O氏の強い勧め――指示とか命令――による）

(上の文章は、どのみちK・O氏に削除を命じられると信じていたのだが、実に驚くべき事に、そのままで良いと云う。これこそ「私」であるらしい。全く理解に苦しむ)

(二つ上の文章が残るはずなので、上の文章も残るであろう)

◆

私は、鉄串の刺さった手の痛みに苦悶《くもん》しながら、縋るようにもう一方の手を伸ばした。小瓶を掴む。薬を入れた瓶だ。歯で封ごと栓を抜き、半ば以上残っていた液体を一気に呷った。

苦い!

猛烈な、生まれてこのかた味わったことのない苦味だった。ポーシャが、いつか口に流し込んでやると息巻いていた苦蓬の比ではない。呻きすら出ない。息もしたくない。鼻へ流れて嗅覚まで苦くなる。大きく口を開けた。口中で〈水玉〉を割ったような量の唾液が石の床へ滴った。そのくせ飲んだものを吐き出すことは叶わない。体は正しく薬であると理解していたということだろうか。鎮痛作用があると聞いていたが——だから飲んだのだが——これは忘痛作用と云うべきだ。冗談ではなく、痛みどころか他の記憶すら失いかねない。アヴァロン人は子供でもこれを飲まされる？　殺人で訴えられるのでは？　少なくとも私は危うく止めを刺されそうだった。なんとかしなくては。

ほとんど無意識に、手に刺さっていた鉄串を引き抜いた。躊躇なく。

痛い！

自然と涙が零れる。しかし、これでやっと頭がはっきりした。鎮痛のために薬を飲み、その苦味から脱しようと再び自ら痛みを呼ぶ。

痛い苦い痛い苦い痛い苦い。やや苦味が優勢。どちらに転んでも碌《ろく》でもないことだけが確かだった。

「悪くないね。悪くない」

鼻血と涙と唾液で汚した石の床を舐めるように呟いた。

「これで、書くことには事欠かないぞ」

あとは〈帽子〉を——ポーシャを取り戻すだけだ。ところが、あの幻燈種ときたら！契約者の私に鉄串を刺したうえに、「脅威」とまで呼ぶとは！　だいたいポーシャのこれまでの言動のほうが、私にしてみれば脅威だった。何度肝を冷やしたことか。挙げ句、この有様だ。無様に這いつくばっている。全裸で。

何度目かの、ここには書けない下品な罵りが口をついた。

「いい加減にしろ。そろそろ目を覚ませ。この――」

大きく苦い息を吸った。唾液が、また垂れた。

「不良品！」

《いま不良品って云った！》

思わず顔を上げる。振り返って、私に指を突きつけているポーシャと目が合った。啞然としたが、彼女の表情がいつも通りだったのは見逃さなかった。スミス氏が目を剝いて驚いていた。その顔つきを見られただけでも一矢報いた気がする。

他の人たちの反応は判らない。その余裕はなかった。ポーシャの様子が再び先程までと同じ状態に戻ったからだ。しかし、どことなく輪郭が滲んでいるようにも見えた。幻燈種の仕組みからいえば、我々に直に訴えかける〈幻術〉が不安定になっていたと思われる。

《契約によって登録された単語と一致しました》

スミス氏が〈帽子〉に飛びついた。計器を弄り始める。

《防壁半減を確認。再錬成を開始します。攻性術式の――》

《単語の一致による契約条項を確認中です――》

《錬成効率の低下継続中。防壁錬成へ優先的に──》

《契約の履行に伴い各錬成の一時停止を──》

複数のポーシャが一斉に喋りだしたかのごとく、声が不協和音を生じさせる。さらに、それらが一つに重なっていった。

《防壁の単語による錬成の一致を契約が攻性錬成術式率の内容は上昇しません重大な履行の問題が発生して再錬成から──》

支離滅裂さが加速していく。スミス氏が私よりも酷い罵りを連呼した。素人の私に詳細は判らなかったが、〈帽子〉が制御できないことだけは推察できた。

「まだ──まだ〈調教〉が足りなかった？」

「逆よ。云ったばかりでしょう？〈円環〉の原理を解さずに〈恩寵〉は利用できない。当然、貴方たちの望む〈更新〉もできない」

狼狽えたスミス氏を穏やかに否定したのは大賢者だ。

「貴方たちの──いえ、わたしも含めて、想定より賢くなったの」

言葉に、スミス氏が私へと顔を向ける。憤怒《ふんぬ》の形相だった。

「貴様！いったい、何をした！」

その剣幕にたじろぎつつ「別に何も」と答えかけ、いや待てよ。と思い止まる。

それがスミス氏の求める回答だったのかどうか、私には今もって判らない。唯一、私の中で心当たりがあったので、深く考えもせずに告げただけだ。

「一緒に、旅をした」

スミス氏の反応を窺う余裕は、もう私に残されていなかった。視界には白い光が満ちていく。大賢者の圧倒的な力が一帯を覆い始めていた。

歌が聞こえてきた。

ポーシャだ。透明なソプラノ。天使の歌声。あるいは、セイレーンの誘いか。おそらく、私は笑っていた。

彼女の絶唱が、子守歌だったからだ。

旅の終わり

気が付くと病院のベッドの上だった——と書けば流れが良いのだろうが、現実は、まだ儀式の場だった。

悪夢から目覚めたときのように、半ば呼吸困難になりながら左右を見回した。どうやら、仰向けのまま手で宙を掻きむしっていたらしい。

「大丈夫。落ち着いて」

私の両腕を摑み、優しく押し戻したのはウィスカさんだった。彼女の顔を見て、自分が裸だったことを思い出し、また慌てた。

「それも大丈夫」

上着が掛けられていた。スミス氏が着ていたもの——つまりは私の上着だ。

「掛けたのは？」

「わたしだけど？」

ウィスカさんの回答に「『大丈夫』だって？」と洩らしつつ、身を起こす。辺りを見回す。

「ポーシャ……私の〈帽子〉は？」

見当たらない。人が増えている。十数人ほどだろうか。全員がズボン姿だったが、半数ほどは女性のようだった。何かを探す目つきで周囲をゆっくり見渡す者。石の床に両膝をつき何かを採取している者。そして、後ろ手に拘束されたスミス氏とソーラス氏を連れて行こうとしている者。こんなにいるなら、もっと早く出てきて欲しかったものだ。痛い目に遭わずに済んだのではと思う。そこで気づいて、手の甲を見た。鉄串に刺された傷はなく、僅かに赤みが残っているだけだった。

「大賢者様が〈癒し〉を施したの。気を失っていたから早く目覚めるように〈気付け〉も」

「お礼を云わないと」

アヴァロンの大賢者と話が出来る絶好の機会だと思ったのだが、「もういない」とウィスカさんは指で示した。

そこには円盤が、直立した状態で少し浮いていた。水銀を張ったような表面が時折、揺らいでいる。人が歩み入っては消え、湧き出しては現れていた。似た物を私は見たことがある。忘れもしない。

「〈転移門〉……」

「――の、簡易版。大賢者様が処理のために開いて下さったの。ご自分は森へ戻られた」

ウィスカさんが私の呟きを穏やかに補ってくれた。先刻まで、まさに〈使い手〉そのものといった立ち回りをしていた人と同じとは思えない。

「貴方の〈帽子〉だけど」

その穏やかさのまま――私を慮《おもんぱか》ってくれたのかもしれない――告げた。

「それも、あの〈門〉で運んだ。証拠品として調べさせてもらうから。悪いけど」

「返してもらえますか？」

「わたしが判断することじゃないから……」

さらに、躊躇いがちに続ける。

「もう一つ、云っておくことがあるの」

しかし、ウィスカさんは口を噤む。彼女の視線を辿ると、スミス氏がいた。後ろ手に拘束されていると前述したが、不思議なことに紐らしき物は見当たらない。彼を連行する二人の男性は進むように促すが、無視して私たちに顔を向けていた――より正確に云えば、睨んでいた。

「まったく、酷い仕事だった」

スミス氏が吐き捨てた。

「三文どころか一文にもならない小説を読まされて。拷問だったよ。よくもまあ、あんな薄っぺらい話を思いつくもんだと、逆に感心もしたが――」

がっ。と不意に呻きを上げてスミス氏の口舌が止まった。天を仰ぎ、軽く仰《の》け反り、一、二歩後退る。

スミス氏を連行していた男性の一人が首を横に振って、ウィスカさんを制するような素振りをした。

「捕まった腹いせに悪態なんて。そういう見苦しい男を見ると虫酸《むしず》が走るの」

冷たく言い放つウィスカさんを、再びスミス氏が睨む。鼻から一筋、血が流れていた。それでも挑発的な笑みを浮かべてみせる。まだ幾らでも悪罵を吐いてやろうという目つきだ。

「次は鼻血程度じゃ済まないと思うけど？」

「ウィスカさん」

私は押し止めるように両手を何度も交差した。彼女の掌には数個の水の玉が転がっている。これを飛ばしてぶつけたのだろう。こんな状況でなければじっくり見物したいのだが。

物静かだという印象とは正反対の問いに、私は苦笑する。きっと、これが本来の姿なのだろう。

「悔しくないの？」

「悔しいですよ。勿論。それに悲しい。無力感でがっくりする。けど、私の武器は拳じゃない」

「止《よ》しましょう」

制止していた両手を下げて、凝《じ》っと見つめた。

「いつだって、次の物語なんです」

伝わっただろうか？　それが仕事のはずなのに、いつも自信がない。ウィスカさんだけでなくスミス氏と男性二人も何も云わないので尚更、不安になる。

スミス氏が歩き出した。連行しているはずの男性たちを従えて。ウィスカさんは、まだ口を開かない。

「まあ、一発食らわせてくれてすっきりしましたけどね」

私がお道化てみせると、ようやく微笑を作った。

「〈賢者の塔〉であの少年の心配をしたとき、もう少し貴方のことを信じるべきだったみたい」

続けて独白のように呟く。少し申し訳なさそうに感じたのは、おそらく、こちらへ近づく女性二人と無関係ではなかっただろう。スミス氏を連れて行った男性たちと良く似た雰囲気だった。

「もう一つ、云っておくことがあるの」

ウィスカさんが、先の言葉を繰り返した。しかし、それ以上は——また口を噤む。鈍い私でも流石に察して頷いたからだ。必要ないと判断したのだろう。

旅の、終わりだった。

帰国

後日談というものは手短に済ませるのが一流作家の腕の見せ所らしいが、生憎《あいにく》と私は三文作家であるので長くなる。

大賢者の拵えた簡易版〈転移門〉を抜けて出た先は、首府オギルスにある宿だった。もっとも、それに気づいたのは五日後に解放されたときだったが。

部屋の窓は開かず、ガラスは闇で塗り固めたように黒かったため、外の様子は皆目判らなかった。ドアも開かない。ノブすらぴくりとも動かなかった。完全な監禁状態だったのである。

寝台、机と椅子、別に小さな浴室。与えられた衣服は頭から踝《くるぶし》まである木綿のもの。履き物はなく素足のまま。時間は、朝、昼、晩と運びこまれてくる食事で推測するしかなかった。窓が真っ黒だが、部屋には常時〈燈火〉が天井で光り、不自由はなかった。私の言葉で点灯、消灯ができるようになっており、しばらく点けたり消したりを繰り返した。

食事以外で扉が開くのは、私を連れてきた女性や別の男性による調査——と、彼らは称していた。「尋問」と云うほどの圧迫感は確かになかったが、「取り調べ」を受けているのは判った——それから、解放される前日の昼過ぎに小型熊氏が訪ねてきたときだけだった。

「お元気そうで安心しましたよ」

そう云う彼も足の怪我は心配ないとのことで、私のほうこそ安心した。彼の話は他愛のないものに終始した。私が手紙を託した村娘さんが訪ねてきたことや、彼女の父親が追いかけてきたことなどだ。儀式のことは一言半句も触れない。話題を選んでいるのは間違いなかった。何か事情があるのだろう。私としても彼に感謝こそあれど困らせるつもりは毫《ごう》末《まつ》もない。清流の水を飲み過ぎて腹を下したことや、そこで森の女性賢者とでもいう人物に会ったこと、酒場で妙な理屈で絡まれて酷い目に遭ったことなどを、なるべく面白可笑しく話した。小型熊氏が去った直後に夕食が運ばれてきたので、意外と長話をしたようだ。

翌朝、朝食を手に入ってきたのはウィスカさんだった。

「おはよう。服と鞄を持ってきたから、食べ終わったら準備を」

「帰国の？」と食事を受け取った私へ、彼女は静かに頷いた。もう一つの質問を待ち構えている様子だった。どうやら私から切り出すしかないと理解し――そして、それは私の望まぬ回答になることを暗示していたが――確認した。

「私の〈帽子〉は？」

「勿論、用意してる。その……トラディショナルなものを」

伝統的《トラディショナル》。最近の物とは違い、何も付いていない、頭にかぶるだけの物。普通の帽子。物は言い様だ。

ようするに私は、ポーシャを救えなかったのである。

ウィスカさんがズボンのポケットから、どう考えてもその大きさに見合わない分厚い紙束を取り出した。

「これは貴方の幻燈種から取り出した旅の会話記録を印刷したもの。旅行記を書くのに必要だと思って」

「お気遣いをどうも」

一瞬、受け取ることを躊躇ったが、これがなければ本来の目的が果たせないと考え直した。

「イングランドの男は帽子と杖には少しばかりこだわりがあるのだけど？」

「だから、J・Lの帽子を用意したと報告を受けてる」

実際にはこだわるほどの金もない三文作家のささやかな抵抗に、老舗《しにせ》の名が返されて困惑する。

「悪くないね」

やっと、それだけを云った。微笑もうとしたが、上手くできなかった。


ロンドン行きの船に乗って数十分後、私は来たとき同様すっかり船酔いにやられてしまった。酔い止め――アヴァロンならきっと売っているだろう――を買っておくべきだったと激しく後悔した。宿を出て馬車に乗せられ、そのまま船着き場まで運ばれたので、そもそも買い物をする暇もなかったのだが。

蒸気と結晶錬成廃水による異臭と喧噪の慣れ親しんだロンドンの地を無事に踏んでから、せめて、旅費を工面してくれたK・O氏には何かアヴァロン土産を用意するのが礼儀というものだろう。と、ようやく気づき、またしても後悔した。

かくなるうえは、一刻も早く紀行を書き上げ、「これがアヴァロン土産です」と原稿の束を持って行くしかない。桟橋《さんばし》で仕事を待つ使い走りの少年にK・O氏への帰国の報を頼むと、真っ直ぐ自宅へ戻り、荷解きもそこそこに執筆へと取りかかった。

私にしては上出来である。以前なら、帰国したことをできるかぎり伏せて、「構想を練る」と称した怠惰な時間を稼ごうとしたに違いない。

すぐに手をつけたのは——そして、これまでの自分がだらだらと引き延ばしていたのは——自信の有無だろうと思う。傍目にはこの旅がどう映るのか、私には確固たる想像ができない。しかし、私だけの、唯一無二の旅だったという確かさがあった。それ以外に縋るものがない。とも云えたが。ただ、アーニャという名の村娘さんと満天の星の下で話したときに抱いた自問——なぜ、そうまでして書くのか？——に対する、自答にもなるだろう。

〈帽子〉の記録を横に、部屋に籠もりきりとなって書き続けた。軌跡を振り返り、辿り得たものと喪ったものを再び思い出すことで、益々「私の旅」という想いを強くした。

他の誰でもない自分だけの経験がしたい？　ならば旅に出たまえ。

私は〈更新〉された。

今なら臆面もなく、そう断言できる。


籠もりきりと前述したが、どうしても食事は必要なので、数日毎に外へ出た。パンや紅茶などをなけなしの金——アヴァロンを発つときに、ウィスカさんからお詫びとして渡された「アヴァロン政府による見舞金」も含む——で買い込むのだ。

外で食べたのは一度きりだったと記憶している。早朝、執筆前に紅茶を淹れる準備をしているところで、窓の外に軽食の屋台を見たのだ。アヴァロンへの出発当日、やや年嵩の婦人がビスケットと紅茶を供していた、あの屋台である。

　婦人は私のことを覚えていたようで、店先に立つと明るい挨拶をくれた。

「アヴァロンからお帰りになられたようで。けど……今日は可愛らしい妖精さんはいませんのね？」

「ええ。旅行中にちょっと、その、〈帽子〉が事故に巻き込まれまして」

「まあ」と同情の声をあげながらも、彼女は手際よく紅茶とビスケットを差し出した。

「それじゃあ、お寂しいでしょう」

　私は返答に詰まった。記録の束を読み進めながら旅の詳細を思い出す作業中、確認をしようと何度か「ポーシャ」と誰もいない中空へ呼びかけてしまったことがある。そのときの手応えの無さは、これまで味わったことのない感覚ではあった。ただ、それが「寂しい」のかどうか。正直なところ、寂しさよりは無力感である。「ポーシャを救うのだ」と息巻いたが、結果はこの通りなのだから。以前と少し違うのは、そのまま嫌気がさし、捨て鉢になって旅行記を投げ出さなかったところだろう。迷っても、歩くのだ。

「静かにはなりましたね」

　努めて軽口らしく答えたが、婦人は「そうですか」と生真面目に頷いて、私の代金を下から取り出した袋に入れた。そのまま無造作に卓上へ置く——と、不意に私の背後から手が伸び、袋を摑んだ。予《あらかじ》め定められた動きのように持ち去っていく。あまりに自然で、制止するのが遅れたほどだ。

「あらあら。泥棒」

婦人の口調は妙に落ち着き払っていた。むしろ慌てたのは私のほうだ。

盗みを働いたのは少年だった。走り去ろうとしている。その、見窄《みすぼ》らしく痩せた背を見ながら、私は咄嗟にポケットの中身を少年目掛けて投げつけていた。

木組みの、飾り気のない小箱にしか見えないそれは、地面に転がると——運動らしきものをしないので少年から随分と逸れた位置だったが——解けるように紐へと変じ、どういう原理か私の望む少年の足首へと絡み付いた。自由を奪われた若い泥棒は、派手に転倒する。

小型熊氏から貰った〈理法付加品〉だ。

アヴァロン国外でも問題なく扱えたことに、少しばかり興奮を覚えつつ、婦人の売上金を取り戻した。少年の足を縛っていた紐に触れると、するすると小箱へ形を戻した。そういえば、小型熊氏が使ったとき暴漢は自ら逃げ出していたはずだ。〈理法〉を解いたということになる。アヴァロン人だったのだと今更ながら確信した。

取り乱した様子もなく近づいてきた婦人は、袋から一ペンスを少年に与えると、そのまま見逃した。

「アヴァロンの品ですね」

早くも少年のことなど忘れたように、私の手にある小箱を指す。

「ええ。アヴァロンでとても親切にしてくれた人から貰ったんですよ」

私は少しばかり自慢げだったかもしれない。三文作家の作品が異国まで届くとは思えないが、せめてもの感謝を込めて、ここに記す。


私の旅にまつわる話は、これで尽きた。

原稿を持って出版社のK・O氏へ会いに行くとしよう。アヴァロンで貰った服に、小型熊氏から貰った小箱を土産話の種として忍ばせ、それから──「伝統的な」帽子をかぶって。

追記

K・O氏に原稿を渡した、その日の夕方のことだ。私はある人物の突然の訪問を受けた。その顚末《てんまつ》を翌日、再びK・O氏に話したところ、それについても書いて持ってくるように――曰く、「いいぞ！　実に創作的《フィクシコナル》だ！」――とのお達しである。是非もない。長々と後日談を書き散らした後なので、なるべく簡潔に済ませようと思う。

訪れたのはウィスカさんだった。私の陋屋《ろうおく》を知っているのは不思議でないとしても、なぜ突然やって来たのか。見当も付かない。ただ、彼女に旧交を温める気がないのは間違いなかった。挨拶もそこそこに、スカートを少し摘み上げて振る。裾を翻すと床にはひと抱えほどの木箱が現れた。まるで奇術師だ。そちらに目を奪われていると、遮るように封書が差し出される。次から次へと、いったい、何処に収めているのだろうか。

「大賢者様から」

そう云われては、受け取らざるを得ない。

「わたしの用事はこれだけ――失礼いたしますわ」

ウィスカさんはお道化るようにレディの礼をとった。英国《こちら》の服は、彼女にしてみれば変装というより仮装に近いのかもしれない。

「なんのお構いもできなくて申し訳ありません。またお会いできるとは想像もしていなかったので」

「突然訪ねてきたら対応できないのは当然でしょう。気にしないで」

彼女は微笑むと、儀式の場で見せた軽やかさを思い出させる足取りで自らドアを開けて立ち去ろうとし、ふと振り向いた。

「そうそう。忘れてた。何もないとは思うけど、一応忠告。アイアトンには気を付けて」

「アイアトン？」

アヴァロン語かと思い、私は首を傾げた。

「いたでしょ？　背の高い、蒸気錬金で肉体変成してた男。軍隊を連れてアヴァロンに乗り込んできたアイアトンから数えて八代目。忘れた？」

初耳の事柄も混じってはいるが、思い当たる。時計塔男！　しかし、スミス氏やソーラス氏と共に連行されたのでは？　そう訊こうとして、愕然とする。私は、あの男が連れて行かれる姿を見ていない。

ウィスカさんが、少し俯き加減になって謝りだした。

「逃がしちゃったのは完全にわたしの失敗。大賢者様の〈波〉に耐えるのが精一杯で、アイアトンに注意を払う余裕がなくなってしまって……これも言い訳か。すべてはわたしの力不足。ごめんなさい」

「あなたに助けて貰ったから、私はここにいられるんですよ。感謝こそすれ、責めようなどとは微塵も思ってません」

ただ、一つ気になる。

「で、そのアイアトン氏は何処に？」

「判らない。所在を掴もうとわたしたちも全力で動いてる。でも、安心して。貴方に危害を加えるようなことはないと思うから」

「その根拠は？」

「もう、無意味だから」

明快な答えに、私は納得するしかなかった。私の与《あずか》り知らぬところで意味を付けられ、気づけば無くなっているというのは、あまり気持ちの良いものではなかったが。

「それに、万が一に備えて対策もしてるから」

「どのような？」と訊く前に、ウィスカさんは「それじゃあ、また」と今度こそ立ち去ってしまった。突風のような人だ。

仕方なく、私は置かれたままの木箱を開けることにした。中を改めて、しばし佇む。

〈帽子〉だった。

新品ではない。旅のために買い、使ったものだ。卓に載せ――洒落た〈帽子〉置きも付いていた。狭い上に少し傾いた安物卓には不釣り合いなほどに――矯《た》めつ眇《すが》めつしたが、特に変わった様子はない。強いて云えば、旅の間についた汚れや埃を綺麗に落としてくれていた。

錬成が停止していたので、再び起動させる。深く考えずにやったが、果たしてこれまで通りなのかと疑念が湧いた。もしかすると、また初めから諸々の手順を踏むのかもしれない。さて、手引きはどこに仕舞ったかと記憶を探る。若干、気が重くなった。再び手順を繰り返すとしたら、また名付けをしなければならない。

もう一度、ポーシャと？

それは一寸《ちよつと》ばかり抵抗があった。かといって、他の名前を考えるのも躊躇われる。なにしろ姿形は変わらないのだ。これは愛着や思い入れといったものとは別種の感覚だと思う。大仰に云えば、自分の経験にどう向き合うかという姿勢を問われている気がした。

もっとも、「気がした」だけであり、ただの夢想しがちな三文作家にすぎない私は、錬成が進むのを眺めているしか能がなかったのであるが。

最初の起動と同様に、〈結晶《いし》〉が泡に囲まれ、一方で極小シリンダーが規則正しい拍子を刻み、増幅器が小さく唸りをあげていく。目の前にぼやけた人の形が浮かび上がってきた。

蒸気錬金術が生み出す幻。

より正確には、脳へ及ぼす幻術。

目の前で徐々に鮮明さを増していく輪郭。

ポーシャの姿を見るのは、随分と久しぶりに感じる。

《強制的な錬成停止によって中断した処理を再開します。この処理には数分から十数分かかることがあります》

そう告げると、微動だにしなくなった。不安に身構えていた私は拍子抜けする。言葉から推察するに、新しく登録する必要はなさそうだ。ポーシャのままで良いのだろう。

「ポーシャのままで……」

思わず、口中で繰り返す。

救えたのか。彼女を。私が——私のような人間でも。

《処理が問題なく終了しました。グリニッジとの同期及び更新を行います》

私は大きく息をついた。ポーシャがまた沈黙したからだ。紅茶を淹れて待つことにする。カップを準備していると、〈帽子〉のほうから小さく蒸気を吹き上げる音が立て続けにおきた。

《同期及び更新が終了しました。現在の状態を保存するために再起動を行います》

まだ、何かやるらしい。

「どうぞ、ごゆっくり」

紅茶が出るのを待つ間、窓から路地を見下ろした。軽食屋台の婦人を泥棒の一件以来見ていない。商売の河岸《かし》を変えたのかもしれなかった。早くも顔を忘れてしまったが、些か悠長な雰囲気の人柄だったので、上手くやっていけるのか自分のことは棚に上げて心配した。

紅茶を注ぎ、一口。渋い。出し過ぎだ。カップの中を見つめる。お湯を足すべきか――。

《安物に何を期待してるの？》

ひょいと話しかけられ、顔を上げると目の前に見慣れた姿があった。

《アヴァロンに行って紅茶を美味しくする〈理法〉が身に付いたとでも？　三文作家らしい発想だけど、現実を見て。貴方にできるのは一シリング高い紅茶を買うこと。三文作家が二文作家になっちゃうけど》

ポーシャだ。微塵も変わりなく。久しぶりに捲《まく》し立てられた私は咄嗟に反応できず、ただ見つめるばかりだった。
《何？　わたしの美しさに言葉もなくした？》
《呆れて物も云えないだけでは？》
不意に、私たちの脇から別の声がした。驚き、見れば少年がいる——背丈はポーシャと変わらず、宙で真っ直ぐに立っている。つまり、幻燈種だ。
栗色の髪を短く切り揃え、上流階級の邸宅で使い走りをしているような格好をしていた。
《彼女は何者？》
「こっちが訊きたいぐらいだ——彼女？」
思わず、ポーシャの方へ顔を突き出す。
《男装の少女型として設定されています。確認なさいますか？》
新しい幻燈種が屈託のない笑みを湛《たた》えた。確かめると私が云えば、躊躇なく衣服を消して裸になるだろう。
「しない！　大丈夫だ。理解した」
そういう趣味はない。慌てて応じながら、ウィスカさんの言葉を思い出す。
《「対策」というのは、君のことかい？》

《そうです。ポーシャの深い階層に刻まれた術式を削除できなかったため、それを封印するためにわたくしが設定されました》

その説明が嘘——予めそう答えるよう記憶された言葉——なのか、本当なのか、私には判別がつくはずもない。信じるしかなかった。

木箱の中に別の〈帽子〉は勿論のこと他の物が何一つ見当たらない以上、今の〈帽子〉に二体の幻燈種ということになる。聞いたことのない話だ。もし、読者諸賢の中に同じような事例をご存じの方がおられたら、是非、ご一報願いたい。

唖然とする私をよそに、ポーシャが新参幻燈種に詰め寄っている。

《あなた、名前は？》

《まだ登録されていません。これから決定していただきます》

《わたしが決めてあげる。ネリッサにしなさい》

《お断りします。貴女の侍女ではありませんので》

《じゃあミランダは？　世間知らずっぽいあなたにぴったりだと思うけど？》

《それもお断りします。いっそ、貴女が改名されては？　キャタリーナとか。そうしたら、わたくしはビアンカと名乗れるよう許可を戴《いただ》きますよ？》

《お淑《しと》やかな名前がいいなら、オフィーリアにしたら？　ホグスミルに流してあげる》

《構造上、貴女も心中することになりますが？　まさかジュリエット気取り？》
淀みのない応酬には、終わりの気配がまったく見えない。
私はこれからの生活を想像し、思わず零した。
「Oh may ――」

おわり

注

本紀行で著者とアヴァロンの人々の英語による会話が成り立つのは、〈理法〉の〈翻訳〉による効果であり、英語を実際に話しているアヴァロンの人々は僅かだと思われます。二九一ページにおける室内の会話を外から聞いた箇所は、それ以前の酒場等で著者本人にも及んでいた〈翻訳〉の効果の残滓《ざんし》、もしくは戸口等に施された同〈理法〉を通過した音が英語に聞こえたと推察されます。前者と後者では大きく背景の事情が異なってきますが、著者の意思を尊重するとともに、読者諸賢には本紀行の味わいを堪能していただくべく、原文のままとしたことをご了承ください。

K・O

本書は、書き下ろし作品です。

ゲームの王国（上・下）

小川　哲

〈日本SF大賞・山本周五郎賞受賞作〉
ポル・ポトの隠し子とされるソリヤ、貧村に生まれた天賦の智性を持つムイタック。運命と偶然に導かれたふたりは、一九七五年のカンボジア、バタンバンで出会った。テロル、虐殺、不条理を主題とした規格外のＳＦ巨篇。解説／橋本輝幸

ハヤカワ文庫

疾走！　千マイル急行（上・下）

小川一水

名門中等院に通うテオは、文明国エイヴァリーの粋を集めた寝台列車・千マイル急行で旅に出た。父親と「本物の友達を作る」約束を交わして——だが途中、ルテニア軍の襲撃を受ける。装甲列車の活躍により危機を脱するも、祖国はすでに占領されていた。テオたちは救援を求め東大陸の采陽《サイヨー》を目指す決意をするが、苦難の旅程は始まったばかりだった。小川一水の描く「陸」の名作。　**解説／鈴木力**

ハヤカワ文庫

著者略歴　福岡県在住，作家

HM=Hayakawa Mystery
SF=Science Fiction
JA=Japanese Author
NV=Novel
NF=Nonfiction
FT=Fantasy

蒸気《じょうき》と錬金《れんきん》
Stealchemy Fairytale

〈JA1472〉

二〇二一年二月二十日　印刷
二〇二一年二月二十五日　発行

（定価はカバーに表示してあります）

著者　花《はな》田《だ》一《い》三《さ》六《む》
発行者　早川　浩
印刷者　入澤誠一郎
発行所　株式会社　早川書房
郵便番号　一〇一 - 〇〇四六
東京都千代田区神田多町二ノ二
電話　〇三 - 三二五二 - 三一一一
振替　〇〇一六〇 - 三 - 四七七九九
https://www.hayakawa-online.co.jp

乱丁・落丁本は小社制作部宛お送り下さい。
送料小社負担にてお取りかえいたします。

印刷・星野精版印刷株式会社　製本・株式会社フォーネット社

ISBN978-4-15-031472-9 C0193

本書は活字が大きく読みやすい〈トールサイズ〉です。